Heibonsha Library

〔新装版〕レズビアン短編小説集

平凡社ライブラリー

Heibonsha Library

［新装版］

レズビアン短編小説集

女たちの時間

V.ウルフほか著
利根川真紀編訳

平凡社

本書は『女たちの時間——レズビアン短編小説集』
（平凡社ライブラリー、一九九八年）を
改題した新装版です。

目次

マーサの愛しい女主人

Martha's Lady

セアラ・オーン・ジュエット

I

何年も前の話だが、ある日パイン判事の古い屋敷は、珍しく若さと活気に包まれていた。高い柵に囲まれた緑の庭では、六月の花が咲き誇っていた。いっぽう大きな前庭にはニレが点在し、木陰にはいくつか椅子が集められ、ちょうど昔、家族がみなまだ家にそろい、夢中で話や遊びに興じ、毎日が楽しく彩られていた時分を思い出させる。そんな折にはお祖父さんにあたる先代の判事が、あの偉大なジョンソン博士の言葉をよく引用して、娘たちにこう語りかけたものだった。「活発で、立派で、有名な人になりなさい」と。

ひとつの椅子の真っ直ぐな背には、深紅の絹のショールがぞんざいに掛けられ、白壺を載せた二本の高い門柱のあいだの格子扉の隙間から、通行人がもし覗き込めば、東インドふうの色に輝くこの布は、バイカウツギの茂みを背景に突然咲いた巨大な赤いユリのように見えたかもしれない。ふだんは閉ざされた窓が大きく開け放たれ、カーテンは夏の昼さがりの微風に軽やかに揺れていた。あたかも昔の大家族がこの古い屋敷に戻り、手入れの行き届いた極上の部屋という部屋を満たし、明るい声を響き渡らせているかのようだった。

ミス・ハリエット・パインが、村で言うところの「来客中」であることは、誰の目にも明らかだった。彼女は一族の末裔で、少しも年寄りではなかったのだが、末裔として自分よりずいぶん年嵩の人たちと長く暮らしてきたために、彼女のしぐさには、しかつめらしく年寄りじみたところがあった。当時は同年輩の、つまり三十歳を少し越えたくらいの婦人たちは、とくに結婚している場合には、目立たない帽子を被ったものだが、ミス・ハリエットは独身だったので、この点では若さにこだわって帽子を被らずにすませ、譲歩として栗色の波うつ髪をできるだけ滑らかに、ぴったりと押さえつけていた。両親の晩年には、彼女は甲斐甲斐しくふたりの面倒をみた。というのも兄や姉たちは結婚したり、すでに死亡したりして、古い屋敷にはいなかったからだ。ひとり残された今となっては、自分が結婚適齢期を過ぎたことを素直に認め、これまで以上にしっかりとあたえられた仕事や思索の書物を心の支えとすることが、なににもまして大切であるように思われた。彼女は年長者たちよりも身を入れて、進んで日々の仕事をこなしたが、これはニューイングランドの良家の娘たちが、年長者ばかりに囲まれて育ったときに、時として起こることなのだった。三十五歳で早くも彼女は、日頃の日課からはずれた出来事を嫌がるようになっていた。その度合いは母親以上、ましてや祖母以上だった。祖母は、陽気で人なつこい気質という植民地時代からの世襲財産を、明るく受け継いでいたからだ。

前庭の深紅の絹のショールには、ニューイングランドの平穏なこの村一番の名門が守ってきた厳粛な習慣のすべてに対し、真っ向から闘いを挑んでいる様子があり、玄関口に現れてこのショールを見やったこの屋敷の女主人の顔には、訪問客が浮かべるような、面白がると同時にやや気づかわしげな表情が浮かんでいた。当時ニューイングランドの暮らしでは、重々しく控えめな態度が不可欠とされており、臨時の祝いごとの席では、心からのもてなしとご馳走がつねではあっても、時としてそれは人目を気にした結果にすぎず、そのあとではかならず、食事にしても暮らしぶりにしても、禁欲的な生活に戻るのだった。ニューイングランドのもっとも退屈な時代、おそらく知的職業に対してもっとも気取りをもっていた時代、「神の福音」という言葉にもっとも狭い解釈しか許さなかった時代、社会の出来事に対してもっとも狭量な無関心を装った時代、ミス・ハリエット・パインが生きていたのはそうした時代だった。宗教上の自由を求める気運の高まりは、かえって最初はひどく頑固な反動をもたらし、極端な形式主義を生じさせたものだった。自分たち自身のことしか頭になかったアッシュフォードのような静かな田舎の小村の場合にはとくにそうだった。だから今、小さな酵母がその活動を開始する潮時だった。自由を求める戦争への情熱は遥かに遠のき、愛国心と新たな解放をめざす来るべき戦いへの情熱はいまだほとんど萌していなかったこの瞬間こそが、潮時だったのだ。

これまでの活動が深い眠りについたような古い屋敷のくすんだ内部、すっかり沈鬱に様変わりした生活は、こうした当時の社会状況をまさに象徴していた。そして小さな酵母は、屈託のない少女の姿を借りてはっきりと目に見えるかたちで登場した。彼女はヘレナ・ヴァーノン、ボストンからきたハリエットの若いいとこで、この家の女主人とアッシュフォードの村全体が染まっている不必要なまでの厳粛ぶりを、なかば面白がり、なかば苛立たしく感じ、陽気なものに変えようという難題に取り組みはじめた。毎日を楽しくしようとする一連のとっぴで、概して無邪気な彼女の試みを、ハリエットは黙って傍観していた。ハリエットからすれば、それはさしずめ一匹の仔猫が、手に届きもせぬ鳥や風に舞う葉を追いかけて、あっさりと毛糸玉を放り出してしまい、つぎにはそのどちらも放り出して、大切なカーテンの飾り房の端にじゃれついて、悪ふざけをするようなものだった。

ヘレナは悪戯っぽく輝く瞳で、うっとりさせるような古い唄を歌い、ギターも奏でた。誰にでも親切で、しかも美しかったので、なおさら明るい魅力に溢れ、思慮分別さえあるように見えた。彼女の身のこなしも素晴らしかった。愉快な人が足しげく訪れる都会の家庭に特有の育ちの良さを感じさせ、愛くるしく伸びやかで、優雅なふるまいがおのずと身についていた。人に対して尊敬心を欠いているかと思えるほど物おじをせず、また自分の体面にこだわる必要も感じていなかった。ハリエットは表門から牧師がやってくるのを見ると、不安にこわばり、女中のマーサがひょっとして玄関に出られるきちんとした服を着て、扉を叩く音を聞きつけてくれはしまいか、と必死に願った。ところが玄関に走り出たのはヘレナのほうだった。どんなことでも楽しみなヘレナは、クロフトン牧師をあたかも同い年の気の合う友人のように迎えた。初対面となったこの堅苦しい訪問のあいだ、彼女はまずまず礼儀正しくふるまっただけでなく、さりげない明るさで雰囲気を和らげ、牧師から、残念ながら長らく使わずじまいだが、以前はテノールの歌声の持ち主だったという告白を引き出すことにさえ成功した。だがこの牧師が、エマスンの詩について牧師らしくもなく夢中で讃えすぎたのでなければいいがと願い、日頃のたしなみも忘れていつになく大胆になったような高揚を覚えながら、上機嫌で帰っていくと、ヘレナは、玄関に安置されている亡きパイン判事の古びた帽子をつまみあげ、両手でそれをしっかりと持ち、牧師の自意識過剰気味な登場のしかたを、面白おかしくまねてみせるのだった。暗い客間での、気取った、それでいて心配そうな牧師の表情を、ヘレナが鮮やかに再現してみせると、ミス・ハリエットは、ユーモアという原罪の素早い火花をいつも消しおおせるわけではなかったので、思わず声をあげて笑ってしまった。

「本当に、あなたったら！」すぐさま、彼女は大きな声でたしなめた。「そんなに失礼なことをするなんて、困った人だわ！」そう言うと、ふたたび笑って、その効果満点の古い帽子を取り上げ、もとの位置に戻しに行った。

「こんなことだったら、絶対誰にも会わせないようにすべきだったわね」客間の入口へ戻ると、ふたたびしっかり落ち着きを取り戻して、彼女は悲しげに言った。だがヘレナは牧師がいた椅子に腰掛けたまま、牧師のがっしりしたブーツの足そっくりに自分の小さな足を置き、エマスンやギターの話を始める前の彼の厳かな表情をまねていた。「あの方に、サクラの木に登ってくださるかどうか、お尋ねすればよかったわ」いとこがこれ以上笑おうとしないのに気づくと、お芝居を終わりにしてヘレナは言った。「てっぺんの枝に、熟したサクランボがそれはたくさん実ってるの。あたしだってあの方と同じくらい高く登れるけど、もう折れそうなところまで登っても、そこからでは手を伸ばしてもまだ届かないの。あの牧師さんはとても長身で痩せているし……」

「そんなことをしたら、クロフトンさんはあなたのことをなんて思ったかしら。あの方はとてもまじめな青年なのよ」ハリエットは自分が笑ったことをまだ恥じながら言った。「サクランボが欲しければ、マーサか誰かが採ってくれますよ。クロフトンさんにあなたのことを軽薄だなんて思われたら困りますよ。これからのこともあるのだから、あなたのような若い娘は……」だがヘレナはマーサの名前を聞いたとたん、廊下を通って、庭に面した戸口めがけて逃げ出していた。ミス・ハリエット・パインは心配そうにため息をつき、それから揺るぎない信念とは裏腹に、ヘレナに対し思わず微笑みながら、日よけをおろし、屋敷をふたたび厳かに整えた。

正面の扉は閉まっていても、広い廊下の反対側にある戸口は、燦々と陽を浴びた大きな庭に向かって開け放たれていた。庭では、遅咲きの紅白のシャクヤクや金色のユリ、早咲きの背の高い青いヒエンソウが、色とりどりに咲き乱れていた。庭を整然と縁どるツゲは新緑の輝きに包まれ、長い格子垣に絡みついたスイカズラの小花から、昔ながらのこの庭の精髄ともいうべき香りが漂っていた。すでに午後も遅く、太陽は庭の隅に並ぶリンゴの巨木の彼方に沈みかけ、その影が短い淡緑の芝生に伸びていた。反対側のサクラの木々は日光をいっぱいに浴びていた。やがてミス・ハリエットが水ぎわのメンドリよろしく、庭へ降りる石段の上まで様子を見るために出てきてみると、インドモスリンの白い服を着たいとこのかわいらしい姿が芝生を急ぎ足で横切っていくのが見えた。その隣には、新米の女中マーサのひょろ長くて不格好な姿があった。マーサは誰に対しても腰が重く、無関心な様子だったが、この若い来客に対してだけは、驚くほどの献身と忠誠心を発揮していた。

「マーサはのろまなんだから、もう食堂に行ってなくちゃいけないのに。お茶の時間まで、あと三十分しかないんだから」とミス・ハリエットは言い、向きを変えて、薄暗い屋敷の中に入っていった。食事の給仕をするのがマーサの務めで、彼女に仕事を教え込もうと、骨は折れてもたいてい無駄な努力がこれまで繰り返されてきた。マーサはたしかにひどく不器用だったし、おまけに、裕福な農場主に最近嫁いだばかりの、人一倍こまめな叔母から仕事を引き継いだものだから、なおさらその不器用さが目立つように感じられた。つけ加えておくべきは、ミス・ハリエットが相手を面食らわせることにかけては一流の教師であり、彼女に教わると、生徒の頭はたちどころに混乱し、かえって大きな失敗をしがちだったということである。給仕が行き届かないために、マーサはヘレナの訪問をいくぶん心配していたのだが、この客ははじめてのお茶の席で、マーサのしかめっ面やぶざまなしぐさには目をつぶり、ひたすら元気づけるように彼女に微笑みかけ、自分なりのやり方で彼女との友好関係を築こうとした。ふたりがほぼ同い年ということもあり、翌朝ハリエットが降りてくる前に、ヘレナは短い言葉をはさみながら軽く手を添えて、前の晩には失敗してどうしても理解できなかった仕事の手順をマーサに教えた。そうとは知らず、しばらくして心配顔の女主人が入ってきたが、マーサの目は犬の目のように愛情に溢れ、顔には新たな希望が浮かんでいた。恐れていたこの来客が味方であり、高慢なボストンから自分の無知と辛抱強い努力を嘲笑うためにやってきた敵ではないということがわかったからだった。

女主人と女中であるこのふたりの若い娘は、淡緑の芝生を足早に横切っていた。

「熟れ頃のサクランボまで手が届かないのよ」とヘレナは丁寧に説明した。「あたしね、ミス・パインが牧師さんにサクランボを少し贈ってあげたらいいんじゃないかと思ってるの。今さっき訪問してくださったのよ。あらマーサ、また泣いてたんじゃないでしょうね!」

「そうでございますね、お嬢さま」とマーサは悲しそうに言った。「ミス・パインはよく牧師さんに贈り物をなさいます」彼女は意気ごんで認めたが、それは今しがたの涙の理由を聞かれたくないがためのようだった。

「きれいなお皿に粒よりのサクランボを盛ることにしましょう。やり方は教えてあげるわ。そしてお茶が済んだら、あなたにそれを牧師館まで持っていってもらいましょう」とヘレナは楽しげに言い、マーサは喜んでこの役目を引き受けた。ここ数日というもの、マーサの生活には歓喜ともいえるほどの時がいくどとなく訪れはじめていた。

「美しいお洋服を台無しにしてしまいますよ、ミス・ヘレナ」マーサはおずおずと忠告した。ミス・ヘレナは後ろに下がり、細心の注意を払ってスカートが汚れないように持ち上げ、いっぽう目のつんだ青いギンガムの服を着た田舎育ちの娘は、少年のようにサクラの木に登りはじめた。

深紅の果実が輝く雨のように緑の芝生に落ちてきた。

「サクランボや葉がついたままの、手ごろな小枝を何本か折ってね。ああ、マーサ、あなたってカモみたいよ！」マーサは喜びで頬を紅潮させ、カモというよりは細くて厳かなアオサギのように、かさかさと葉を鳴らしながらふたたび地面に降りたつと、清潔なエプロンに収穫を拾い集めた。

その夕方、お茶の時間にこの女中が席をはずした隙に、ミス・ハリエットは言い訳でもするように、マーサがようやく仕事の手順を心得はじめたらしいと告げた。「あの娘の叔母さんには重宝してたのよ。二度同じことを言ってやる必要なんてまるでなかったんですもの。ところがマーサの不器用なことったら、まるで仔牛みたい」と口やかましい女主人は言った。「あの娘にはなにひとつ教えられないんじゃないかって、時々怖くなることがあったわ。そんなときあなたに来られて、お客さまひとりおもてなしできないところを見られたらどうしようって、気が気じゃなかったのよ」

「あら、マーサはすごく熱心だから、じきになんでも覚えてしまうわ」と、この来客は真顔で言った。「とっても気立ての良い娘だわ。あの娘に暇を出さないように、あたし心からお願いします。だってハリエットねえさん、あの娘は毎日少しずつ上達しているんですもの」とヘレナは若くて優しい心をこめて頼み込むようにつけ加えた。食器室の扉が少し開いていて、マーサにはすべてが聞こえてきた。その瞬間から、彼女は愛を知ったばかりでなく、愛ゆえの切実な希望をもいだくようになった。石ころだらけの丘陵地帯の農場と、粗末な木造小屋からここへやってくることは、ちょうどほら穴に住む原始人が美術館に移り住むようなものだった。こまやかで優雅なミス・パインの暮らしぶりは、マーサにはまさにそんなふうに思われ、彼女の単純な頭では、適応や理解にずいぶん時間がかかった。だがこの思いやりぶかい同志であり庇護者、自分のことを信じてくれるこの素晴らしいミス・ヘレナさえいてくれれば、あらゆる困難は乗り越えられるように思えた。

その夕方遅く、ホームシックや絶望感からもうすっかり立ち直ったマーサは、届けもののお使いを終え、ちょっと得意げな面もちでふたりの婦人の前に立った。ふたりとも来客を待ってでもいるように、正面玄関の石段に腰掛け、ヘレナは赤いリボンのついた白いモスリン姿のままで、ミス・ハリエットは薄地の黒い絹服に身を包んでいた。立派なことをなし遂げた幸せに、いつもの内気さを忘れたマーサのしぐさは非のうちどころなく、このときばかりは美しくさえ見え、年齢どおりに若やいでいた。

「牧師さんはわざわざ戸口までいらして、直接お礼をおっしゃいました。サクランボはなによりの好物だそうで、おふたりにはくれぐれもお礼を伝えて欲しいとのことでした。しばらくわたしに待つようにおっしゃって、ミス・ヘレナ、この本をあなたのためにご用意なされました」

「なにを言っているの、マーサ？　わたしはなにも贈った覚えはありませんよ！」ミス・パインは驚いて叫んだ。「ヘレナ、この娘はなんのことを言っているんです？」

「心ばかりのサクランボのことよ」とヘレナが説明した。「クロフトンさんが午後じゅう教区を巡られたあとで、召しあがらないかな、と思ったんです。マーサとあたしでお茶の前に用意しておいたのを、簡単な言葉を添えて持っていかせたんです」

「あら、良いことをしたわね」とミス・ハリエットはまだ腑に落ちないながらも安心して言った。「わたしはまた、あなたがなにか……」

「いいえ、いつもの悪戯なんかじゃなくてよ」とヘレナはきっぱりと答えた。「マーサがこんなにすぐ行ってくれるとは思わなかったわ。サクランボが緑の葉に飾られてどんなに映えたか、お見せしたかったわ。縁が透かし模様になった、このお屋敷自慢の白いお皿に盛ったの。明日またマーサにやって見せてもらいましょう。ママのやり方をお手本にしてみたの」

ヘレナの指は、小包の固い結び目を解こうと奮闘していた。

「ハリエット、これを見て！」と彼女は誇らしげに告げた。マーサは冒険で成功を収めた喜びに顔を輝かせ、屋敷の角を曲がって姿を消していた。「ほら！　牧師さんが本を贈ってくださったの。なんとかについての説教ってあるわ。なんの説教かしら、暗くてよく見えないわ」

「きっとあの方の『人生の深刻さについての説教』に違いないわ。あの方がご本になさった唯一のものだったはずよ」とミス・ハリエットはとても喜んで言った。「たいへん立派な講話という評判なのよ。あなたにずいぶん丁寧にお礼をしてくださったっていうことだわ。あなたの子供っぽさを牧師さんに気取られやしまいかと、わたしは内心穏やかじゃなかったんだけれど」

「あの方の前では、立派にふるまったつもりよ」とヘレナは主張した。「牧師さんといっても男の方ですもの」と言いつつも、彼女は嬉しさで顔をほてらせた。著者から本を貰うなんて、たしかにちょっとした自慢であり、そんな贈り物のせいで、敬虔なこの家の人たちにとって自分の価値が増したようにも感じられた。また牧師はただ男性であるだけでなく独身でもあり、ヘレナのほうは異性の心を捕らえることにもっとも熱中する年頃だった。いずれにせよ、ふたたびハリエットの上機嫌を得るのは心地良いことだった。

「あの親切なお方をどうかお茶にお招きしてちょうだい！　ちょっと陽気にしてさしあげないと」とインドモスリンのこの美少女は頼み込み、黒く輝く説教集を満足そうに、だがまるでその本の役目がそれで終わったかのように玄関の石段の上に置いた。

「マーサがここ数日のような調子で良くなっていくのなら、考えてみてもいいわね」とミス・ハリエットは期待をこめて約束した。「わたしひとりでは、ご招待してもクロフトンさんを充分おもてなしできるかどうか、いつも心許なかったのだけど、でもあの方はきっと喜んで来てくださると思うわ。とてもお上手にお話をなさるし」

II

当時は長期滞在があたりまえの時代で、仲の良い友人がたがいの家で食事をしたり、一泊したりするだけのために、百マイルの旅を厭わないという時代は、まだ到来していなかった。

ヘレナは爽やかな初夏の数週間をのんびり過ごしたあと、しぶしぶ重い腰を上げ、家族と合流するためにホワイト・ヒルズへ去っていった。彼女の一家は、ほかの上流家庭の例にたがわず、八月まる一ヵ月を郊外で過ごそうとすでにそこへ移動していたのだった。この陽気な若い来客は、別れを惜しむ多くの友人をあとにすることになったが、そのひとりひとりに翌年また戻ってくると約束した。彼女はあの牧師の愛に報いることもなく、またアカデミーの青年校長をも同じ憂き目にあわせたが、彼らの自尊心はそれで傷つくどころか、彼女のお蔭で、世間に対して前にもまして広い視野をもち、自分自身のこの世での仕事や、隣人の仕事や悩みに対して、以前より多少とも深い思いやりをもてる人物へと成長を遂げていたのだった。ミス・ハリエット・パインでさえも、余計な偏狭さと偏見を失っていた。彼女は生まれつき気立てが良く、寛大で愛情ぶかかったものの、このところそうした性質が頑固になりかけていたところだった。彼女は自分が若返り、自由で、しかもそれほど寂しくなくなっていることに気づいた。ヘレナほど陽気で、魅力があり、優しい人はこれまでいなかったし、彼女ほど社交の才にたけ、友達としてつきあいやすく、肩の凝らない人はいなかった。彼女の若い生命の輝きは、老若どちらの相手でも気後れさせるということがなく、彼女の美しい衣装がほかの娘たちをくすませ、流行遅れに見せたりすることもなかった。彼女がミス・ハリエットの馬車に乗り、母親が南部からの友人たちとやきもきしながら待っている、新しいプロファイル・ハウスでの陽気な団欒に加わろうと、ボストン行きの鈍行列車の乗り場に向かって行ってしまうと、アッシュフォードでは、まるでもう二度とピクニックやパーティーが開かれることがないかのようで、村全体に残されたのは、年を重ね、冬に備えることだけであるかのようだった。

出発の日の朝、マーサはミス・ヘレナの寝室にやってきたが、彼女がずっと泣いていたことは歴然で、ホームシックと絶望感に泣き暮らした最初の惨めな一週間のマーサにまるで逆戻りしたかのようだった。愛のためにこそ、彼女はたくさんの仕事の手順を、しかも正確に学んできたのであり、彼女の目は、ヘレナの身のまわりの世話をやくどんな小さな機会も見逃さぬよう、素早く動くようになっていたのだ。彼女ほど控えめで献身的な人はいなかった。彼女はヘレナより遥かに年上に見え、すでに面倒見のよい人に特有の優しげな物腰が身についていた。

「あなたには甘やかされちゃったわ、愛しいマーサ!」とミス・ヘレナはベッドから言った。「家に帰ったらなんと言われるかしら。まったくの甘えん坊になっちゃって」

マーサは日よけを上げて夏の朝の光を入れるばかりで、ひとことも口をきかなかった。「仕事がずいぶん板についてきてるわ」とこの小さな女主人は続けた。「あなたがあんまり一生懸命だから、あたし自分のことが恥ずかしくなっちゃったくらい。はじめ、あなたはお花を全部いっしょくたに詰め込んだりしたけど、今では美しく活けられるんですもの。ゆうべなんか、食卓の飾りつけをハリエットねえさんがとても喜んでいたから、あなたがなにからなにまで自分でやったんだって、あたし教えてあげたの。あたしが戻ってくるまで、家じゅうのお花をみずみずしくきれいに咲かせておいてくれるかしら？ ミス・パインにはそれがなによりなのだから。それからあたしのスズメさんたちにも餌をあげてくれる？ とてもなついてきてるんですもの」

「ええ、もちろんですとも、ミス・ヘレナ！」一瞬マーサは怒ってでもいるように見えたが、つぎの瞬間、突然泣きだし、エプロンで顔を覆ってしまった。「ここに来たばかりの頃は、なにひとつ理解できなかったんです。わたしはどこに行ったことも、なにも見たこともなかったですし、ミス・パインが話をすると、わたし、怖くてしかたなかったんです。わたしにもやればできるんだって教えてくれたのは、お嬢さまなんです。母や弟たちのことを思うと、仕事を失いたくはありませんでした。ひどく暮らしに困っていたものですから。ヘプシー叔母さんは台所仕事をうまくこなしていましたけれど、来た当初はやっぱり、へまばかりしていたようで、だから奥さまはわたしのことを辛抱してくれてもいいはずだって、言っていました」

ヘレナは笑った。白い飾りカーテンの下におさまって、彼女はとても美しく見えた。

「たぶんヘプシーの言うとおりだわ」と彼女は言った。「あなたのお母さんのことをもっと聞けたら良かったのに。今度あたしが来たら、あなたのお母さんに会いに、山奥のあなたの家のほうに遠出してみないこと？　マーサ！　あたしがいなくなっても、時には思い出して欲しいの。約束してくれない？」と言うと、明るく輝く若い顔が急に深刻になった。「あたしも辛い時があるの。覚えなきゃならないことをいつも覚えられるわけじゃないし、ものをきちんと整理しておくことがいつもできるわけでもないしね。あたしのことを絶対忘れないで、あたしのことを信じていて欲しいの。それがなによりの助けになると思うの」

「忘れたりしません」とマーサはゆっくり言った。「毎日、お嬢さまのことを考えます」彼女は部屋の掃除を言いつけられでもしたように、ほとんど無造作に答えたが、素早くわきに目を逸らし、お湯の入った水差しの下の小さな布を意味もなく引っ張って、すっかりかたちを崩してしまった。それから彼女は長く白い廊下を泣きながら足早に去っていった。

III

心から愛し、尽くしてきた友人が視界から消え去ると、生活からも喜びが消えてしまう。だが愛が本物なら、この理想の存在、この完璧な友人を喜ばせたいという、いっそう次元の高い希望がほどなく訪れるものだ。ありきたりの喜びが高い次元へと発展するのである。物事を見抜く力のない人には、アッシュフォードに残されたマーサの生活ほどつまらぬものはないように見えたかもしれない。足取りは重く、目は始終うつむきかげんで、果てしない労苦にひたむきな様子だった。だが彼女が顔を上げると、その目の輝きには人を驚かせるものがあった。彼女は崇高な感情をしっかりと受けとめることに幸福を感じ、心から愛する人を喜ばせようと努力を重ねることに比類ない満足を味わうことができた。ほかの人たちに気に入られたいと望むことはなかった。彼女が求めたのは、他人に対して最善を尽くし、理想の人に対して服従することであり、その結果この理想の存在は、聖者の姿、空に描かれた天上の存在のごときものへと昇華されることになった。

夏の日曜の午後になると、マーサは天井の低い自分の小部屋の窓辺にすわって、脇庭とニレの見事な枝を見やった。この古い木製の揺り椅子は安息日の幸せな瞑想のためのもので、こんな日曜日を除いて、彼女がこの椅子に腰掛けることはなかった。彼女は飾りのない黒い服と清潔な白いエプロンを身につけ、膝には真鍮の把手がついた小さな木製の箱を載せていた。彼女は六十歳を越え、年齢より老けて見えたが、それでもその顔には、少女時代に時折浮かべた表情が見てとれた。彼女は昔ながらのマーサだったのであり、手は老齢と労苦でやつれても、顔は相変わらず光り輝いていた。ヘレナ・ヴァーノンが去っていったのはつい昨日のことのようだったが、実際には四十年以上もの年月が経過していた。

戦争とその後の平和が変化や大きな不安をもたらし、大地の表面にはいくつもの洪水や大火が跡をとどめ、女主人と女中の顔には笑顔と涙が深く皺を刻み、空には何事もなかったかのように星が瞬いていた。アッシュフォードの村はその平凡な歴史の数ページを重ね、牧師は説教をし、人々は傾聴し、時折葬式の列が道をゆっくりと通り過ぎていき、時折赤ん坊の輝いた顔が教会の家族席の仕切りから覗いた。ミス・ハリエット・パインは白い大きな屋敷に住みつづけていたが、その屋敷は塗装を繰り返し、風格のある屋根に新しい横木が取り付けられたことを除けばなんの変化もなく、そのためにますます目立つようになっていた。ミス・ハリエット自身は、不安に揺れた若い頃のためらいなど、遥か昔に卒業していた。彼女はすでにあらゆる決断をくだし、必要な問題をすべて解決してしまっており、彼女の人生設計は、日本庭園の縮図化された風景のように完璧で、見事に秩序だっていた。彼女に残された唯一の重大な変化は、来世に移行するという最終的な変化だけだったし、この点に関しては、自然そのものと彼女自身の汚れなき人生とが、おもむろに準備してくれることになっていた。

ヘレナ・ヴァーノンの婚礼このかた、平穏な生活の流れを波立たせる大きな社交上の出来事はほとんどなかった。この結婚式には、盛装したミス・パインが、ヴァーノン家の紋章入りの銀食器を贈り物に携えて出かけていったが、彼女は内心では、結婚生活の脆さに対して危惧の念がないわけでもなかった。というのも、ヘレナは独身生活を楽しんでいたし、その豊かな同情心や素早い決断力を頼りにする人々の力になることも楽しんでいたので、彼女のような女性にとって、自分の個性を捨てて夫だけのために生きることは、生易しくないと思えたからだ。とはいえ立派なイギリス紳士との縁組は、ミス・パインのような古風な上流婦人にとって、魅力がないわけではなかったし、ヘレナ自身も驚くほど幸せで、ある日アッシュフォードに便りが届いたが、ハリエットに新鮮な喜びと高い期待を告げるその手紙からは、愛で恍惚状態にある彼女の心臓の鼓動がまさに聞こえてくるようだった。「愛しいジャックについてのくだり、マーサにすべて伝えてね」と、のぼせあがったこの娘は書いていた。

「マーサにあたしの手紙を見せて、それから来年の夏には帰国して、世界じゅうで一番ハンサムで最高の男性をアッシュフォードに連れていくって、どうか伝えてください。彼には大事なお屋敷やお庭のこと、全部話しました。サクランボを採ってくれるような六フィート二インチも背丈のある青年なんていなかったってことも含めてね」ミス・パインはけげんに思いながらこの手紙をマーサに渡したが、マーサは自分でも不思議だといわんばかりの顔をして、この手紙を慎重に受け取り、ひとりでゆっくり読める場所に向かった。マーサは手紙を読みながら泣き、今まで味わったことのないような喪失と苦痛を経験し、またサクランボ狩りの記述にはいくぶん傷ついた。見知らぬ人の崇拝の対象となった今、彼女の崇拝の対象は、やや遠のいてしまったかのようだった。彼女はそれまでこのような手紙を自分のものにしてしまったことはなかったが、しまいには愛が勝利を収め、ミス・ヘレナさえ幸せならばと考えて、われながら大胆にヘレナの名前が記された最後のページにキスをすると、ミス・パインの書きもの机になにも言わずに封筒だけ戻しておいた。

どんなに寛大な愛といえども、安心を求めずにはいないもので、マーサは相手が覚えていてくれたことを喜んだ。結婚式が迫ったときも、彼女の存在は忘れられていなかったのだが、ミス・ヘレナがハリエットに、マーサを連れてきてもらえまいかと頼んだことを、マーサは少しも知らされなかった。ミス・ヘレナはマーサに、結婚式を見守っていてもらいたいと願ったのだった。「お花のぐあいを見てくれると思うわ」と、幸せいっぱいのこの娘は書いていた。「あの娘は来たがると思うし、ママに頼んで、彼女にボストンを案内してくれる人を手配して、結婚式の大忙しのあとは、楽しいひとときを過ごしていってもらえるようにするわ」

ハリエットはこの誘いをたいへん親切で、ヘレナの性格をよく表していると感じたが、マーサはきっとくつろげないだろう、こんなことを考えるなんて、いかにも軽率で子供じみている、ヘレナの母親は、ちょうど家族が多忙をきわめる折に、余計な客など望むはずもないから、この招待については口をつぐんでいることにしよう、マーサもまじめに仕事をしていれば、そのうちボストンへ連れていかねばなるまいが、今がその時ではない、と考えた。ヘレナはマーサが来てくれたかどうか忘れずに尋ねたが、そっけない返事を聞いてひどく驚いた。それは、結婚式の前日ぐらい、なんでも自分の思いどおりに叶えられる妖精の王女でいさせてもらえると思っていた彼女に、そうではないのだということを痛感させた最初の出来事だった。自分が幸せになってみて、彼女は相手の心に秘められた愛を痛いほど理解することができ、マーサがさぞ近くにいたかったことだろうと思い知った。翌日、この幸せな若い王女ともいうべき花嫁は、大きなケーキを少し切り分け、結婚式の贈り物のひとつが収められていた小箱にそれを入れた。しきりに彼女の名を呼ぶ声が飛び交い、友人に取り巻かれ、母親の顔が別れの思いにしだいに寂しそうになる中で、彼女はぐずぐずとためらっていたが、急に走り出すと自分の鏡台に小物を取りに行った。小さな鏡と、マーサが覚えているに違いない小さなハサミと、彼女の旧姓が刺繍された美しい一枚のハンカチーフ、彼女はこうした小物も箱にいっしょに収めた。それは子供じみた気まぐれで馬鹿げた思いつきともいえたが、彼女は自分の幸せを分かち合いたいと願わずにはいられなかった。マーサの生活はそれほど無味乾燥で退屈だったのだ。彼女はハリエットに伝言を囁き、別れの挨拶を交わしながら、マーサ宛てのその小さな包みをハリエットの手に託した。彼女はハリエットのことが大好きだった。彼女は昔ながらに茶目っ気たっぷりに微笑んだ。アッシュフォード再訪を約束すると、マーサの当惑した表情とひょろ長い不格好な姿が彼女の脳裏に突如浮かんだ。待ち侘びたいくつもの声がヘレナを呼び、夫が玄関で待ちかまえていたので、彼女は急いで出ていき、懐かしい我が家と娘時代を喜んであとにした。ハリエットに別れのキスをしたとき、自分たちがひどく年老いてしまうまで再会できないことなど、彼女は知るよしもなかった。その日、妻となった彼女が希望と喜びを胸に父の家から踏み出した一歩は、ボストン公園の緑なすニレの木立や母国や最愛の人々から、彼女を遥か遠く、きらびやかな変化に富む外国生活へ、ひとりの女性が受けとめ、知りうるかぎりのあらゆる哀しみや喜びへと、彼女を導くことになる第一歩だった。

日曜の午後になると、マーサはアッシュフォードの屋敷の窓辺によく腰をおろし、のちに海で死ぬことになったお気に入りの弟が作ってくれた木製の箱をかかえ、その中から、ウェディングケーキを収めていた金色の蓋つきのかわいい小箱と、小さなハサミと、銀ケース付きの曇った小さな鏡を取り出すのだった。細いレースで縁取りされたハンカチーフはといえば、彼女は二、三年に一度、それにまるで花のように水を振りかけ、昔ながらの淡緑の芝生に広げて陽射しにあて、不敵なコマツグミやレンジャクにくわえ去られてしまわぬよう、近くの低木の植えこみにすわって見張りをするのだった。

Ⅳ

ミス・ハリエット・パインは、マーサのような女中兼友人をもって幸運だと、よく羨ましがられた。ひょろ長いこの女性は、細い体と鈍い動作に変化はなかったものの、時が経つにつれ、この古びた屋敷の魅力と威厳に調和するような、厳かなふるまいと素朴で愛情に満ちた表情を身につけていった。彼女は聖者のごとく、自分では気づかぬ美しさに溢れ、無数の生命を庇護しながら自分の場所にひっそりと聳える一本の木に似た、見映えの良さに溢れていた。もちまえの質素で飾らぬ心、美しく深い心づかい、遠慮、困った人や病人に対する優しさ、こうした天賦の才や魅力のすべてをマーサは静かに内に秘めていたのだった。自分には資格がないと謙遜して、教会に正式に属していなかったとはいえ、彼女の生活は奉仕の努力と喜びに貫かれていたので、信仰を忘れるはずもなく、日曜日にはきまって、教会の戸口付近の後部座席に慎ましくすわっていた。彼女を教育したのは追想だった。ヘレナの若々しい瞳が喜びに満ちた無邪気な顔から、励ますように絶えず彼女にそそがれていた。不器用な彼女を教えようとするヘレナの忍耐づよい優しさは、けっして忘れることができないものだった。

「すべてはミス・ヘレナのお蔭だわ」窓辺にひとりすわったマーサは、なかば声に出して言ったが、それは何千回となく彼女の心の中で繰り返された思いだった。形見の小さな鏡を覗き込むとき、彼女はいつもそこにヘレナ・ヴァーノンの面影のかすかなごりを探すのだった。だが見出されるものは、不思議そうに見返している彼女自身の茶色く年老いたニューイングランドふうの顔だけだった。

ミス・パインがボストンの友人を訪問する回数は年ごとに減っていったし、アッシュフォードまで足を延ばしたり、夏に長期滞在したりする友人もほとんどいなくなったので、生活は単調さを増していった。時々海の向こうのヘレナから、近況報告やみなさんによろしくとの伝言が、何枚もの薄い便箋にぎっしりと文字を連ねた手紙となって届いた。手紙には、貴族やその夫人たちのこと、ダイサート家の豪勢な旅行の様子、幼い子供たちの死や息子たちの学校での活躍ぶり、ひとり娘の結婚式のことが書かれていたが、その結婚式も、もう何年も前の出来事だった。こうした出来事は遥か遠くに霞んで、実際に起こったというより、物語の中の出来事のようだったが、彼女にとって本当の過去との結びつきは、まったく異なるところに残っていた。ヘレナが餌づけしはじめたスズメは相変わらず群がり、マーサは毎朝勝手口の石段からパン屑を撒き、ミス・パインは食堂の窓からその様子を見守っていた。スズメたちは毎年その数を数えられて大事にされた。

ミス・パインには頑固な癖がいくつもありはしたが、想像力や創意の才とはほとんど無縁だったので、やがてこの女主人を気づかい、趣味の良さを発揮するのは、マーサの役目となった。以前は来客用にだけとっておかれた風格さえも、誰もはっきりとは気づかないうちに、やがて屋敷での日常の家事全般にわたって感化を及ぼすようになった。女主人も女中も、客をもてなす機会があれば、それをみすみす逃すことはなかったものの、ミス・ハリエットは日頃ほとんどの場合、優雅に飾られた食卓にひとりですわることになった。その食卓にはみずみずしい花と美しい年代ものの陶器が彩りを添えたが、それというのもマーサが丁寧に使いこなしてみせたので、こうした陶器を食器棚にしまいこんでおく理由がなくなってしまったからだった。毎年サクラの老木が実をつけると、マーサは、例の縁に透かしの入った、白くて丸いイギリス製の年代ものの皿に、尖った緑の葉と深紅のサクランボを山と盛り、牧師のもとに届けたが、牧師の妻は、夫が毎年顔を赤らめ、喜ぶと同時に恥ずかしそうに、なにか特別なことをされたかのようにマーサに感謝する、その本当の理由を知ることはついぞなかった。マーサが時折新聞を読んで見つけた、家事を芸術に高めるための気の利いた助言で、利用しないものはひとつとしてなく、またパイン家の昔ながらの洗練された家事の習慣で、彼女がなくてもいいと判断したものもひとつとしてなかった。そして約束どおり毎日、いや、日に何度も、彼女はミス・ヘレナのことを考えた。こうすることがお嬢さんを喜ばせるだろうか、それともこうしたほうがお嬢さんの意に添い、目に適うだろうか、というぐあいに。折々の手紙や来客の話によってアッシュフォードにはるばる届く数少ない消息は、マーサ自身の人生の一部に、彼女自身の心の歴史の一部になった。彼女の部屋のランプ用の小卓の上には、擦り切れた古い地理の本が、ヨーロッパの地図のページを開いたままにして置かれ、ヘレナのいる都市を示すために、かつてヘレナのドレスの飾りから欠け落ちたルビーもどきの古風なメッキのボタンが使われていた。外交生活の波瀾のままに、マーサは地図の上で隅から隅まで女主人のあとを追った。ボタンは時にはパリにあり、時にはマドリッドに置かれた。長いあいだ帝政ロシアの首都セント・ペテルスブルグに留まったときは、マーサも心配でやきもきしたものだった。物覚えが悪かったにもかかわらず、マーサはしまいにはすっかり教養を身につけた。というのも、忠実な彼女にはこうした外国の街での暮らしのすべてが関心の的だったからだ。なついたスズメたちにパン屑を投げあたえるときも、彼女の心は満たされていた。それもまた、同じひとつのことの現れであり、同じ愛情に捧げられていたからだった。

V

初夏のある日曜の午後、ミス・ハリエット・パインはマーサの部屋へ向かう廊下を急ぎながら、部屋にいたマーサが戸口に出てくるのも待たずに、二、三度彼女の名を呼んだ。いつになく嬉しそうに興奮したミス・ハリエット・パインの手には、なにかが握られていた。

「マーサ、どこなの？」彼女はふたたび呼んだ。「早く来てちょうだい、伝えたいことがあるのよ！」

「ただいま、ミス・パイン」とマーサは言い、やっとのことで大事な箱をタンスにしまい、地理の本を閉じた。

「今晩、六時半に誰が来ると思って？　万事につけて最高のおもてなしをしなくてはいけませんよ。ハナにもすぐに会わなければいけないわ。長いあいだ外国に行ったきりだったわたしのいとこのヘレナを覚えていて？　ミス・ヘレナ・ヴァーノンよ、今では貴族のミセス・ダイサートですけどね」

「ええ、覚えていますとも」マーサは少し蒼ざめて答えた。

「あの娘が帰国していると知って、手紙で長期滞在に招待しておいたのよ」ミス・ハリエットはこのときばかりは珍しく説明した。というのもハリエットは、満足した訪問客から受け取るお礼の手紙だけは、忘れずにマーサに伝えたが、そのほかのことについてはいろいろな説明を省きがちだったからだ。「彼女は予定を数日くりあげて、すぐに会いにくると電報を打ってきたの。都会のほうは、暑さが厳しくなりかけているんでしょうね。たぶん長いあいだの外国暮らしで、日曜日に旅行することにも抵抗がないんだわ。ハナは出てきてくれると思う？　お茶の時間を少し遅めにしましょうね」

「かしこまりました、ミス・パイン」とマーサは言った。激しい耳なりがして、彼女は自分がふつうに話せているのかどうか心配だった。「それなら摘みたてのサクランボを用意する時間も取れます。ミス・ヘレナはあのサクランボがとてもお好きですから」

「あら、言い忘れてたけど」とミス・パインは、マーサの顔のいつもと違う表情にいささか戸惑って言った。「マーサ、ミセス・ダイサートはすっかり変わってしまっていると思うのよ。ここに来たのはだいぶ昔のことだし、わたしだって結婚式以来会っていないし、かわいそうに、あの娘は辛い思いをずいぶんしたんですものね。庭に降りていく前に、客間に風を通して、お部屋を整えておいてね」

「すっかり準備できていますとも」とマーサは言った。「お嬢さまがいらっしゃる前に、庭から野バラを少し二階にお持ちしましょう」

「そうね、あなたはいつも気が利くのね」とミス・パインはけげんな気持ちになりながら言った。

マーサは返事をしなかった。彼女は電報をもの欲しそうに一瞥した。これまでずっと胸に秘めてきた愛について、ミス・パインがなにも知らずにいることを、彼女はこれまで一度も疑ってみたことはなかった。そんな秘密をもつことは、なかば苦痛であり、なかば無上の喜びであり、彼女はこの瞬間の驚きに耐えられないほどの思いだった。

まもなくこの報せは、彼女の足に軽やかな喜びの翼をあたえた。ミス・ヘレナに面識のない料理人のハナは、年老いた女主人に用があって一時間後に客間に入っていったとき、この見知らぬ来客がとても大事な人物に違いないと確信した。その夕べほど見事に飾られたお茶のテーブルを見たことはなかったし、客間全体に目を移しても、東インド製の年代ものの水差しにはどれも、みずみずしく花をつけた大枝が数本ずつ活けられ、鏡板を嵌め込んだ玄関にはユリの花が活けられ、華やかな祭典でも催されるのかと見紛うほど、花がいたるところに飾られていたからだ。

晴れ着に身を包んだミス・パインは、穏やかな風格を漂わせて窓辺にすわり、外に目をやっていた。馬車は今にも到着する頃だったが、彼女は今では家の外に出る習慣がなかった。マーサはエプロンにサクランボと、さらにいっそうたくさんの花を抱え、庭から入ってきたところだった。六月の涼しく輝く夕暮れで、ムクドリモドキがニレの木立でさえずり、太陽は庭の隅に並ぶリンゴの木の彼方に沈もうとしていた。美しく古い屋敷は、長いあいだ待ち焦がれた客を迎え入れようと、大きく開け放たれていた。

「門のところまで行ってみようと思うの」とミス・パインはマーサの同意を求め、マーサはうなずき、ふたりそろってゆっくりと正面の広い歩道を歩いていった。

路傍の芝生にふたりで立っていると、馬と車輪の音が聞こえた。マーサははじめ見ることができず、馬車が近づくと、門の内側の白いライラックの茂みへと後ずさりしてしまった。ミス・パインが出迎え、彼女は両手を差しのべ、喪服姿の、疲れはて、腰の曲がった小さな体をしっかりと受けとめた。「ああ、ミス・ヘレナが、わたしと同じような老婆になってい る!」とマーサは痛ましさにすすり泣いた。こんなふうになろうとは、彼女は想像してみたこともなかった。これにだけはとても耐えられなかった。

「マーサ、どこにいるの?」とミス・パインが呼んだ。「これはマーサに運ばせますよ。ヘレナ、うちの大切なマーサを忘れてはいないでしょう?」するとミセス・ダイサートは顔を上げ、昔と少しも変わらぬ笑顔を見せた。顔はすっかり変わりはてても、この若さみなぎる瞳だけは昔のままだった。こうして往年のミス・ヘレナが蘇ったのだった。

その夜、マーサは以前のように慎ましく、黙ったまま、愛しい女主人の部屋に仕え、昔ながらの愛情をこめて身のまわりの世話をやいた。長い年月が数日のように感じられた。最後に、まだできることはないかと考えながら、今しばらくたたずみ、それから静かに立ち去ろうとすると、ヘレナが彼女を呼び戻した。彼女は不意にすべての事情を察し、口を開くことができずにいたのだ。

「ああ、愛しいマーサ！」と彼女は叫んだ。「おやすみのキスをしてくれない？　ああ、マーサ、ずっとこれまで、こんなふうに覚えていてくれたなんて！」

ライラックの花

Lilacs

ケイト・ショパン

マダム・アドリエンヌ・ファリヴァルが前もって訪問を予告することなどなかったが、それでも善良な修道女たちは彼女をいつ待ち受ければいいか、よく心得ていた。ライラックの花の香りがあたりに漂いはじめると、シスター・アガトは日に何度も窓辺に目をやるようになり、その顔には、純粋で無邪気な人が愛する人の到着を待ち望むときに見せる、幸せそうな、喜びに満ちた表情が浮かんでいた。

だがはじめに気づいたのは、シスター・アガトではなくシスター・マルセリンであり、ちょうど修道院の前の美しい芝生の斜面を登ってくる彼女の姿をとらえたのだった。その腕は、道すがら手折ってきたたくさんのライラックの枝でいっぱいだった。彼女はいつも茶色ずくめで、春を告げる鳥のようだと修道女たちはよく言ったものだった。姿は丸みをおびて気品があり、足取りは楽しげで軽やかだった。彼女をこの修道院まで乗せてきた馬車は、堂々とした玄関へと続く砂利道をゆっくりと登った。御者の傍らには、彼女の慎ましやかな小さな黒い旅行鞄があり、そこには名前と住所が、「マダム・A・ファリヴァル、パリ」と白い文字で記されていた。シスター・マルセリンの注意を引いたのは、馬車が砂利道を踏みしだく音だった。こうして上を下への騒ぎが始まったのだった。

いくつもの窓辺に白い帽子を被った頭がにわかに現れ、彼女のほうはみんなにパラソルとライラックの花束を振った。シスター・マルセリンとシスター・マリアンヌが玄関に姿を現して、そわそわと彼女の到着を待った。だがシスター・アガトは誰よりも大胆で衝動的だったので、石段を降りると、芝生を走って彼女を迎えにいった。なんという抱擁だろう！ ふたりのあいだでライラックは押しつぶされてしまった。なんと熱烈なキスだろう！ ふたりの女性の頬を染めているのは、なんと幸せなピンク色だろう！

修道院の中に入り、周囲の懐かしい調度品を愛撫するようにゆっくり眺め、どんな些細な変化にもいちいち目をやっているうちに、アドリエンヌの落ち着いた茶色の瞳は愛情のあまりに潤んできた。床の剝きだしの白板は、その艶を少しも失っていなかった。大広間や面会室の壁ぎわに何列にも並んだ固い木の椅子は、最後に目にした去年のライラックの季節から、また一段と磨きをかけられたかのようだった。そして大広間のテーブルの上方の壁には、新たにサクレクール寺院の絵が飾られていた。もう何年ものあいだ、この名誉ある場所に架けられていたシエナの聖カタリナの絵はどうしたの？ チャペルでは――彼女の目を欺こうとしても無駄だった――一目で、聖ヨセフのマントの青が新しく塗り直されて、その頭部の光背も新たに金メッキを施されたことを見抜いた。それなのにあそこの聖母マリアは放ったらかしよ！ いまだに去年の春の衣装のままで、並べてみると薄汚れて見えるほどだわ。不公平だわ――こんなえこひいきをするなんて！　聖母さまは嫉妬して、不平をおっしゃるに違いないわ。

だがアドリエンヌはぐずぐずせず、すぐに修道院長のもとに挨拶に行った。院長はその威厳ゆえ、たとえこの懐かしい生徒を歓迎するためであっても、自分の部屋の扉から出て来ることはできなかったのだ。たしかに、彼女は威厳を絵に描いたような人物で、どっしりとしてゆるぎなく、超然としていた。彼女はアドリエンヌにおざなりにキスをすると、この若い女性と過ごした十五分のあいだ、当たり障りのない話を院長らしく淡々と続けた。

アドリエンヌの今回の贈り物がおずおずと差し出されたのはこの時だった。というのもアドリエンヌは、この修道院を訪れるたび、かなり高価な贈り物を小さな黒い旅行鞄につねに忍ばせてきたからだ。去年の贈り物は、聖母マリアへの宝石のネックレスで、それは修道院の大事な祝祭日など、特別な場合だけ、聖母の首にかけられることになっていた。その前の年は、高価な十字架像で、黒檀の十字架に象牙のキリスト像が架けられていて、十字架の先端には銀細工がかぶせてあった。今回の贈り物は、刺繍をほどこした亜麻製の祭壇用の掛け布で、種類も珍しく繊細な出来栄えだったので、こうした品に目の利く院長はアドリエンヌを、こんなにしてもらっては困りますよ、と優しく叱った。

「でも、院長先生、わたくしにとっては人生最大の楽しみなのですわ——こうして年に一度、皆さま方にお目にかかりたくて、こんな気持ちばかりの品を持ってまいりますことが」

修道院長は彼女を送り出しながら告げた。「我が子よ、くつろいでいきなさい。シスター・テレーズがあなたに必要なものをそろえてくれますからね。チャペルの向こうの突き当たりの部屋で、シスター・マルセリンの寝台を使ってもらいますよ。シスター・アガトと同室になります」

修道院での二週間の滞在のあいだ、つねに修道女のひとりがアドリエンヌとともに過ごすように決められていた。これはほぼ規則とでも呼べるべきものになっていた。彼女がほかの修道女たちといっしょになれるのは、休憩時間のあいだだけだった。こうした時間には、彼女たちは木陰や食堂で無邪気な騒ぎに興じるのだった。

今回、修道院長室の扉の外で彼女を待ち受けていたのは、シスター・アガトだった。彼女はアドリエンヌよりも背が高く、ほっそりとしていて、十歳ほど年長のようだった。その色白で血色の良い顔は、つぎつぎに去来する感情の波に従って、たえず紅潮したり蒼ざめたりしていた。ふたりの女性は腕を組んで、いっしょに戸外に出ていった。

シスター・アガトには、アドリエンヌに見せたいものが山ほどあった。手始めは、一回り大きくなった養鶏場で、そこには何十羽もの新しい鶏の姿があった。今では平修女がひとり、つきっきりで鶏の世話をしなければならなくなっていた。菜園にはなんの変化もない、と思ったら——やっぱりあったわ。アドリエンヌの素早い目はすぐにそれを見抜いた。去年は、フィリップ爺やが右手の広い正方形の一角にキャベツを植えてたでしょ。でも今年は、左手の長方形の畑に植えられているもの。アドリエンヌがそんな些細なことまで気づくなんて！シスター・アガトはおかしかった。そしてそれが本当かどうか確かめるために、そう遠くないところで壊れた格子の修理をしていたフィリップ爺やが呼ばれることになった。

彼は毎年きまってアドリエンヌに、健康そうだね、年ごとに若返っていくね、と声をかけた。そして彼女の若かりし頃の、茶目っ気たっぷりの悪戯をいくつか語ってきかせるのが、彼の楽しみだった。お嬢ちゃんが行方不明になった日のことは忘れたことがないよ。修道院じゅうが大混乱になったたっけな！そして結局、敷地で一番高い木のてっぺんの梢にうずくまっていたお嬢ちゃんを発見したのは、ほかでもないこのわしだったんだからね。お嬢ちゃんたら、パリがちょっとでも見えるんじゃないかって、そう思ってあそこまで登ったって言っとったよ！そのあとのお仕置きときたら！——棕櫚の聖日のための福音書の言葉をまるまる半分、暗記しなさいってことだったね！

「フィリップ爺や、その話はいつ聴いてもおかしいけど、でもマダムは今では年もとって、賢くなっていることを忘れないでね」

「シスター・アガト、わしもよくわかってるよ。どんなお嬢ちゃんも、思春期の第一段階を過ぎれば馬鹿なこともしなくなるとね」そう言われたアドリエンヌは、シスター・アガトと修道院の庭師であるフィリップ爺やの賢明さに、大いに感服しているようだった。

しばらくして、ふたりは周囲の晴れやかな風景を見下ろす丸太造りのベンチにすわっていたが、アドリエンヌは、自分の手をとってそれを優しくさすっていたシスター・アガトに言った。

「シスター・アガト、四年前にわたしがまたここへ来はじめたときのこと、覚えている？あのときはみんな、とても驚いたのよね！」

「まあ、あなた、まるでわたしが忘れでもしたかのような言い方ね！」

「わたしも忘れられない！　あの朝のことはいつも思い出すことでしょうね。あの朝、心がひどく重くて――ああ、あの重さだけは思い出しても嫌になるわ。わたしは大通りを歩いていたの。突然ライラックの花の甘い香りが漂ってきてね。若い娘がライラックの大きな花束を抱えて、わきを通り過ぎていったのよ。シスター・アガト、よい香り、強い匂いほど、記憶を鮮やかに甦らせるものはほかにないってこと、知っていて?」

「アドリエンヌ、わたしもそのとおりだと思うわ。あなたがそんなことを言うから、思い出してしまったのだけど、わたし、焼き立てのパンの匂い――シスター・ジャンヌが焼くときのね――パンの匂いを嗅ぐと、シェルジュの叔母さんの広い台所と、陽当たりのいい窓辺にすわっていつも縫い物をしていた足の悪いジュリのことを、いつもきまって思い出してしまうのよ。それに甘いスイカズラの匂いを嗅ぐと、はじめて聖体拝領を受けたあの祝福された一日がありありと甦ってくるわ」

「そう、シスター・アガト、わたしの場合もそんなふうだったの、あのライラックの香りがたちまちのうちに、わたしのいろいろな思いや落ち込んだ気持ちをそっくり変えてしまったの。大通りも、あたりの音も、すれ違う人込みも、完全に目の前から消えたの、まるで神隠しにあったみたいにね。気がつくと、ちょうど今みたいに、両足を緑の芝生に沈めて、ここに立っていたってわけ。ちょうど今みたいに、あの古びた白い石壁の向こうから陽射しが顔を覗かせるのが見えたし、鳥の歌声が聞こえたし、あたりでは虫の羽ばたきも聞こえたわ。そしてそういったすべてのものの向こうに、ライラックの花が、葉に厚く覆われた枝からわたしに手招きしているのが見えて、その香りを嗅ぐこともできたの。今年はまた一段と立派な花盛りのようね、シスター・アガト。わかるかしら、わたし、まるで狂ったようになって、もうなにもわたしを引き止めておくことはできなかったの。自分がどこに行こうとしていたのか、今では思い出せないのよ、ただまわれ右をして、興奮の熱にすっかり浮かされて家に引き返したの。「ソフィ！　わたしの小さな旅行鞄を——早く——あの黒いのを！　何枚か服があればいいのよ！　ちょっと行ってくるわ。なにも聞かないで。二週間したら戻ってくるから」それからというもの、毎年、同じことの繰り返し。ライラックの花の香りがかすかに漂いはじめたとたんに、わたしは出かけてきてしまうの！　止めようとしても無駄なのよ」

「アドリエンヌ、あのライラックの茂みを見ながら、わたしがどんなにあなたを待ち侘びていたことか！　一度でもあなたが来ないようなことがあれば、それはまるで、春がきたのに、陽も射さず鳥の歌声も聞こえないようなものですよ。

でもね、あなた、わかるかしら、今話してくれたように気分が沈むときには、むしろ天国の聖母さまにすがるべきなのに、あなたがそうしないようなので、わたしは時々心配になるのですよ。聖母さまはいつでも悩める人を、思いやりと愛情に溢れた尊い香油で、慰め元気づけてくださるのですよ」

「シスター・アガト、たしかにわたしはすがらないかもしれないわ。でもあなたには、わたしがいつもどんなに苛立たしい思いをしているか、想像もつかないことでしょう。あのソフィひとりとっても、うるさくて嫌になってしまうわ！　彼女がいるだけで、わたし、なにかしでかしてサン・ラザール刑務所に送られることになってしまいそうよ」

「本当に、アドリエンヌ、俗世間で生きていくのは、とてもたいへんな試練だっていうことは、わたしにもわかっているのですよ。とくにあなたにとってはね。かわいそうに、神さまがあなたの愛しいご主人をお召しになってからというもの、あなたはなにからなにまでひとりで耐えてこなければならなかったのですからね。でもそのいっぽうで、主がわたしたちそれぞれに用意してくださったとおりに人生を生きるなら、そのときには神への服従と、ある意味で慰めさえ得ることができるのですよ。アドリエンヌ、あなたにはお家の仕事もあるし、音楽もある。相変わらず音楽には全力をそそいでいるってことだったわね。そして、いつでも奉仕の仕事があるわ――つねにわたしたちとともにある貧しい人たちを救ってあげたり、悩む人たちを慰めてあげたりね」

「ねえ、シスター・アガト！　聞こえるかしら！　あそこの、牧場のへりを行くのは、ラ・ロズじゃないかしら？　わたしが恩知らずで、あの子のあの白い額にまだキスをしてあげてないからって、きっとわたしに腹を立てているんだわ。さあ、行きましょう」

ふたりの女性は立ち上がり、今度は手に手を取ってふたたび歩きだした。敷き詰められた芝生はやがて緩やかな下り坂となって広い平坦な牧草地へと続いていき、そこには森から清々しく流れてくる透明で冷たい小川があった。シスター・アガトは落ち着いて、修道女らしく歩き、アドリエンヌは、地面が彼女の軽やかな足取りにそっとかすかに応えるかのような、弾むような歩調で、平衡をとるように進んでいった。

修道院の敷地と向こうの牧草地を隔てる細い小川にかかった歩道橋の上に、ふたりは長いことたたずんでいた。この優しい顔をした修道女と、低い声で静かに語り合いながらそこでくつろぎ、夜の訪れを眺めているのは、アドリエンヌにとって言い表せないほど甘美なひとときだった。ふたりの下を流れる水の囁きと、遠くから近づいてくる牛の鳴き声だけが、この静寂を乱す唯一の音だった。やがて修道院の塔から、夕べの祈りの時刻を告げる澄みきった鐘の音が響きわたった。この鐘の音に、ふたりとも反射的に跪き、十字を切った。それからシスター・アガトはいつもの祈りを繰り返し、アドリエンヌは節をつけて応唱した。

「主の御使がマリアに告げ、
マリアは聖霊によって身ごもった——」

という調子で短い祈りを最後まで唱え終わると、ふたりは立ち上がって修道院への帰路についた。

アドリエンヌはその晩、深い喜びに満ちていそいそと寝支度を調えた。彼女がシスター・アガトと過ごす部屋は真っ白だった。純白の四方の壁を飾るのは、ただ一枚の華麗な絵で、そこには、天使が上り下りする梯子の足もとで夢見るヤコブの姿が描かれていた。剝きだしの床は柔らかなクリーム色がかった白色で、染みひとつないふたつの寝台のそれぞれのわきには、小さな灰色の敷物が置かれていた。白いカーテンをかけられた寝台の頭部にはどちらにも、スポンジに聖水を染み込ませた聖水盤があった。

シスター・アガトはカーテンの陰で音もなく衣服を脱ぐと、かすかな蠟燭の明かりの中で影さえも浮かび上がらせないままに、そっと滑るように寝床に入った。アドリエンヌは部屋の中を軽やかに歩きまわり、修道院での子ども時代に教えられたとおりに、脱いだものを丹念に振ったり畳んだりして椅子の背に掛けた。愛らしいアドリエンヌが若い頃に身につけた習慣を守りつづけているのがわかると、シスター・アガトはひそかに喜んだ。

だがアドリエンヌは眠りにつくことができなかった。それほど眠りたいというわけでもなかった。こうしたひとときは、眠りの忘却に譲り渡してしまうには、あまりにも貴重に思われたのだった。

「眠らないの、アドリエンヌ?」

「ええ、シスター・アガト。はじめの晩はいつもこうでしょ。到着の興奮——だか、なんだかわからないけれども——とにかく、ちっとも寝つけないの」

「じゃあ、天使祝詞を何度も繰り返してみたら」

「やってみたわ、シスター・アガト、でもだめだわ」

「それじゃ静かに横向きになって、自分の呼吸だけに意識を集中するの。このやり方なら、絶対眠りにつけるらしいから」

「やってみるわ。おやすみなさい、シスター・アガト」

「おやすみなさいな、あなた。聖母さまがお守りくださいますように」

一時間後、アドリエンヌは依然としてすっかり冴えた目をして横たわり、シスター・アガトの規則正しい呼吸に耳を澄ませていた。梢を吹き抜けていく風の音や、小川の絶えないせせらぎの音が、夜のしじまを縫ってかすかに聞き分けられた。

その後の二週間というもの、毎日がほぼ到着日と同様に平穏無事に過ぎていき、違いはただ、彼女が毎日早朝に、修道院のチャペルでミサを熱心に聞いたり、日曜日には聖歌隊で快い見事な声で歌い、聴衆から喜びに満ちた温かな賞賛を引き出したことぐらいだった。

出発の日がくると、シスター・アガトは、ほかの人たちのように玄関で別れを告げるだけでは満足しなかった。小道をゆっくりと進む馬車の傍らを、楽しげに最後の言葉を交わしながら歩いていった。そして道の突き当たりで立ち止まると――それが彼女に許された限界だった――アドリエンヌが振るハンカチに応えて、さようならと手を振った。四時間後、少女たちを集めてはじめての聖体拝領について教えていたシスター・アガトは、教室の時計を見上げて、こう呟いた。「アドリエンヌはもう自宅に着いた頃だわ」

そう、アドリエンヌは帰宅していた。パリが彼女を飲み込んでいた。

シスター・アガトが時計を見上げたちょうどそのとき、アドリエンヌは魅力的な部屋着に身を包んで、贅沢な肱掛椅子に沈み込んで怠惰に身を任せていた。その派手な部屋は、いつもながらのあでやかな混乱を呈していた。楽譜はオープンピアノの上に散らばっていた。いくつもの椅子の背には、とっぴで度肝を抜くような衣装がぞんざいに投げ掛けられていた。

窓辺の大きな金メッキの鳥かごには、緑色のオウムがしゃちほこばってとまっていた。彼は自分になんとか話をさせようと懸命になっている町着姿の娘に、惚けたようにまばたきしていた。

その部屋の中央には、女主人の苦労の種であるソフィが立っていた。両手をエプロンの深いポケットに突っ込み、白く糊付けされた帽子は、白髪まじりの頭を強く振るごとに震え、彼女は、ふたりの若い女性がすっかり憂鬱になっているにもかかわらず、長々と喋りつづけていた。

「まったく、マドモワゼルのところで働くようになってこの六年間というもの、散々我慢してきましたけどね、でもこの二週間、支配人と称するあの男から受けたような、あんな侮辱を経験したことはありませんでしたよ！　第一日目から——わたしが、すぐさまマドモワゼルが遠くへお出かけになったことをお伝えしたのにですよ——あの男ったら、ライオンみたいにやってきたんです。本当ですよ、ライオンみたいにですよ。マドモワゼルの居所を教えろと言い張るじゃありませんか。さしずめわたしはあそこの広場の彫像と同じで、教えてあげられることなんて、なにひとつないのにですよ。それなのに、あいつはわたしを嘘つき呼ばわりするんですからね！　わたしを、このわたしを、嘘つきだなんて！　おれはもう破滅だなんて、ものすごい見幕なんですよ。マドモワゼルが評判を取られたあの役を、ラ・プティット・ジルベルタなんかに代役させたら、お客連中は黙っていないだろう、ラ・プティット・ジルベルタときたら、寄せ木細工みたいに踊って、安料理屋の売春婦のように歌うんだから、って。わたしがラ・ジルベルタにそのことを言いでもしたら、言いたい気持ちは山々ですけどね、そしたら、あいつのあのみすぼらしい頭にわずかに生え残っている髪の毛にとっては、とんだ災難になることでしょうよ！

あの男になにができました？　お客さんに、マドモワゼルは病気だと発表しなければならなくなって、それからわたしの本当の苦しみが始まったんですよ！　お見舞いのカードやお花やお皿に盛られた珍味のあれこれを持った方々が、ひっきりなしに訪ねてこられて！　といっても、この珍味のお蔭で、フロリンとわたしは料理の手間が省けましたけどね。そしてそのあいだじゅう、その方々に、お医者さまがマドモワゼルに二週間ほど、なんですか、なんとかいう湯治場で、休養を取るようにおっしゃったんだって、言わなければならなかったんですよ！」

アドリエンヌはなかば閉じかけた目でからかうようにソフィ婆やのほうを見やりながら、膝の上の温室栽培のバラの花を、つぎつぎに優雅な茎から摘み取っては婆やに投げつづけ、バラはどれもソフィの顔にまともにぶつかったが、彼女はそれでもいっこうにひるむ様子もなく、話の腰が折れる気配もなかった。

「ああ、アドリエンヌ！」と、オウムの鳥かごのところにいた若い娘が懇願した。「この人を黙らせて、お願い、どうにかしてくださいな。これじゃゾゾに話をさせるなんて、とても無理だわ。ゾゾがもう少しでなにか言おうとすると、そのたびに、この人のおしゃべりが必ずこの子を金縛りにしてしまうんですもの」

「さあ、ソフィ婆や」とアドリエンヌは態度を変えずに言った。「バラはもうすっかりなくなってしまったわ。でも、手近にあるものをなんでも投げちゃうわよ、本当よ」と、傍らのテーブルからさりげなく本を取り上げながら言った。「なにかしら？　ムッシュー・ゾラの本だわ！　さて、ソフィ、忠告しておくけど、ムッシュー・ゾラのこの重量感、この重さを感じれば、さすがのおまえも伸びてしまうに違いないわ。起き上がる力だけでも残っていたら、ありがたいと思うでしょうよ」

「マドモワゼルの悪ふざけも結構ですけど、わたしはもし出て行けと言われても――もしわたしが歩けなくされることになるとしても――これだけははっきり言いますけどね、マドモワゼルは温かい心も、良心のかけらも持ちあわせていないお方ですね。男の方を、あんなに苦しめるなんて！　男の方？　いいえ、あの方は天使ですよ！

あの方は毎日、哀しそうなお顔をして、うなだれた様子でここへ通ってきてたんですよ。「ソフィ、なにか知らせは？」ってね。

「ムッシュー・アンリ、それがなにも」「どこに行ったのか、心当たりでもないのかね」「ムッシュー、わたしにはさっぱりで、あの広場の彫像に聞いたほうがましなくらいです」「もう二度と帰ってこないということもあるかね？」そう言われたお顔は、あのカーテンみたいに真っ白でしたよ。

わたしはあの方に、二週間後には絶対に帰ってこられると言いました。どうか我慢してくれるようにと、頼み込みましたよ。あの方はうちひしがれて部屋をさまよっては、マドモワゼルの扇や手袋や譜面を取り上げて、両手でいつまでももてあそんでいらっしゃいましたっけ。マドモワゼルは出発を急ぐあまりの癇癪で、部屋履きを脱いでわたしに投げつけていかれましたけどね、わたしはそれをわざと鏡台の上に落ちたままにしておいたんですけれども——あの方はそれにキスをなさって——わたしは見ていたんですけれどね——見られていないとでも思ったのでしょうね、それをご自分のポケットにおしまいになりましたよ。

毎日、そんな調子でした。わたしはあの方にスープをつくって、少しでもいいから食べてくれるようにお願いしましたけどね。「ソフィや、食べられないんだよ」のひとこと。この前の晩なんか、やってくるなり、長いこと窓辺に立ち尽くして星を眺めていらっしゃるじゃありませんか。振り向かれるときには目をぬぐっていらっしゃって、その目は真っ赤でしたよ。来るときの馬車の埃で目が傷んでね、とおっしゃってましたけど。わたしにはわかりましたよ、泣いてらしたんだってことがね。

本当に！　わたしがあの方だったら、こんな残酷なしうちには我慢できませんよ。どこかに出かけて楽しくやりますよ。若さっていうのは、そのためにあるんですからね！」

アドリエンヌは笑いながら立ち上がった。彼女は歩み寄って、ソフィ婆やの両肩に手をやると、彼女の白い帽子が頭の上でぐらぐらするほど揺すった。

「ソフィ婆や、この長いお説教はなんのため？　毎年毎年、同じことの繰り返しじゃないの！　わたしが鉄道に長いこと揺られて埃だらけで帰ってきて、空腹と喉の渇きで死にそうだってこと、忘れてしまったの？　シャトー・イケムを一瓶と、ビスケットと、タバコの箱をここに持ってきてちょうだい」ソフィは身を振りほどくと、扉のほうに後ずさりしていた。

「それからね、ソフィ！　ムッシュー・アンリがまだ待っているようだったら、ここへ来るように言ってちょうだい」


ちょうど一年後だった。ふたたび春が訪れ、パリは酔いしれていた。

ソフィ婆やは台所にすわり、この年老いた女中からちょっとした台所用品を借りにやってきた近所の人と話しこんでいた。

「あのね、ロザリ、わたしゃ、年に一度あの人は、発作を起こして気が狂うんだって思うようになってきたよ。わたしゃ、誰に言うつもりもないけど、あんたには話しても広まる心配がないから言うんだけどね。あの人は治療してもらわなきゃね。お医者さまに相談してさ。あんなことを放っておいて、病気が進むに任せておくのは、やっぱり良くないよ。

今朝また発作が起きてね、青天の霹靂とは、まさにこのことだよ。そのときは旅のことなんて、まるっきり思いもよらないし、誰も口になんかしてなかったんだよ。そこへパン屋が入ってきて——ほら、あの小僧がどんなに洒落者か知ってるだろ——いつも娘っ子には目がなくてさ。このテーブルの上にパンを置くとさ、そのわきにライラックの花束を置いていったのさ。もう咲いているとは知らなかったね。馬鹿みたいににやにやしながら「マドモワゼル・フロリンに、ぼくからよろしくって」と、あの小僧は言ったのさ。

もちろん、わたしゃパン屋から花が届いたぐらいで、フロリンを呼びつけて仕事の邪魔をしたくはなかったよ。でもだからって、花を萎れさせてもしかたがないしね。だからマヨリカの水差しにでも入れようと、食堂までかかえていったのさ。柄が取れてしまってからというもの、戸棚の一番上にしまい込んであったんだよ。マドモワゼルは早起きで、ちょうどお風呂から出てきたところで、食堂に通じる広間を横切っているところだった。白い化粧着を羽織ったあの人は通り過ぎざまに、食堂に頭を突っ込むと、あたりの匂いを嗅いで、「これはなんの匂い？」って叫んだんだよ。

あの人は、わたしの手もとの花を一目見るなり、まるで鼠に飛びかかる猫みたいに、急に飛びかかってきたよ。花をしっかりと押し抱くと、ずいぶん長いこと花に顔を埋めたままだったね、ただ長く「ああ！」と叫んでね。

「ソフィ、わたし、出かけるから。あの小さな黒い旅行鞄を出してちょうだい。一番地味な服を何着か。それからまだ着ていない茶色のドレスもね」

「ですけど、マドモワゼル」と、わたしゃ言い返したね。「明日のために、もう百フランもする朝御飯を注文したじゃないですか」

「お黙り！」と、あの人は足を踏み鳴らしながら叫んだのさ。

わたしゃ続けましたよ、「あの支配人がどんなに喚いて、わたしをこき下ろすことか。それにムッシュー・ポールにお別れの言葉もなしに、こんなふうに行ってしまうなんて。あの方は、この世に天使がいるとしたら、まさにその天使のような方ですよ」

ロザリ、本当に、あの人の目は火がついたみたいだったよ。

「今すぐ言ったとおりにしてちょうだい」って、あの人は叫んでね。「さもないと、おまえを絞め殺してしまうよ——おまえのムッシュー・ポールも、おまえの支配人も、おまえの百フランもいっしょにね！」」

「まったくだね」とロザリが強い口調で言った。「それは狂ったに違いないね。うちのいとこがある朝、同じような発作に襲われてね、ちょうど玉葱と仔牛の肝臓を炒める匂いを嗅いだときのことだったよ。日暮れ前にはもう、あの子を押さえておくのに、大の男がふたりがかりだったたものね」

「ロザリ、あれは狂った証拠なんだって、わたしにはすぐにわかったんだけど、自分の命が惜しいから、もうそれ以上は口答えしなかったよ。わたしゃ、ただ黙ってあの人の言うがままに従ったのさ。するとたちまち、ヒューと、あの人はいなくなっちまった！　どこに行ったもんだかねえ。でもここだけの話だけど、ロザリ——フロリンには黙っているつもりだけどね——これじゃ、良いことはないよ。わたしがもしムッシュー・ポールの立場だったら、あの人に見張りでもつけておくだろうに。あの人の跡を、探偵につけさせるだろうにさ。

さてと、戸締まりをして、屋敷じゅうを閉めちまわないとね。ムッシュー・ポールに、支配人に、お客たち、みんなしててんでに呼び鈴を鳴らして、扉を叩いて、声がかれるまで叫ぶんだからね。本当につくづく嫌になるよ。嘘つき呼ばわりされてなじられるのにはね——こんな年になってまでさ、ねえ、ロザリ！」

あのおんぼろの馬車がちょうど出てしまっていたので、例の小さな鉄道の駅に旅行鞄を預けたまま、アドリエンヌは修道院への一、二マイルの気持ちのいい道路を喜んで歩いていくことにした。四方に広がる新緑の起伏する風景は、果てしなく穏やかで、平穏で、心の奥まで染み透ってくる！　彼女はパラソルをくるくる回しながら、清々しく滑らかな道を歩き、陽気な曲を口ずさんだり、あちこちで道端の生垣から蕾や艶のある葉を摘み取ったりしながら、道すがらずっと、心から満ちたりた思いを深々と味わっていた。

彼女はいつものように、途中で立ち止まってはライラックを摘んだ。

修道院に近づくと、ひとつの窓に一瞬、白い帽子で覆われた顔を見たような気がしたが、おそらく目の錯覚だったのだろう。彼女の姿が見られた気配はちっともなく、今度ばかりは不意をついてみんなを驚かせることができそうだった。シスター・アガトが驚いて、どんなに嬉しい声をあげるだろうかと考えただけで、彼女の顔には微笑みが浮かび、彼女はすでに空想の中で、この修道女に抱擁されたときの暖かみと柔らかさを感じとっていた。シスター・マルセリンやほかの修道女たちは、彼女のふっくらした袖を笑って冷やかすことだろう！　ふっくらとした袖が流行しはじめたのは去年からで、流行のとっぴさを修道女たちはいつもたいそう面白がるからだ。そう、みんなは彼女にまだ気づいていないのだ。

彼女は石段を軽快な足取りで上がると、呼び鈴を鳴らした。その鋭い金属的な音色が廊下を駆け抜けていくのが聞こえた。その最後の調べが消え去る前に、扉がとてもかすかに、とても用心ぶかく開き、そこにはひとりの平修女が目を伏せ、頬をほてらせて立っていた。その狭い隙間から、彼女はアドリエンヌのほうに小包と手紙を突き出すと、「修道院長さまの命令です」と当惑したような口調で言った。それから彼女は急いで扉を閉め、その大きな錠に重い鍵を掛けた。

アドリエンヌは唖然としていた。この不思議な応対の意味を理解しようにも、神経を集中させることができなかった。ライラックが両腕から足もとの石造りのポーチコに落ちた。呆けたように手紙と小包を持ち替えながら、その中身が明らかにするであろうことを直感的に恐れていた。

包みの覆い越しに十字架の輪郭がはっきりと感じ取れたので、自分で認める勇気もないままに、宝石のネックレスや祭壇用の掛け布もきっといっしょに入っているのだろうと思った。

どっしりとしたカシの扉に寄り掛かって体を支えながら、アドリエンヌはその手紙を開いた。二、三行の非難に満ちた、痛烈な文字を一字一句追いながらも、読んでいるような気がまったくしなかった——そこにはこの平和の楽園から、彼女の魂がやってきては洗い直されたこの楽園から、彼女を永久に追放する旨が記されていた。こうした文字は、その覆い隠しようのない残酷さ——不公平とあえて言うつもりはなかったが、その残酷さをもって、彼女の脳裏にくっきりと焼き付いたのだった。

彼女の心に怒りはなかった。彼女の回転の速い頭がこの突然の裏切りの原因を探し求めはじめれば、やがてそれはまちがいなく訪れることだろう。今は、ただ涙を流すことしかできなかった。彼女はカシの扉の羽目板に額を押しあて、小さな子どものようにすっかり途方にくれて泣いた。

彼女は無気力に足を引きずりながら石段を降りていった。歩み去りながら、一度だけ修道院の堂々とした正面のほうを振り返り、懐かしい顔が、せめて懐かしい手が見えはしないか、自分のことを依然として大事に思ってくれているひとりの忠実な人の存在を示す、かすかなしるしがないかと祈った。だが目に入ったのは、彼女を見下ろす磨かれた窓の列だけであり、それはまるで冷たく光る非難がましい目の列のように見えた。

チャペルの向こうの小さな白い部屋では、ひとりの女性がアドリエンヌが以前に休んだ寝台の傍らに跪いていた。彼女は顔を枕に深くうずめ、体を震わせて嗚咽を必死に抑えようとしていた。それはシスター・アガトだった。

数分後、平修女がひとり箒を持って扉から出てくると、アドリエンヌがポーチコに落としていったライラックの花を片づけた。

トミーに感傷は似合わない

Tommy, the Unsentimental

ウィラ・キャザー

「あなたのお父さんは、あの人にはビジネスの才能がまったくないって言ってるけど、もちろんそれってひどく残念なことよね」

「ビジネスのことで言えば」とトミーは答えた、「あいつ、この世界では赤ん坊同然さ。髪にきっちり分け目をつけて、ボタン穴にあの白いカーネーションを飾ることができるだけで、それ以外のことじゃ、まったくなんの役にも立たないんだからね。週に二度、郵便配達みたいにきちんきちんとヘイスティングズの町からカーネーションを取り寄せているくせに、小切手を扱うとなると、なくしちまうか、誰かが見つけてくれるまでは、金庫に眠ったままってありさまなんだ。時々様子を見に行っては、あいつのために小包を発送してやったりはしてるんだけどさ。あんたからの手紙にはたちまち返事を出すくせに、仕事関係の手紙ときたら――きっと封も開けないまま破り捨てちまってるんだろうね。そうすれば返事を出す責任がなくなるからってさ」

「トミー、あなたがどうして彼にそんなに我慢できるのか、さっぱりわからないわ。なにからなにまで、あの人まったく非難されて当然なのに」

「いやあ、男を好きになるかどうかは、そいつの長所だとかなにができるかなんてことには、まったく関係がないってことさ。残念ながらその点は、女だって同様だけどね。好きになるかならないか、それだけのことなんだよ。理由が知りたければ、もっと立派な賢人にでも聞いてみないとね。ジェイは気のおけないやつさ、そしてそれが、あいつが身につけてるただひとつのものだけど、結局のところ、それが役に立ってるってわけだね」

「そう、たしかに彼ってそうよね」とミス・ジェシカは答え、わざとらしくガスストーブを消して、それから化粧品を整理しはじめた。トミーは彼女をじっと眺めていたが、それから困惑したような表情を浮かべて背を向けた。

いうまでもなく、トミーは男ではないのだが、その鋭い灰色の目と広い額は娘らしいともいえず、ほっそりとした体つきは活発な育ちざかりの少年のようだった。本名はティアドーシアといったが、父親のトーマス・シャーリーが銀行に出勤できないときはしばしば、彼女が「T・シャーリー」と署名して彼の仕事や通信を片づけていたので、しまいにはサウスダウンの人がみな、彼女のことを「トミー」と呼ぶようになったのだった。こうした荒っぽい気安さは西部では珍しくなく、またもちろん善意からのものだった。この地方では、人々は若い娘に対してもなんらかのビジネスの才能を期待し、その才能には大いに敬意を表する。トミーは紛れもなくそれに恵まれていたし、もし恵まれていなかったとしたら、サウスダウン・ナショナル銀行は混乱状態を呈していたことだろう。というのもトーマス・シャーリーはワイオミング州に広大な土地を所有していて、そのためにしばしば家を留守にしなければならず、この銀行の出納係である若いジェイ・エリントン・ハーパーは、地元の言い方を借りれば、銀行の「落第生」でしかなかったからだ。彼は老シャーリーの友人の息子で、父親にむりやり西部に来させられたのだが、東部の大学でひどいへまをしでかし、はでに散財し、軽薄な暮らしぶりをたんまりと披露したのだから、それもしかたがないことだった。環境の変化がこの若い紳士の生活を一変させた。それというのもたんに、サウスダウンでは浪費することも、軽快なテンポで暮らすことも不可能だったからだ。だがそうはいっても、環境が彼の精神のあり方や傾向まで大きく変えるということはなかった。彼がシャーリーの銀行の出納係に収まることができたのは、自分の父親がその銀行の株を半分ほど買い込んでくれたお陰だったが、仕事のほうは、トミーが彼の肩代わりをしたのだった。

この若い男女の関係は風変わりだった。ハーパーのほうは、自分が老シャーリーの不興を買わないようにと彼女が尽力してくれていることに対して、彼なりのやり方で心から感謝していて、その感謝の気持ちをちょっとした心くばりによって絶えず示したが、これは彼女にとって目新しい体験であり、彼のためにしてあげる仕事が厄介である以上にはるかに心地よい体験だった。トミーのほうは、自分が彼に好意を寄せていることを自覚していたし、同時にそれがまったく馬鹿げていることも自覚していた。自分で言っているように、彼女は彼の好みのタイプではなかったし、今後もそうなりそうになかった。わざわざ考えてみることもあまりなかったのだが、考えてみたときには、彼女にはこうした自分の事態がかなりはっきりと理解できたし、女性らしくない独特の精神の持ち主だったので、おのずと論理的な結論を引き出して、それを認めざるをえなかった。だが彼女はそれでもジェイ・エリントン・ハーパーに好意を寄せつづけた。このハーパーという人物は、トミーの知り合いの中でただひとりの愚かな男だった。活気に満ちた西部の町ならではの精力的な若い実業家やがっしりした牧場主を山ほど知っていたにもかかわらず、彼女は彼らに対してはとくに興味をいだくこともなかった。おそらく彼らが実際的で、分別があり、自分とまったく同じタイプの連中だったからだろう。彼女には女性の知り合いはほとんどいなかったが、当時のサウスダウンではなんらかの点で興味をいだかせるような女性、赤ん坊とサラダ以外のことに関心をもっているような女性などほとんどいなかったから、これは無理もなかった。彼女の親友といえば、父親の昔からの仕事仲間で、世間を良く知っている年配の男性たちで、彼らはトミーのことをたいへん誇りに思い、好意をいだいてくれていた。彼らはトミーの中に、精神の清廉や誠実を認めていたのであり、これはジェイ・エリントン・ハーパーがけっして見ようとしないもの、もし見たとしても、その貴重さがわからずに評価しそこなってしまうだろうものだった。こういう年配の投機家や実業家たちは、トム・シャーリーの娘に対してつねにある種の責任を感じていて、あえて母親代わりを務め、男性がおいそれとは若い女性に口出しできないような多くの事柄について助言をあたえてきたのだった。

彼女は彼らの仲間であり、彼らとともにホイストのようなトランプゲームやビリヤードを楽しみ、彼らのためにカクテルを作り、時々は遠慮せずに自分も一杯つきあった。実際、トミーのお手製のカクテルはサウスダウンでは有名で、本職のバーテンダーたちも、あたかも強力な競争相手と意識しているかのごとく、いつも彼女に会えばうやうやしく会釈してよこした。

こういったすべてのことがジェイ・エリントン・ハーパーを当惑させ、不愉快にした。トミーにはそれが充分にわかっていたが、頑固にひるまず、今までどおりの暮らしを続けていた。生活のしかたを変えるなんて、馬鹿げていると同時に、あの快活な老人たちに対して裏切りをはたらいているように、なんとなく感じられたからだった。こうして事態が進んでいくにつれて、七人の快活な老人たちは、今まで以上に彼女の時間を独占するようになった。それというのも彼らはほとんど全員、人の心を読むことにたけ、五十年もこの世に生きてきただけあって、いくつかのことはしっかりと学び、さらに多くのことをわざと忘れていたからだった。そこでトミーが、自分ではこれ以上ないほど完璧にハーパーに対する無関心を装っていると思い込んで、有頂天になって暮らしていたあいだも、彼らは事態がどう進行していくか内心ひやひやし、どんな結果が出るか気が気ではなかった。それでも彼らの自信はけっして揺らぐことなく、ジョー・エルスワースがジョー・ソーヤーにビリヤードをしながらある晩言ったように、「トミーの良識には、信頼をおいてまずまちがいなかろう」ということになっていた。

彼らは思慮ぶかかったので、トミーにはなにも言わなかったが、父親のトーマス・シャーリーにはちらっと耳打ちし、一致団結して、ミスター・ジェイ・エリントン・ハーパーにとってはひどく面白くない事態になるように仕組んでいった。

やがてついに彼らとハーパーとの関係ははっきり険悪なものになったので、この青年は町を離れるほうがいいと考え、父親は彼にレッド・ウィロウの町で自分の小さな銀行をもたせることにした。しかしながらレッド・ウィロウは北にわずか二十五マイルばかり行った尾根の上の町で、充分安全といえるほど離れた距離にあるわけでもなく、トミーはしばしば口実を見つけては愛用の自転車にまたがって、この青年の仕事上の問題を解決するために駆けつけていっていた。だから彼女が突然一年間東部の大学に行く決心をしたときには、父親のトーマスは大いに安堵のため息をついた。だが七人の快活な老人たちは頭を振った。彼らは彼女が東部に惹かれること自体が気にいらなかったのであり、彼らに言わせれば、それは弱さの証拠であり、べつの種類の生活、つまりジェイ・エリントン・ハーパーのたぐいの生活をしてみたいという傾向を示すものでしかなかったからだった。

だがトミーは大学に行き、噂によれば、もうカクテルを作ったりビリヤードをしたりもせず、しっかり暮らしているということだった。学科のほうではかなり好き勝手にやっていたが、体育では優れた才能を示し、これはサウスダウンでは学識よりもよほど価値があることとみなされていた。

サウスダウンへの帰郷の際に彼女がはっきりと見せた喜びようは、人々にとっても嬉しいことだった。みんなと握手をしてまわり、利発で健康な少年さながらの彼女の顔は、幸せで誇らしげだった。ある朝、灼熱の太陽が照りつける中、断崖ぞいに細々と広がったポプラの小さな雑木林をぬって、ジョー・エルスワース老人の馬車に乗せてもらっていたとき、彼女は言った。「東部のほうではなにもかも申し分なかったし、丘も素晴らしかったんですけど、でもこの空が、ほら、この空の抜けるような青さが、どんなに懐かしかったことか。あっちでは、空はいつも白っぽくて、くすんでいるんです。それにこの風。この憎らしくて、愛しくって、突進する騎兵隊みたいに吹いてきて、手なずけたり、弱めたりできない、年がら年じゅう吹いているこの風、ああ、ジョー叔父さん、この風に焦がれていたんです！　あそこの死んだような静けさの中では、眠ることもできなかったんですよ」

「トム、人はどんな感じだったのかね？」

「ああ、とても素敵な人たちでしたけど、わたしたちとは違います。ああいうふうにはなれませんよ」

「それがわかったのかい、しっかりと？」

「お蔭さまで充分しっかりとね」彼女はやや憂鬱そうに笑い、ジョーは馬に強く鞭を当てた。

トミーの帰郷について彼らの唯一の不満は、彼女が大学で好きになった娘をいっしょに連れてきたことだった。この娘はかれんで、色白でしとやかで、スミレの香水を愛用し、パラソルを持ち歩いていた。快活な老人連中は、トミーのような反抗児が同性の女性に対して優しい甘い気持ちになるなんて、悪い兆候だ、この世で最悪の兆候だと言った。

この新しい娘が町に来るやいなや、新たに面倒な事態が生じた。彼女がジェイ・エリントン・ハーパーに強い印象をあたえたことは疑う余地がなかった。彼女はどこから見てもまちがいなく育ちの良い令嬢だったし、それは、まったく勝手の違った生活に追い込まれたこの臆病で悩み多い青年の心を打つおそらく唯一のものだった。彼がその気になっていることは明々白々だったので、七人の心は内心穏やかではなかった。ジョー・エルスワースがもうひとりのジョーに言った。「あの若造があの能なしお嬢ちゃんに夢中っていうのは、これはごく当然で、ぴったりだ。自然の摂理のなすところだよ。だがね、盲目になってそんなことに気づきそうもないもうひとりの娘がいる。あの娘はすごく嫌な思いをするだろうな。しかたがない、わしにはなにもしてやれないし、カンザス・シティにでもしばらく行ってくることにするか。ここにいて、言いようのない苦しみを見ていることなんてできそうもないからね」だが彼は行かなかった。

この状況のどうしようもなさを、ジョーと同じくらいよく理解している人間がもうひとりだけいたが、それはトミーだった。つまり、彼女にはハーパーの態度が理解できていた。ミス・ジェシカの態度に関しては、彼女はそれほど自信をもつことができなかった。というのもミス・ジェシカは青白くなよなよしていて、パラソルなしではいられなかったが、そのいっぽうで自分の感情をけっして表に出そうとしない娘だったからだ。それを直接話題にして尋ねてみても、たいてい会話が終わった時点で、ミス・ジェシカの気持ちに関してなにか新しくわかったということはなかった。この娘には感情なんてものが少しでもあるのだろうか、とトミーは時々不思議に思うのだった。

ついにトミーが長いあいだ予告していた災難が、ジェイ・エリントン・ハーパーにふりかかった。ある朝彼女は彼から電報を受け取ったが、そこには彼女の父親にとりなしてくれるようにとあった。彼の銀行で取付け騒ぎがあり、正午までに応援が必要だということだった。すでに十時半であり、レッド・ウィロウに毎日一回向かう眠けを誘うような小さな列車は、一時間前に駅からのろのろ発車してしまっていた。老シャーリーは留守だった。

「おやじが留守なのは、ジェイ・エリントンにとってはかえって良かったよ。おやじときたら、わたし以上に冷酷なんだから」とトミーは言い、原簿を閉じ、怖がっているミス・ジェシカのほうを向いた。「もちろん、あいつにはわたしたちが最後の頼みの綱だってことなのさ。ほかには誰もあいつを助けようなんて名乗り出たりしないんだから。列車は一時間前に出ちゃったし、あいつは正午までに助けがいるって言ってきてる。あれはあの町で唯一の銀行だから、電報じゃあどうにもならないね。自転車で行くしかなさそうだな。間に合うかもしれないし、間に合わないかもしれない。ジェス、家まで急いでいって、自転車を出しておいてよ、タイヤは少し空気が必要かもしれないけど。あとからすぐに行くから」

「ああ、ティアドーシア、あたしもいっしょに行っていい？　あたしも行かないと！」

「あんたが行くって！　ああ、もちろん、行きたいんだったらね。でも、どういうことになるんだかわかってるの？　二十五マイルもある上り坂の山道で、しかもそれを一時間十五分で行っちまおうっていうんだよ」

「ああ、ティアドーシア、あたし、もうなんだってできるわ！」とミス・ジェシカは叫び、パラソルをさして大慌てで走っていった。トミーは微笑んで、小切手類を布製の鞄に詰め込みはじめた。「そうだね、ジェス、できるかもしれないし、できないかもしれないね」

サウスダウンからレッド・ウィロウまでの道のりは、けっして自転車向きではない。でこぼこの山道が川から尾根まで休みない上り坂になって、焼け焦げたようなトウモロコシ畑と牧草地のあいだを縫って、白く、熱く走っている。その牧草地では、長い角を生やしたテキサス牛が、その昔水牛が転げまわった窪みで草を食べている。だが、ミス・ジェシカがすぐに気づいたように、ペダルをこがなければならないので、どんな種類の感情にも耽る暇などほとんどなく、動悸を速め、目を眩ませる暑さに耐えるのに精一杯で、それ以外のことに対しては、向けるべき感受性などほとんど残らなくなるのだ。下の谷のほうでは、遠くの断崖が蜃気楼に融けて揺れるように踊り、すっかり音をあげた牛は枯れ川の土手の下に身を隠し、プレーリードッグは水辺につうじているらしい自分たちの巣穴の底に逃げ込んでしまっていた。セミの鳴き声だけが生き物の存在を告げていて、しかもうんざりするような、破壊的な暑さによってかえって元気づけられたかのように、容赦なく響きつづけていた。太陽は熱い真鍮のようで、南からの風はさらに熱かった。しかしトミーには、その風だけが自分たちの慰めだということがわかっていた。ミス・ジェシカは止まって少しでも水を飲まなければ、自分が今にもこの世から消えてしまいそうに思えた。彼女はこの希望をトミーに伝えたが、トミーは頭を振っただけだった。「時間がかかりすぎる」と言い、自転車のハンドルに覆いかぶさり、前方の道から一度も目を上げようとしなかった。ミス・ジェシカにはふと、トミーがひどく不親切であるばかりでなく、自転車にぶざまにまたがり、前傾姿勢でそんなふうに勢いよくこいでいると、筋肉逞しい男性みたいで、まるで競輪選手のように見えると思った。だがちょうどそのとき、これまでになく呼吸が苦しくなり、川向こうの断崖がヘビのようにうねったかと思うと、長いスカートをくねらせて踊りだしたように見えたので、この若い淑女は急に自分の体のことしか考えられなくなってしまった。

道中を半分ほど終えかけたとき、トミーが時計を取り出した。「急がないと、ジェス。あんたを待っちゃいられないよ」

「ああ、トミー、無理よ」とミス・ジェシカはあえぎ、自転車から降りると、小さな体を丸めて道端にすわりこんでしまった。「先に行って、トミー、そしてあの人に伝えて――失敗しないことを祈ってるって、伝えてね、あの人を助けるためならなんでもするって」

そう言いながら、いつもは自分の感情を表に出さないミス・ジェシカだったが、思わず泣き出してしまい、トミーはうなずき、ひとり微笑みながら丘の向こうに消えていった。「かわいそうなジェス、涙なんてあいつが今絶対に必要としないものさ。まあ、あんたたちみたいなタイプは概してほかの人より得をするけど、こんなふうな事件のときには、わたしのようなタイプがむしろ強いんだ。わたしたちはダンスなんかよりこういう事件のほうが得意だからね。公平なことさ、片方だけが万事得をするわけじゃないっていうのはさ」

ちょうど十二時きっかりに、ジェイ・エリントン・ハーパーが襟もよれよれになり、喉もとまで汗にまみれ、眼鏡は汗でくもり、髪の毛は額にべったりと垂れ下がり、口髭の両端まで汗がしたたる姿で、二十人ものかんかんに怒ったボヘミア人たちをなんとか説得しようと躍起になっていたちょうどそのとき、トミーが鞄を手に、静かに戸口から入ってきた。格子戸の後ろまでまっすぐに進むと、彼女は帳簿係の机の陰に立って、鞄をそっとハーパーに渡し、それからボヘミア人の代表のほうに向き直った。

「アントン、いったいどうしたっていうんだい？　最近はみんなして一斉に銀行に来るようになったのかい？」

「おれたち、金が欲しいんだ、おれたちの金が欲しいんだ、そいつは持ってない、くれないんだ」と、そのビール臭い大柄なボヘミア人が怒鳴った。

「ああ、もうこの人たちをからかうのはやめにして、お金を渡して帰してしまいなさいよ、あとでちょっと話があるから」とトミーは無頓着に言って、応接室に入っていった。

三十分後にハーパーが取付け騒ぎもおさまって入ってきたときには、いつもは欠点ひとつない彼の外見のなごりをとどめていたのは、眼鏡とボタン穴の白い花だけだった。

「いやあ、ひどかった！」と彼はあえぎながら言った。「ミス・ティアドーシア、感謝のしようがないよ」

「そのとおり」とトミーがさえぎった。「感謝のしようもないし、こっちも感謝なんかして欲しくないよ。でもかなり厄介な事態だったじゃない？　わたしが入ってきたときのあんたときたら、幽霊みたいな顔をしてたよ。どうしてこんなことになったのさ？」

「知るもんか。なんの前触れもなくあいつらはやってきたんだよ。羊の囲いに襲いかかる狼みたいにね。まるで霊と交感するインディアンの踊りが近づいてくるような足音がしたよ」

「そしてもちろん準備金がなかったんでしょ？　ああ、いつかこういうことが起こるって言ってたじゃない、あんたのかわいらしいやり方を続けているかぎり、避けられないって。とにかく、ジェスが心配していて、あんたのためならなんでもするって言ってたよ。あの娘もいっしょに出発したんだけど、途中で脱落してね。ああ、心配しなくても大丈夫、怪我をしたんじゃなくて、ただ息が切れただけ。振り返って見たら、白い仔ウサギみたいに道端にうずくまってた。この道中がおよそロマンチックとは正反対だったから、あの娘もすっかり参っちゃったんじゃないかな。あの娘、根っからロマンチックだからさ。もし汗で輝く火の馬にでも乗ってたんなら、あの娘もここまで来られただろうけど、自転車ってのが、あの娘の威厳を傷つけたんだろうね。銀行はわたしが番をするから、おまえさんは自転車であの娘を捜しに行って、慰めてあげなよ。そして都合がつきしだい、ジェイ、あの娘と結婚して、すっかり片をつけてしまいなよ。こっちだってこんなこと、願い下げにしたいんだから」

ジェイ・エリントン・ハーパーは椅子に崩れ落ち、わずかに青ざめた。

「ティアドーシア、どういうこと？　去年の秋、きみが大学に発つ前の晩に、ぼくが言ったことを覚えてないのかい？　手紙で書いたことを覚えてないのかい——」

トミーは彼のわきのテーブルにすわり、真剣に率直に彼の目を覗き込んだ。

「ねえ、いい、ジェイ・エリントン、わたしたち素敵なゲームをしてきたの。でももうやめる潮時だよ。いつかは成長しなければならないんだから。あんただってジェスのことですっかりその気になっていながら、なんで否定しようとするんだい？　あの娘はおまえさんのタイプだし、おまえさんにまったくお熱だし、だからすべきことはひとつしかないのさ。それだけさ」

ジェイ・エリントンは額を拭い、この状況にはとても耐えられないと感じていた。鈍感だった彼がこれまでになく、心の奥底からぐらぐらと揺さぶられるような体験をしていたのだろう。彼女に返事をしたとき、彼の声はひどく震え、とても低かった。

「きみはぼくにとても良くしてくれた。きみほど親切で、それでいて賢い女の人なんて、どこにもいやしないと思ってたよ。きみはぼくみたいな人間でさえも、ほとんど一人前の男にしてくれたんだ」

「でも、ちゃんと成功しなかったことはたしかだね。あんたに良くしたなんて、考えるほうがまちがってるよ。気立ては良いかもしれないけど、結局はわたしも生身の人間だからさ。

あんたと知り合ってからというもの、どう考えても、ちっともあんたに良くなんかしてこなかったし、ちっとも賢くなんかなかったんじゃないかな。さあ、ジェスを——それからわたしを哀れに思うなら、早く行ってよ。行って。どうやらさっきの自転車乗りが体に応えてきたみたい。ああいうことって、神経に障るから……ありがたい、とうとう行ってくれた、あれ以上喋らないだけの分別をもっていてくれて、助かったよ。かなりきわどい状況になってきてたし、あいつにも言ったとおり、わたしは神さまでもなんでもなくて、ただの人間なんだから」

ジェイ・エリントン・ハーパーが申し訳なさそうに退場してしまうと、トミーは暗さを増していく銀行の中で、日よけがカタカタ揺れているのを眺めながら、銀行通帳を前にひとりすわっていたが、ふと床に白い花が落ちているのに気づいた。それはジェイ・エリントン・ハーパーが上着に差していたもので、さきほど興奮して取り乱したときに落ちたらしかった。彼女はそれを拾い、唇を噛みながらしばらくそれを持って立っていた。それから彼女はそれを暖炉に投げ込むと、細い肩をすくめながら花に背を向けた。

「ああいう連中は、たいがいは、救いようのない馬鹿だよ、自分たちの食事以上のことはなにも考えようとしないんだからさ。でも、ああ、わたしたちにはあの人たちがどうしようもなく愛しい！」

シラサギ
A White Heron

セアラ・オーン・ジュエット

I

ある六月の夕方、八時少し前のこと、鮮やかな夕焼けは木立の幹にまだかすかな余韻を残していたが、森はすでに翳りにつつまれていた。ひとりの少女が雌牛を家に駆りたてているところだった。のんびりとぼとぼとしか進まず、見ていると癪に触わる雌牛だったが、それでも貴重な仲間であることに変わりはなかった。わずかな残照からふたりは遠ざかり、森の奥に入っていったが、ふたりの脚はたどるべき小道を知り尽くしていたので、その小道が見えていようがいまいがかまわないのだった。

夏のあいだじゅう、この年老いた雌牛が夕方牧場の柵のきわで待っていてくれたことなど、めったになかった。それどころか、この雌牛は背の高いコケモモの茂みに隠れてしまうのが大のお気に入りで、大きな音のする鈴をつけていたのだが、それもじっとしてさえいれば鳴らないのだということに気づいてしまっていた。そこでシルヴィアは雌牛を見つけだすまであちこち捜しまわるはめになり、おいで！　おいで！　といくら呼びつづけても、モーという返事が返ってくる気配はいっこうになく、しまいには子どもながらの精一杯の我慢もとことん尽きてしまうのだった。もしこの動物が良質の乳を、しかもたっぷりと出すのでなかったら、飼い主たちの扱いもずいぶん違ってきていただろう。ただしシルヴィアには時間がいくらでもあって、その時間をまったくもてあましていた。時々天気の良い日など、この雌牛の放浪癖を、一人前に隠れん坊をしたがっているのだと考えてみれば慰めにもなったし、ほかに遊び友達もいなかったので、すっかり面白がってこの遊びに熱中することになった。だから追跡が長引いて、さすがにこの隠れ上手の動物も自分から鈴を鳴らして居どころを知らせたとき、沼地の傍らでやっと見つけたこの遊び相手のモーリーおばさんに、シルヴィアはただ声をあげて笑いかけただけで、それから葉のついたカバの小枝で優しく家路に導いてやった。年老いた雌牛はもうそれ以上寄り道しようとはせず、牧場から出るとはじめて自分から正しい方角に曲がりさえして、さっさと道を歩いていった。雌牛は今ではすっかり乳を搾られる気になっていて、立ち止まって草を食むこともほとんどなかった。こんなに遅くなってしまって、おばあちゃんになんて言われるかしら、とシルヴィアは考えていた。五時半に家を出てからもうずいぶん経っていたとはいえ、この用事を短時間で済ますことが難しいということは、おばあさんも承知していることだった。ミセス・ティリーは自分でも夏の夕暮れに何度となく、この角のある厄介ものを追いまわしたことがあるので、手間取ったからといって他人を非難することなどできなかったし、今ではこうしてただ待っていればいいのも、シルヴィアが手伝ってくれているお蔭だ、と感謝の気持ちでいっぱいだった。とはいえこの善良な婦人も、シルヴィアが時々勝手にぶらついていることには気づいていた。この世が始まって以来、こんなに外をほっつき歩く子なんて、ほかにいやしないよ！　ごみごみした工業都市で八年間もなんとか育ってきた小さな娘にとって、これは格好の気分転換だ、というのが人々の意見だったが、シルヴィア自身にしてみれば、この農場にきて暮らしはじめるまでは、まるで自分が生きてさえいなかったかのように感じられた。彼女はしばしば、都会の隣の家にあったみすぼらしいゼラニウムを思い出しては、同情の物思いに沈んだ。

「『人見知りをする』だって」と、年老いたミセス・ティリーが微笑んで独りごとを言ったのは、娘の家にごった返している孫たちの中から、誰もが思いもよらなかったシルヴィアを選び出し、この農場に連れ帰ったときのことだった。「『人見知りをする』なんて、みんなは言ってたっけ！　ここだったら、この子もわずらわされることもないだろうさ！」ふたりが人里離れた家の戸口にたどりつき、立ち止まって鍵を開けていると、猫がやってきて大きく喉を鳴らしながら、ふたりの脚に体をすりつけてきた。それは捨て猫には違いなかったが、コマツグミの雛を食べてまるまると肥えていて、シルヴィアは、ここで暮らせるなんて素敵だわ、きっと家に帰りたくなんかならないわ、と囁いたのだった。

このふたりの仲間は翳った森の小道にそって、雌牛のほうはゆっくりと、子どものほうはとても足早に歩いていた。雌牛は牧場が半分沼地だったことを忘れたかのように、小川まで来るとずいぶん長いこと立ち止まって水を飲み、シルヴィアは素足を浅瀬で冷やしながらじっと立って待っていたが、そうしていると夕方の大きなガが何羽もそっとあたってきた。雌牛が動きだすと、彼女も小川の中を歩いて渡っていき、喜びに胸を躍らせながらツグミの歌声に耳を傾けた。頭上の大枝で動く気配がした。そこにはたくさんの小鳥やリスたちがいて、宵っ張りにせわしなく動き回ったり、眠たげにお休みの挨拶を交わし合ったりしていた。シルヴィア自身も歩いているうちに眠くなってきた。とはいえ家まではもうそう遠くなかったし、あたりは柔らかく甘い香りに満ちていた。こんなに遅い時刻に森にいたことはあまりなかったので、まるで自分が灰色の翳やそよぐ葉の一部になってしまったような感じだった。一年前にはじめてこの農場に来たのに、もうずっと前からここにいるような気がするわ、あの騒がしい都会はわたしがいたときと変わりないかしら、と彼女はぼんやり考えていたが、やがてよく彼女を追いかけてきては怖がらせた大柄の赤ら顔の少年のことを思い出してしまい、木立の暗がりが怖くなって、小道を行く足がおのずと早まった。

突然、あまり遠くないところで鋭い口笛が響いて、小さな森の少女は恐怖に立ちすくんでしまった。親しみやすい鳥の鳴き声ではなく、少年の口笛であり、りんとして、どことなく威嚇するような響きがあった。雌牛にどんな哀れな運命が降りかかることになろうともかまわずに、シルヴィアは自分だけ茂みにそっと身を隠したが、そのときにはすでに遅すぎた。敵は彼女を見つけてしまい、とても陽気に屈託なく、「オーイ、お嬢さん、街道に出るまでにはどのくらいかかるんだい？」と大きな声をかけてきた。シルヴィアは震えながら、ほとんど聞こえないくらいの声で、「だいぶかかりますけど」と答えた。

肩に銃をかけたこの背の高い若者のほうを、見やる勇気もないまま、彼女は茂みから出てくると、ふたたび雌牛を追いはじめ、男はその傍らを歩いていった。

「鳥の猟をしているうちにね」と、このよそ者は親しみをこめて言った、「道に迷っちゃって、助けてくれる友達がとても欲しかったんだ。怖がらないでくれよね」と彼は安心させるように言った。「さあ気を楽にして、きみの名前を教えてよ。それからきみの家に一晩泊めてもらって、朝早く猟に出かけられるかどうかも」

シルヴィアの警戒心はいよいよ高まった。おばあちゃんはわたしが悪いと叱るのではないかしら？　でもこんな偶然の出来事を前もって予測できる人なんているかしら？　自分のせいではないと感じつつも、彼女はあたかも支える茎が折れてしまったかのように頭を深く垂れ、相手からふたたび名前を尋ねられると、精一杯努力してようやく「シルヴィー」と答えた。

このふたりと一匹のトリオが姿を現したとき、ミセス・ティリーは戸口に立っていた。言い訳するように雌牛が大きくモーと鳴いた。

「そうだよ、この厄介ものめ、おまえが自分で弁解したらいいんだよ！　シルヴィー、この雌牛は今度はどこに隠れちまったんだい？」だがシルヴィアはおびえて黙ったままだった。おばあちゃんは事の重大さに気づいてないんだわ、と彼女は直感した。おばあさんはこのよそ者がどこかこの近所の農場の青年だと勘違いしているに違いなかった。

若者は銃を入口のわきに立てかけ、ごつごつした獲物袋をその傍らにドサッと置くと、ミセス・ティリーに今晩はとまず挨拶し、それから自分の旅の話を繰り返し、一晩泊めてもらえないかと頼んだ。

「寝る場所はどこだっていいんです」と彼は言った。「朝早く、夜明け前に出発しますから。でも腹は本当にへってるんです。とにかくまちがいのないところ、牛乳なら少しいただけそうですね」

「あらまあ、もちろんですとも」と女主人は答え、ここ何年ものあいだ彼女の中で眠ったままになっていたもてなしの精神がさっそく目覚めたようだった。「一マイルかそこら行って本街道まで出れば、もっと美味しいものが食べられるでしょうけど、わたしたちのところにあるもので良ければ、どうぞ召し上がってくださいな。すぐに乳搾りに行ってきますから、くつろいでいてください。モロコシ皮の布団も、羽根布団もありますよ」と、彼女は愛想よく申し出た。「ぜんぶわたしがこの手で育てたんですよ。ここを沼地のほうへちょっと下りたあたりが、ガチョウのちょうどいい餌場になっているもんでね。さあ、シルヴィー、じっとしてないで、お客さんにお皿を出してちょうだい！」シルヴィアはすぐに動き出した。することができてほっとしたし、それに自分も空腹だったからだ。

このニューイングランドの荒れ野で、こんなに清潔で気持ちのいい住み処に出くわすとは驚きだった。若者はこれまで、この地方のぞっとするほど粗野な暮らしぶりを目にしてきたし、家の中をメンドリがうろついていてもなんとも思わないような、そんな下層の生活のすさんだ窮状を知っていたからだった。ここはあまりにも小さいので、隠者の住み処のようではあったが、それでも昔ながらの農場の堅実な暮らしを最良のかたちで示していた。彼は老婆の珍しい話に熱心に耳を傾け、シルヴィアにしだいに関心を深めながら彼女の青白い顔と輝く灰色の瞳を見守り、この一ヵ月というものこんなに美味しい食事は口にしたことがないと繰り返し言った。食事がすむと、友達になったばかりのこの三人は、戸口にいっしょに腰をおろして月が昇るのを眺めた。

もうすぐ苺摘みの季節になるでしょ、シルヴィアはとても摘み取りがうまくてね。この牛は、乳をたっぷり出すんですよ、追いまわすのが一苦労なんですけどね、と女主人はうち解けていろいろな話をしてきかせ、やがて、自分は四人の子どもに先立たれたという話になり、だからシルヴィアの母親とカリフォルニアにいる（もう死んでいるかもしれない）息子しか、残っている子どもはいないのだと語った。「息子のダンは猟の名人でした」と、彼女は哀しげに告げた。「あの子が家にいるときは、ウズラやハイイロリスが手に入らなくて困ったことなんて、一度もなかったですもの。あの子は根っからの風来坊でね、おまけに手紙が書けるような子じゃないんですよ。でも、あの子を責めるつもりはありません。このわたしだって、若い頃は、できるものなら世界じゅう見てまわりたかったくらいですからね」

「シルヴィーは息子にそっくり」と、ちょっとしてからおばあさんは愛情をこめて続けた。「この土地でこの子が知らないところなんてこれっぽっちもないし、そこいらの獣や鳥が、この子を自分たちの仲間と勘違いしてるほどでね。リスだって、この子がここに来るように馴らして、手のひらからじかに餌をやってるし、ありとあらゆる鳥がやってくるしね。去年の冬は、カケスをここに集めちゃって、わたしが目を光らせてなかったら、餌をやるために、自分の食事をずいぶんと削ってしまいかねないほどだった。この子にはいつも言ってるのよ、カラス以外なら、わたしが喜んで餌をあげるから心配するなってね――ところが息子のダンときたら、カラスまで一羽手なずけちゃったことがあってね。まるで人間みたいに頭のいいやつだったっけ。あの子がいなくなってからも、そいつったら、しばらくここを離れなかった。ダンは父親とうまくやっていけなくてね――でもダンが父親に歯向かって出ていっちゃってからというもの、父親のほうもすっかりしょげてしまったんですけどね」

客はほかのことにすっかり気を取られて、家族の哀しい物語には注意を払うことはなかった。

「じゃあ、シルヴィーは鳥のことならなんでも知っているんですね?」と彼は叫び、この小さな女の子のほうを振り向いたが、彼女は月光を浴びながら、取り澄ましてはいるものの、ますます眠気に襲われてすわっていた。「ぼくは自分で鳥の収集をしてるんですよ。子どもの頃からずっと続けてるんです」(ミセス・ティリーは微笑んだ)。「ここ五年ほどずっと追いかけてるとても珍しい鳥が二、三いましてね。見つけたら、ぜったい自分の手でものにするつもりなんです」

「かごに入れて飼うっていうの?」この熱のこもった宣言に対して、ミセス・ティリーが疑わしそうに尋ねた。

「とんでもない、剝製にして取っておくんですよ。もう何ダースもあります」と、この鳥類学者は言った。「どれも自分の手で撃ったり、罠にかけたりしたものなんです。土曜日にここから数マイルのところで、シラサギをちらっと目にして、こちらの方向に追ってきてたんです。このあたりではこれまで見つかったためしがないんですよ。小さなシラサギなんですけどね」この珍しい鳥がシルヴィアの知り合いであることを期待しながら、この男はふたたび振り向いて彼女を見つめた。

だがシルヴィアは、目の前の細い小道にいるヒキガエルにじっと目をそそいだままだった。

「見たらきっとわかると思うんだけど」と、このよそ者は熱心に続けた。「羽根がふんわりしていて、ほっそりと長い脚をした、妙なかたちの背の高い白い鳥なんですよ。たぶんタカみたいに、高い木のてっぺんに巣があって、枝切れを集めて作ってあるはずです」

シルヴィアの心臓の鼓動が激しくなった。彼女はその見慣れない白い鳥を知っていて、一度など、森のほぼ反対側の、眩しい緑の沼草の中に立っていたその鳥に、そっと忍び足で近寄ったことさえあった。陽光がいつも不思議と黄色く、熱く照りつけているその野原には、長く伸びて風にそよぐイグサが生えていて、あんなところに行くと、下のどろどろした黒いぬかるみに沈んじまって、それで一巻の終わりだよ、とシルヴィアはおばあさんから脅かされていた。そこからあまり遠くない、海のすぐ手前にあたる一帯は、塩水の沼地になっていて、海というものを見たことがなかったシルヴィアは、ずいぶんあれこれと海に思いを寄せ、夢を膨らませていた。嵐の晩になると、森の木のざわめきの向こうから、時折波の音が響き渡るのが聞こえた。

「あのサギの巣を見つけることほど嬉しいことは、ほかにないですよ」と、ハンサムなよそ者は言っていた。「巣を教えてくれた人には、十ドルあげることにしてるんです」と、彼は懸命に付け加えた。「必要なら、それを探すのに、休暇をすっかり使ってもいいと思ってるんです。渡りの途中だっただけかもしれないし、あるいはワシやタカに、一時的に住み処から追い出されてしまったのかもしれませんけどね」

ミセス・ティリーはこの話に驚き、すっかり引き込まれてしまっていたが、シルヴィアはただヒキガエルを眺めているだけだった。とはいっても、この生き物が戸口の階段の下にある自分の穴にたどりつきたいのに、夜のこんな時間にいつになく見物人たちがいるせいで、それができずに困っていることなど、もっと心の穏やかなときだったら気づいていたかもしれないのだが、今は少しも気づかずにいた。その晩どんなに考えてみても、こんなふうに気軽に口にされた十ドルで、ずっと欲しかった宝物がいったいどれだけたくさん買えるのか、わからないほどだった。

つぎの日、若い猟師は森をうろつき、シルヴィアも付き添ったが、今ではこの愛想のいい青年に対してはじめに感じた恐怖心もなくなって、この人がとても親切で思いやりをもっていることがわかってきた。彼は鳥や鳥の知恵について、住み処や生態について、たくさんのことを彼女に教えてくれた。彼はジャックナイフまでくれて、彼女はまるで無人島の住人のようにそれを宝物扱いした。一日じゅう、彼女を心配させたり、怖がらせたりするようなことはなかったのだが、ただ、なにも知らずにさえずっている生き物を、大枝から撃ち落とすときだけはべつだった。銃さえ持っていなければ、シルヴィアは彼のことをもっと好きになったことだろう。鳥のことは大好きなように見えるのに、その鳥を彼がなぜ殺すのか、彼女には理解することができなかった。だが日暮れになってもまだ、シルヴィアはこの若者を愛情のこもった尊敬のまなざしで見守っていた。こんなに魅力的で愉快な人には会ったことがなかった。子どもの中で今まで眠っていた女心が、愛の夢によってぼんやりとざわめいた。

愛というあの大きな力の兆候が、荘厳な森を注意ぶかく足音を忍ばせて歩いていくこの若人たちを煽り、揺さぶっていた。ふたりは鳥がさえずると、足をとめて耳を澄まし、ふたたび枝をかき分けては熱心に歩みを進め、たがいに言葉を交わすことはめったになかったし、話すときには囁き声だった。青年が先に立ち、シルヴィアはその灰色の瞳を興奮に翳らせて、夢中でその数歩あとに従っていった。

待望のシラサギがなかなか見つからないので、彼女は悲しんだが、かといって彼女が客を先導するというようなことはなく、ただ従っているだけであり、自分のほうから話しかけることなど、とても考えられなかった。質問されてもいないのに話したりすれば、彼女は自分のその声におびえてしまっていただろう——必要に迫られてさえ、はいとか、いいえ、と答えるのもやっとのありさまだったのだから。ついに夜のとばりが降りはじめると、ふたりはいっしょに雌牛を家に連れ帰り、ほんの一晩前に口笛を耳にして、恐怖に襲われた場所にさしかかると、シルヴィアは喜びでいっぱいになって微笑んだのだった。

II

家から半マイルほど離れた森の反対側には、ひときわ高く盛り上がった丘があって、そこには、その世代の最後の生き残りであるマツの大木が生えていた。それが境界線の目印のために残されたのか、でなければなんのために残されたのか、誰にもわからなかった。その世代の仲間の木を切り倒した木こりたちはとうの昔に死んでしまっていて、今では、マツやカシやカエデなどの丈夫な木からなるすっかり新しい森がふたたび育ってきていた。だがこの年老いたマツの堂々たる頭は、すべての上に聳え立ち、何マイルも彼方の海からも陸からもはっきりした目標になっていた。シルヴィアはその木をよく知っていた。てっぺんまで登れば、海を見ることができるだろう、と彼女はいつも信じていたし、ざらざらした巨大な幹に手を触れては、鬱蒼と茂った大きな枝々を憧れるようにしばしば見上げたものだった。下のほうの空気がどんなに暑く、どんよりと淀んでいるときでも、上空の大枝はいつも風に揺れていた。今や彼女は新たな興奮を胸に、その木のことを思った。夜明けにあの木に登れば、世界じゅうを見渡すことができるのだから、どこからシラサギが飛んでくるかわかるし、その場所を覚えておけば、秘密の巣のありかもつきとめられるはずではないだろうか？

なんて刺激的な、なんて壮大な計画だろう！　朝が来て、あの人が起きてからその秘密を教えてあげられたら、なんて誇らしく、なんて嬉しく、なんて得意な気持ちに浸れることだろう！　それは子ども心にはあまりにも強烈で、大きすぎて、耐えがたいほどだった。

夜じゅう、この小さな家の戸口は開いたままで、ヨタカがその敷居までやってきて鳴いた。若い猟師と年老いた女主人はぐっすりと眠っていたが、偉大な計画を胸に秘めたシルヴィアはすっかり目が冴えて、見張りに余念がなかった。眠らなければ、と考えることさえ忘れていた。夏の短い夜が冬の暗闇のように長く感じられたが、ついにヨタカが鳴きやむと、もう朝が来るのかとあらためて怖くなりながら、彼女は家からこっそり抜け出し、牧場の小道をたどって森を抜け、その向こうの野原をめざして急いだ。通りすがりに揺らした枝に止まっていた鳥が、寝ぼけて眠そうにさえずったが、彼女はその声を聞いてほっと安心し、仲間らしく耳を傾けた。ああ、この退屈した小さな生き物にはじめて押し寄せた人間への関心という大波が、自然や森の物言わぬ生命とじかに触れあう喜びを、すっかり押し流してしまうことになるなんて!

薄れていく月明かりの中、まだ眠ったままの大木があり、小さく愚かなシルヴィアは勇気を振り絞っててっぺんめざして登りはじめた。熱く疼く血潮が全身の血管を勢いよく駆け巡り、むきだしの足と手の指は、鳥の鉤爪のようにしっかりと、上へ上へ、空そのものへ届かんばかりに伸びていく巨大な木の壁にしがみついていた。まずはじめに、彼女は傍らのシロカシの木に登らなければならず、黒ずんだ大枝や露に濡れて重くなった緑の葉の中へ、すっぽりと姿が隠れてしまうほど登り、鳥は巣から飛び去り、アカリスは行ったり来たりして、悪意のないこの侵入者を気短かに叱った。シルヴィアはすいすいと登っていった。彼女はそこにはしょっちゅう登ったことがあって、もう少し行くと、カシの上のほうの大枝が一本、マツの木と触れ合っていて、ちょうどそこではマツの一番下の枝が密生していることを知っていた。その場所で、彼女がこちらの木からあちらの木へ危険な跳躍を成し遂げたときにこそ、彼女の偉大な計画は本当に開始されることになるのだった。

ついに揺れるカシの大枝の上へそっと身を乗りだすと、彼女は大胆な一歩を踏み出して年老いたマツの巨木に渡った。思っていたよりも難しく、遠くまで手を伸ばしてしっかりと摑まらなければならなかった。尖って乾燥した小枝が彼女を捕まえて放さず、怒った爪のように彼女を引っ掻き、巨大な幹をぐるぐると巡りながら高く上昇していくにつれて、マツやにが彼女の細い小さな指の動きを奪ってこわばらせた。下方の森ではスズメやコマツグミがようやく目を覚まし、夜明けに向かってさえずりはじめたが、マツの木の上はもうすっかり明るくなっているように感じられて、計画を成功させるためには、急がなければならないことを少女は悟ったのだった。

彼女が登っていくにつれて、その木はどんどん伸びていき、どこまで行っても上に届きそうになかった。それはまるで航海する大地に聳え立つ巨大な帆柱のようだった。その帆柱はその朝、どっしりとした体の隅々まで、さぞ驚きに貫かれたことだろう。なにしろこの断固たる決意に満ちた人間が小さな火花のように、高い枝からいっそう高い枝へとゆっくり這い進んでいくのを感じたのだから。この身軽な、か弱い生き物の前進を応援しようと、一番細い枝さえも懸命にじっとこらえていたとは、いったい誰が知ろう！　年老いたマツの木は、彼のこの新しい家族を愛していたに違いない。どんなタカやコウモリやガや、歌声の美しいツグミよりも、この灰色の瞳をした孤独な子どもの勇敢に脈打つ心臓は優っていた。その六月の朝、夜明けが東の空を鮮やかに染め上げていくあいだ、その木はじっと立ちつくし、眉をひそめて風をはねのけていたのだった。

最後の刺だらけの大枝をかわして、木のてっぺん高くに、震えながら、疲れきり、それでも全身勝ち誇って立ったシルヴィアの顔は、もし人が地上から見上げたなら、薄れゆく星のように見えたことだろう。本当に大海原が見え、夜明けの太陽がその上に金色の眩い光を投げかけ、輝くばかりの東の空に向かって、二羽のタカがゆっくりと翼を動かしながら飛んでいった。これまではるか頭上に、青空を背景にした黒い姿しか見たことがなかったのに、この高さから見ると彼らははるか下を飛んでいた。その灰色の羽はガのように柔らかく、すぐ間近にいるようで、シルヴィアはまるで自分も雲のあいだを飛んでいけるかのように感じた。西のほうには、ずっと遠くまで森と農場が何マイルも広がって、ところどころに教会の尖塔や白い村が点在し、それはじつに広大で息を飲むような世界だった！

鳥たちの歌声はますます賑やかになっていった。ついに太陽がびっくりするほど眩い光を放って昇ってきた。航海中の船の白い帆がいくつも見え、雲は見る見るうちに紫色に、薔薇色に、それから黄色になって、しだいに薄れていった。一面の緑の海のどこにシラサギの巣があるのだろう。この素晴らしい光景やその刻一刻の変化だけが、眩暈がするほどの高さまで登ったことに対する報酬なのだろうか？　さあ、シルヴィア、もう一度見下ろしてごらん、輝くカバの木と黒ずんだツガの木に囲まれた緑の沼地を。前に一度シラサギを見たところに、また彼の姿が見えるでしょう。ほら、ほら！　漂う一枚の羽根のような彼の白い点が、あのツガの枯木から飛び立ち、しだいに大きくなって上昇して、ついに近くまでやってきて、しっかりと翼を広げ、ほっそりした首と、羽冠のついた頭を伸ばしたまま、この目印のマツの木のそばを通っていく。待って、待って！　いい子だから、足一本、指一本、動かしてはだめ、あなたのそのつぶらな瞳から注意の光の矢を射ってもだめ。サギはマツのあなたのすぐ近くの大枝に降り立って、今、巣にいるつがいに向かって鳴き返し、新しい一日に備えて羽繕いをしている！

まもなく騒がしいネコマネドリの一団もその木にやってきて、その羽ばたきや騒々しさにうんざりして厳かなサギは飛び去ってしまい、子どもは長いため息をついた。彼女は今では彼の秘密を知っているのであり、野生の、身軽な、すらりとしたその鳥は漂い、揺らめき、やがて矢のように、緑の下界にある自分の家に戻っていく。すっかり満足したシルヴィアは、足もとの枝より下のほうには目を向けないようにして、指が痛くなったり、感覚をなくした足を滑らせたりしては泣きべそをかきながら、ふたたび下へ向かって危なっかしい冒険を開始した。あの旅の人はなんて言ってくれるかしら、サギの巣のありかを教えてあげたら、あの人はどう思うかしら、と何度も考えながら。

「シルヴィー、シルヴィー！」と、おばあさんは用事を言いつけようとして繰り返し呼びかけたが、それに答える声はなく、小さなモロコシ皮のベッドは空っぽで、シルヴィアの姿は消えていた。

客は夢から呼び覚まされて、これから始まる楽しい一日に期待を膨らませ、少しでもそれを早く味わおうと急いで着替えをすませた。あの恥ずかしがり屋の少女が前の日に一、二度見せた表情から、あの子は少なくともシラサギを見たことがあるのだ、と彼は確信していて、今日こそそれを聞き出さなければ、と心に決めていた。ちょうどそこに彼女が戻ってきたが、いつになく青ざめて、その着古したワンピースはずたずたに破れ、マツやにで汚れていた。おばあさんと猟師はいっしょに戸口に立ち、彼女にわけを尋ね、こうして、ついに緑の沼地の傍らに立つツガの枯木のことを告げるべき感動の瞬間がやってきたのだった。

だがシルヴィアは結局のところ喋ろうとしなかった。年老いたおばあさんが腹立たしげに非難し、若い青年の優しく訴えるような目が彼女の目をじっと覗き込んでいる。お金をくれると彼は約束していたし、彼女たちは今貧しかった。彼は、喜ばせてあげたいと心から思う相手だったし、そして今その人が、彼女が知った秘密を聞こうと待ち受けている。

だめ、あたしには言えない！　彼女に突然心変わりさせ、口をつぐませてしまうものはいったいなんなのだろうか？　これまで九年間生きてきて、今ようやく外の大きな世界がはじめて彼女に手を差し伸べたそのとき、彼女はその手をたかが鳥のために、わきに押しのけなければならないのだろうか？　マツの緑の枝々のざわめきが彼女の耳には残っていて、金色の空気を切ってあのシラサギが飛んできたときの様子が、そしてともに海と朝を眺めたときの様子が甦って、シルヴィアは話すことができなくなってしまう。シラサギの秘密を告げて、その命を引き渡してしまうことは彼女にはできないのだ。

忠実なるものよ、陽も高くなって客が肩を落として去っていったとき、心に鋭い痛みを覚えた、忠実なるものよ、その客に仕え、彼のあとにつき従い、犬のように彼を愛することもできたのに！　その後しばしば、夕方になって、ぐずつく雌牛と家に向かう帰り道、シルヴィアには牧場の小道に彼の口笛がこだまするのが聞こえた。彼の銃が鋭い銃声を響かせ、ツグミやスズメがぱたりと地面に落ちて、歌声が途切れ、その美しい羽根が血まみれになっているのを目にしたときの悲しみさえも、彼女はもう忘れてしまっていた。あの猟師とは仲良くなれたかもしれないのに、鳥たちがそれ以上に仲良しの友達であるといえるのだろうか――いったい誰が知ろう？　どんな宝物が彼女から失われてしまったか、森よ、夏の日よ、どうか覚えていておくれ！　この孤独な田舎の子を、どうかおまえたちの贈り物と寛大な心でつつみ、おまえたちの秘密をこの子に語ってあげておくれ！

しなやかな愛

Leves Amores

キャサリン・マンスフィールド

わたしはシスルホテルを忘れることができない。あの不思議な冬の夜を忘れることができない。

わたしはあの人に、いっしょに食事をして、それからオペラ座へ行かないかと誘った。わたしの部屋はあの人の向かいだった。あの人は行きたいと言ってくれて——夜会服の胴着を締めるのを手伝って欲しいわ、後ろがホックになっているから、と頼んできた。もちろんですとも。

わたしがドアをノックして入っていったときには、まだ昼間の残光がたゆたっていた。下着用のボディスとたっぷりした絹のペティコート姿で、あの人はお湯を使い、顔とうなじにスポンジをあてていた。すぐ済むから、ベッドにでもすわって、待っていてもらえないかしら、とあの人は言った。そこでわたしは侘しげな部屋を見まわした。ひとつしかない汚れた窓は通りに面していた。向かいにある洗濯室の息苦しくなるような、煤で黒くなった窓が見えた。家具といえば、その部屋には、趣味の悪い蔓模様の黄色いカーテンで仕切られた低いベッド、椅子一脚、ひび割れた鏡のついた衣装ダンス、そして洗面台があるだけだった。その部屋の壁紙を見ると、わたしは吐き気に襲われた。それは壁からぼろぼろの筋になって何本も垂れ下がっていた。比較的汚れや色褪せの少ない部分には、バラの模様——蕾と花——

がかすかに識別でき、壁面上部の装飾帯には、鳥のありふれた図柄がほどこされていて、その鳥の種類は神のみぞ知るといった代物だった。

そこがあの人の住んでいるところなのだった。わたしは好奇心に駆られてあの人をじっと眺めた。あの人は薄物の長靴下をはいているところで、靴下どめが見つからずに「ちくしょう」と口走った。こんな部屋では美しいことなどけっして起こりえないとわたしは内心確信し、あの人に軽蔑と、少しばかりの同情と、ほんのわずかな哀れみを感じた。

くすんだ灰色の光がすべてを覆っていて、それはあの人の服の安っぽいけばけばしさを、あの人の生活のみすぼらしさを際立たせているように見え、あの人もまたくすんで、灰色で、疲れているように見えた。わたしはベッドにすわったまま思った。「ついに老いてしまった。わたしは情熱など忘れてしまったし、若さという美しい金色の行進からも置き去りにされてしまった。今では劇場の楽屋裏に人生を見るようになってしまった」

そしてわたしたちは外で食事をして、オペラ座に行った。混みあった夜の街頭に出てきたときには、時刻も遅かった。遅かったし、寒かった。あの人は長いスカートを体のまわりに引き寄せた。無言のままわたしたちはシスルホテルまで歩いて帰り、美しい金色のユリで縁取られた白い小道をたどり、紫水晶色に翳った階段を昇った。

若さは死に絶えてしまったのか？　若さは死に絶えてしまったのだろうか？

あの人の部屋へ向かって廊下を歩いていると、やっと夜になって嬉しい、とあの人が言った。わたしはその理由を尋ねなかった。それはわたしたちふたりだけの秘密のようで、わたしも嬉しかったから。そしてあの厄介なホックをはずすために、わたしはいっしょにあの人の部屋に入っていった。エナメル製の台の上の小さな蠟燭に、あの人は火をともした。その灯りが部屋の暗闇を際立たせた。あの人は眠くてしかたがない子どものように夜会服をさっさと脱ぎ、それから突然わたしのほうを振り向くと、両腕をわたしの首にまわした。丸みをもった装飾帯に彫られた鳥たちが、一斉にさえずりはじめた。ぼろぼろの壁紙に描かれたバラが、一斉に蕾をもち、満開に咲き乱れた。そう、ベッドの周りのカーテンに描かれた緑の蔓さえも、絡み合って不思議な花冠や花輪を編み、わたしたちのまわりで葉の抱擁を交わしてうねり、無数のしなやかな巻きひげの中にわたしたちを閉じ込めた。

そして若さはまだ死に絶えてはいなかった。

ネリー・ディーンの歓び

The Joy of Nelly Deane

ウィラ・キャザー

ネルとわたしは『王妃エステル』の最後の幕に出る準備がほぼ整い、ミセス・ダウ、ミセス・フリーズ、ミセス・スピニーの三人の粘り強い衣装係からやっと解放されたところだった。ネルはわたしの肩越しに端の欠けた小さな鏡を覗き込んでいた。その鏡はミセス・ダウがその朝、台所の壁からはずし、ショールにくるんで教会まで持参したものだった。ほかに誰もいないのに気づくと、ネルはいつものせわしげな熱のこもった口調でわたしに囁いた。

「ねえペギー、今晩、来て泊まっていってくれない？　スコット・スピニーが送ってくれるって言うんだけど、あたし、彼とふたりきりになりたくないの」

「大丈夫だと思うけど、お母さんに頼んでみてよ」

「お母さんなら大丈夫よ！」ネルは笑い、頭をぐいと勢いよく上げた。その様子からは、相手がうちの母親より手強い場合でも、彼女が望めばたいていのものは思いどおりになるということが窺えた。

すぐに今しがたの衣装係の婦人たちが戻ってきた。この三人の老婦人は――少なくともわたしたちには、年老いて見えたのだが――まわりをそわそわと歩きまわり、出演者のわたしたち以上に落ち着きがなかった。ネルの衣装や化粧の手直しには、きりというものがないかのようで、老婦人たちはああでもないこうでもないと手を加え、結局どれが最高なのか決めかねていた。彼女が口紅をさすことには、誰も同意しようとしなかったし、首や腕に白粉を叩きながらも、こんなものを使うようにはなって欲しくないわね、とミセス・フリーズは呟く始末。ミセス・スピニーはネリーのドレスの四角い襟ぐりに、絹のベールを引っぱり上げたり押し込んだりを繰り返していた。あまり低くするのは良くないわね、と彼女は言ったが、ベールを引っぱり上げると、今度は後ずさりして眼鏡越しにネルをとっくりと眺めた。それから上気したネルがあちこちに手を伸ばして、上靴のボタンをかけたりカールをピンで留めたりしていると、ミセス・スピニーの笑顔は少しずつ和らいでいき、王妃エステルの登場まぎわになると、この老女はそっと近寄って、胸もとのベールを優しくできるだけ下までたくし込んだのだった。

「この娘はとても血色がいいんですもの。こうでもしなかったらもったいないわ」と彼女は言い訳をするようにミセス・ダウに囁いた。

リバーベンドでネリーが一番美しく、一番陽気な、そう、本当に一番陽気な少女であることは、誰もが認めるところだった。彼女は歌っているか、そうでなければ笑っていた。向こうみずなそり滑りをして、腕を骨折して動けなくなったり、ガイ・フランクリンと馬車を乗りまわそうと休み時間に学校を抜け出して、停学処分になったりしていた期間中はべつとして、それ以外のときは、彼女はきまってなにかの悪戯に手を染めていた。二度ほど彼女は氷を踏み抜いて、川に落ちてずぶ濡れになったが、それというのもスケートをしながら前を見ていなかったり、速く滑れさえすれば、なにが起きようと気にかけなかったりしたのが原因だった。二度もずぶ濡れ事件を起こしたので、三人の衣装係は、彼女がやっぱり無意識のうちに浸礼派の教会員になろうとしているのだと決めつけた。

ミセス・スピニーとミセス・フリーズとミセス・ダウはつねにネリーのまわりを離れようとせず、そんな彼女たちの願いをわたしはよく聞かされたが、それはネリーがいつの日かわたしたちの教会の一員となり、「メソジスト教徒に同調」したりしないで欲しいというものだった。というのも、彼女の一家はメソジスト派のウェズリー教徒だったからだ。でもわたしには、こうした無邪気な願望だけで、彼女たちが片時も怠りなくネリーに愛情をそそぎつづける理由が説明されるようには思えなかった。むっつりしたスコットという息子がいるだけのミセス・スピニーは例外にしても、ほかのふたりには素晴らしい娘がいたし、自分たちの不器量な娘を愛し、そのことで神に感謝してもいた。だが彼女たちのネリーへの愛はまたべつの種類のものだった。彼女の美しい容姿や、なにかあるとすぐに大きく見開き、黄金色の光を撒き散らす黄色がかった茶色の目を、彼女たちは誇らしく思っていた。いつもなにかしら彼女のために美しいものをこしらえたり、慈善裁縫会に彼女を熱心に誘ったりした。裁縫会でそんな彼女がすることといったら、糸を縺れさせたり、まちがった袖を取り付けたり、笑ったりお喋りしたり、言うべきでないことをたくさん口にしたりするだけだったが、それでもなぜか婦人たちの心をいつも和ませるのだった。婦人たちは、歓びを抑えておけない彼女を愛していたんだとわたしは思う。

浸礼派教会の婦人たちはみなネルが好きで、彼女のことをひどく辛辣に批判する人でさえもそうだった。だがとりわけ、わたしたちの小さな教会のために率先して闘い、祈りと奉仕によって教会をひとつにまとめあげているこの三人の婦人たちが、彼女のことを熱心に見守っていた。その様子は、ミセス・ダウのアオノリュウゼツランが百年に一度といわれる花を咲かせるのを、三人で見守るのにも似ていた。日曜の朝になるとみんなで彼女を待ち受け、いつも少し遅れて聖歌隊に急ぎ足でやってくる彼女に微笑みかけた。彼女が壇に上り、オルガンの後ろに立って「遠くに緑の丘があり」を歌うと、ミセス・ダウとミセス・フリーズは自分たちのいつもの席にゆったりともたれかかって彼女を見上げ、彼女がまさにその丘からやって来て、自分たちに良い知らせを告げたかのような表情を浮かべた。

ネルとわたしが親しくなったのは、わたしが浸礼派教会の聖歌隊でコントラルト、わたしたちが一般にアルトと呼んでいたパートで歌っていたからだった。彼女は陽気で、おとなびていて、パーティーやダンスやピクニックに忙しかったので、同じ聖歌隊にいなかったら、わたしが彼女に頻繁に会うことはたぶんなかっただろう。わたしより年上の女の子たちは、彼女のようになろうと無駄な努力を重ねていたが、彼女はそんな女の子たちよりもわたしのことを気に入ってくれた。わたしのほうは、ミセス・ダウやミセス・スピニーとほとんど同じくらい彼女のことを気づかい、彼女に憧れていた。当時でさえわたしは彼女が花開き、輝くのを見るのが好きだったし、「九十九匹の仔羊」の賛美歌で彼女が

けれど一匹はむこうの丘にいた

と愛らしく、りんと張りのある声で歌うのを聞くのが好きだったと思う。ネルは歌の指導を受けたことは一度もなかったが、彼女が歌いはじめたのは、言葉を話しはじめるのと同時だったし、ミセス・ダウなどは、彼女の容姿があれほど愛らしいのは歌をたくさん歌うからだと、目を細めてよく言っていた。

わたしが聖歌隊に入ると、ネリーを聖歌隊の練習に来させるのは容易になった。教会に行く途中で、家の門のところに立ち寄って彼女を誘うと、彼女はたいてい笑って帽子と上着を取りに駆け戻り、それからわたしといっしょに出かけた。三人の老女たちはわたしたちの友

情を応援してくれた。わたしが「おとなしい」子だったので、ネリーに良い影響をあたえると考えてのことだった。この考えは、慈善裁縫会の話し合いの席でもちあがり、母親をとおして伝わったのだが、それを聞いてわたしたちは大いに面白がった。愛すべき老女たち！彼女たちがネルを愛するのは、明らかに今のままのネルなのに、いっぽうでは彼女を変えるような「影響」をつねに探し求めていたというのだから。

『王妃エステル』を舞台にのせるには、三ヵ月もの必死の稽古が必要で、退屈なリハーサルにネルの注意を繋ぎとめておくのは生易しいことではなかった。知り合いの男の子も何人かアッシリア青年コーラス隊で歌っていたが、ソロの配役は年長者たちが独占していて、ネルにとってその人たちは退屈でしかなかった。わたしたちがクリスマス・イヴに浸礼派教会で披露したのがこのカンタータだったが、『リバーベンド新聞』が書いてくれたとおり、本当に「ぎゅうぎゅう詰めの人たち」を聴衆に迎えることになった。降り積もった雪の中を、数マイル四方からこのあたり一帯の人たちが詰めかけてきて、彼らの馬車は、教会の扉の左右に伸びた繋ぎ用の横木に長い列を作った。それはたしかにネリーのための夜だった。テナーの歌い手がわたしたちの学校の校長で、当然ながら彼女のことをよく思っていなかったのだが、この校長がバビロンの川についてのもの哀しいソロでどんなに彼女の輝きを薄めようとしても、人々が誰の歌を聞きに来たか、誰を見に来たのかについては、ぜんぜん疑う余地がなかったからだった。

公演が終わると、父親や母親たちがお祝いの言葉をかけに楽屋――といっても、浸礼志願者が正装するために浸礼場の後ろに用意された小部屋にすぎなかったが――に顔を出し、ネルは、わたしが彼女の家に泊まる了解をわたしの母から取りつけた。この取り決めは、スコット・スピニーにはやはり気に入らなかったらしく、彼は浸礼場の入口に不機嫌な顔で立っていた。わたしの印象では、彼はネルといっしょに過ごす喜びからというより、ほかの人を遠ざけておく喜びから、彼女に付きまとっていた。親愛なる哀れなミセス・スピニーは、息子が不作法なせいでいつも恥ずかしい思いをしていて、ネリーに格別に優しくすることで、無礼な息子の至らなさを埋め合わせようとしていた。

スコットは痩せた筋肉質の青年で、容姿は良かったものの、顔が表情に欠けて色黒だったので、わたしにはその顔が彼の売る鋳物のように見えたものだった。彼は寡黙で威圧的で、ネルはどちらかというと彼を挑発するのが好きだった。父親が甘かった分、彼女はうるさく指図されたりするのを楽しんでいるようだった。その晩、みんなが彼女を褒めちぎり、歌も最高で、舞台にも素晴らしく映えたと讃えていると、スコットはただひとこと、楽屋から出てきたわたしたちにこう言った。

「ちゃんと深めの靴を履いたかい？」

「いいえ、でも浅い靴の上にゴム製のオーバーシューズを履いてるから。お母さんだったら気にしないわよ」

「だめだよ、さっさと戻って、履き替えておいで」

ネルは彼にむかって顔をしかめ、笑いながら駆け戻っていった。母親のミセス・ディーンは太った気さくな婦人だったが、このやりとりをひどく面白がった。

「そのとおりね、スコット」と彼女はくすくす笑った。「わたしの言うことより、あなたの言うことのほうを、あの娘は聞くみたいだわ。あの娘ったら、わたしやジャドの言うことなんか、これっぽっちも聞かないんですから」

スコットはにやっと笑った。彼がネリーのことを誇りに思っているとしても、彼がもっともしたくないことは、その気持ちを表に現すことだった。彼女が戻ってくると、彼はまた難癖をつけだした。「その花束をどうしようっていうんだい？　そんなのコチコチに凍っちまうよ」

「でも、凍るのはあなたの花じゃなくてよ、スコット・スピニー、イーっだ！」とネルはきつく言い返した。彼女が彼をやりこめたので、アッシリア青年コーラス隊が沸き返った。彼らのほとんどが高校生で、自分たちのなけなしの金を「割り勘」で出し合って、王妃エステルの花をはるばるデンバーまで注文したのだった。町の人からも半ダースあまりの花束が届いていたが、スコットからの花束はなかった。スコットは繁盛している金物商人で、男の子たちいわく、教会に惜しみなく寄付をすることで面子を保ってはいたが、それにしてもけちで有名だった。

「とにかく、その馬鹿げたものを凍らせてもしかたがないよ。少し新聞紙を持っておいで、これをくるんでしまうから」スコットはポケットから、畳んだ『リバーベンド新聞』を取り出し、花束のひとつを苦労してくるみはじめた。わたしたちが教会の戸口から出てくると、彼は三つの大きな新聞紙の包みをかかえていて、まるでそれが粉砂糖をまぶしたばかりの三つのウェディングケーキでもあるかのように注意ぶかく運んでいき、ネルとわたしが雪だらけの歩道で足を取られても、自力で進めとばかりに放っておいた。

真夜中を過ぎていたにもかかわらず、たくさんの小さな木造りの家々から明かりが瞬き、屋根や生け垣は雪深く埋もれ、リバーベンドの町全体が暖かい寝床にくるまれているかのようだった。教会から出てきた人々の群れは家路をめざして四方八方に散っていき、別れしなに「おやすみ」、「よいクリスマスを」と声をかけあったが、みんないつもとはひどく様子が違い、興奮しているように見えた。

家では、ミセス・ディーンが温めなくても食べられる食事をあらかじめ用意してくれていて、あるじのジャド・ディーンはさっそく靴を脱ぎ、フライド・チキンとパイを食べはじめていた。彼は美しい娘がひどく誇らしく、すぐにその場でクリスマス・プレゼントを渡さずにはいられなくなり、食堂の裏側にある寝室に行き、妻の洋服棚の奥のほうからアザラシの毛皮の短いジャケットと丸い帽子を持ってきて、ネリーにそれを身に着けさせた。

ミセス・ディーンは席について、香辛料のきいたケーキの皿と、自慢のホイップクリーム・タルトが載ったお盆を盛りつけるのに休みなく手を動かしていたが、夫のこの行動を見て大いに笑った。

「この人ったら、子どもより始末が悪くなくて？　仔猫から引き離された親猫みたいに、あの洋服棚のところに駆け寄ってばかりいたのよ。ネルが今まで気づかなかったのが不思議なくらいだわ。この人も今度ばかりは、クリスマスの朝までプレゼントをしまっておくことに決めたのかと思っていたのに、なんでも隠しておけたことがないのよね」

それはたしかに本当のことだったが、何事も隠しとおせないジャドの癖が、妻にはいつもひどく面白おかしく感じられるのは幸運なことだった。ミセス・ディーンは料理のことしか頭になく、男の人が稼いできてくれるかぎりは、不満をもつ謂われはないわ、と言っていたが、ほかの人たちはジャドの弱点に対して、それほど寛大な心をもっているわけではなかった。あのアザラシの毛皮のジャケットに対して、どれほど多くの非難が浴びせられたか、贅沢だと彼がどれほど咎められたかをわたしは覚えている。だが、結局のところ、なんと公共心のあることを彼はしてくれたことだろう！　というのもそのひと冬のあいだ、ネルが輝く頬に茶色の襟を立て、丸い帽子の下から髪の毛をなびかせて、川でスケートをしたり、町中を駆けまわったりする姿を、わたしたちみんなが楽しんだからだった！「どんなアザラシだって、あの娘に文句を言ったりはしないわ。だったらわたしらだって文句はないでしょ？」とミセス・ダウが言った。これは慈善裁縫会での発言で、新調のジャケットが真剣な話題になっている折のことだった。

やがてネリーとわたしは二階に上がって服を着替え、しばらくはジャドが台所を動きまわって地下室から凍らせたくないものを運び上げる上靴の音が聞こえていたが、そのうちその音もやんだ。階段の下から彼が「おやすみ」と声をかけると、家は静かになった。だが生まれてはじめてプリマドンナになっただけあって、ネリーはもちろん、わたしも眠れそうになかった。リバーベンドのほかのすべての明かりが消えてしまってからも、わたしたちの明かりだけは長いことついていたに違いない。ネルのベッドのモスリンのカーテンは開かれ、ミセス・ディーンは白いベッドカバーをめくって、飾りの枕カバーをはずし、わたしたちのために枕を膨らませておいてくれた。だが枕がいくら丸く膨らんでいるのを見ても、ふたりの興奮しきった若い頭は少しも誘惑されなかった。わたしたちは一瞬たりとも人生を手放すことなどできず、ネルの心地よい部屋にすわってお喋りを続けた。その部屋のベッドの手前にはリバーベンドで唯一のとても小さな白い毛皮の敷物があり、窓には白いカーテンが掛かり、見たこともないほど美しい小さな机と鏡台が置かれていた。暖かく楽しげな小部屋で、陽光が東と南の窓から一日じゅう降りそそぎ、その窓には夏になるとツルバラが咲いた。鏡台には、彼女に憧れる男子高校生たちから贈られた彼らの写真が飾られ、ガイ・フランクリンのも一枚あって、身だしなみも立派で、髪も整い、燕尾服のボタンホールには花を飾っていた。彼の写真がそこにあることが、わたしにはどうしても気に入らなかった。町の青年たちは鏡台の上で、礼儀正しく控えめではにかんでいるように見えたが、彼だけはいつも厚かましく睨みつけているように見えた。

わたしはガイについて悪い情報をはっきりつかんでいるわけではなかったが、リバーベンドでは「旅回りの人」といえば、如才なくて腹黒いとみなされていた。彼はシカゴの乾物会社に雇われて行き来している人で、母親たちの頭にとてつもない考えを吹き込むという理由で、とくに父親連中から良く思われていなかった。とても口達者で、お世辞がうまく、わたしたちの素朴な町に、いろいろな種類の香水やら香料入りの石鹼やらを持ち込んだので、彼を見るとわたしはいつもシーザーに出てくる商人たちを思い出した。わたしたちが楽しく翻訳したあのプルタークの一節を使っていえば、「心を女々しくするさまざまな品」をガリアに持ち込んだあの商人たちのことだ。

ネルは寝間着姿で鏡台の前にすわって新しい毛皮のジャケットをかかえると、それに頰ずりしていたが、そのときわたしは彼女の目に突然涙が光るのを見た。「ねえ、ペギー」と彼女はいつものように早口で熱っぽく言った、「毛皮なんてもらって、あたし悪いことをしてる気がするのよ。お父さんには隠していることがあるの」

今でも、そのときの彼女が見えるような気がする。顔をひどく紅潮させ、ひたむきで、茶色の髪は二本の三つ編みになってまっすぐ背中に伸び、瞳は涙と、それよりもっと柔らかく、もっと震えるようななにかで輝いていた。

「ペギー、あたし婚約したの」と彼女は囁いた、「本当に真剣によ」

彼女が前かがみになり、寝間着のボタンをはずして胸もとをひらくと、首にかけた短い金の鎖からダイアモンドの指輪がぶらさがっていた。それはガイ・フランクリンの宝石で、リバーベンドではそのことを知らない人はいなかった。

「あたしシカゴに住んで、歌のレッスンを受けて、オペラに行って、素敵なことはなんでもするのよ、そう、なんでもよ！　ペギー、あなたがあの人のことをよく思っていないのは知ってるわ、でもあなたはまだ子どもなの。おとなになれば、あなたもわかるようになるわ。あの人、この町の男の子とはぜんぜん違うし、それにあの人、あたしにぞっこんなの。それに、ペギー」、なだらかな肩のあたりまですっかり紅潮させて彼女は言った、「あたしもあの人のことがどうしようもなく好きなの、どうしようもなく」

「ネル、本当にそうなの？」とわたしは囁いた。温かな目の光とかすかに紅潮した顔色のせいで、彼女はすっかり違って見えた。わたしがそのとき受けた感じは、ちょうど夏、ピクニックの朝早くに目が覚めて、川沿いの牧場の風のない空に夜明けが訪れ、トウモロコシ畑をことごとく金色に染め上げてしまうのを見たときのような、そんな感じだった。

「そうよ、ペギー。そんなにしかつめらしい顔をしないでよ。赤ちゃんね、そんな顔をするようなことじゃないわ。素敵なことなのよ」彼女は突然わたしに両腕をまわし、ぎゅっと抱き締めた。

「ネル、あなたがみんなから離れてそんなに遠くに行ってしまうなんて、考えたくないわ」

「あら、あたしを訪ねてきてくれるのも素敵でしょ。楽しみにしててね」

彼女はガイ・フランクリンから聞いたシカゴの話を息もつかずにおさらいしはじめ、しまいには眠りについた小さな町を見守る星々の下に、彼女が話してくれたシカゴの街が聳え上がるかにわたしには思えた。ふたりとも都会には行ったことがなかったものの、それがどんなものかはわかっていた。わたしたちはそれが、あの彼方の世界が、大きなエンジンのように脈打ち、呼びかけてくるのを聞くことができた。両方の窓を開け放ち、ベッドに慌てて滑り込んだあとでも、何マイルもの雪のはるか彼方から鼓動が聞こえてくるようにわたしたちには感じられた。冬の静寂はそれとともに震え、大気は新しい予感に満ちて、柔らかな波となってわたしたちに降りそそぐようだった。心地よい暖かな小さなベッドの中で、わたしは変化と危険が差し迫っているのを感じた。傍らのネリーのあまりにもせわしない呼吸を耳にしながら、わたしは彼女の身を案じてなぜか不安になり、眠りに落ちながら、彼女を守るように腕をまわしたのだった。

つぎの春には、わたしたちはふたりともリバーベンド高校を卒業し、わたしは大学に向かった。家族がデンバーに引っ越したので、その後四年間というもの、わたしはネリー・ディーンの消息をほとんど聞かなかった。わたしの毎日は新しい人々との出会いや新しい体験で慌ただしく過ぎ、残念ながら彼女のことを思い出すこともあまりなかった。人づてに聞いたところでは、ジャド・ディーンはクリプルクリーク鉱山での投機に失敗して、所有していた全財産を失い、債権者たちの温情でかろうじてリバーベンドの家を維持しているということだった。ガイ・フランクリンは旅の順路を変えてしまい、もはやリバーベンドを通ることもなくなった。彼はロング・パイン近郊の裕福な牧場主の娘と結婚し、自分で乾物屋を経営しているということだった。年に一度ミセス・ダウはわたしに長い手紙を書いてくれたが、そのうちの一通には、ネリーがリバーベンド小学校の六年生を教えていると書かれていた。

ネリーは教えることがあまり好きではないのね。子どもたちはあの娘を悩ませますし、あの娘ほどかわいい人が不向きな仕事に縛りつけられているのを見るのは忍びないことです。スコットは相変わらずご執心です。夕食時に帰宅するとき、ひどく思い詰めた様子でネリーの部屋の窓を見上げているのを見かけました。スコットは繁盛しています。

このところの不況のさなかにも彼は儲けをあげて、今では町の金物屋を両方とも所有するまでになりました。彼は無口ですけど、とても立派な青年です。ネリーは避けているようですが、ミセス・スピニーは希望をもっているようです。このこと以上に彼女を喜ばせることはないでしょうね。スコットがもっと自分の身なりに注意ぶかければ、うまくいくのでしょうけれども。もちろん彼は仕事がら汚れた格好になりますし、ネリーはご存知のようにたいへん上品ですからね。町では、母親が彼のかわりにネリーを口説いていると言っているほどで、彼女はたいへんな熱の入れようです。スコットが父親のようにやかまし屋でけちな人にならなければいいのですが! わたしたちはこの世に生きているかぎり、みな試練に会わなければなりませんけど、ネリーの試練があまりきついものでないことを願っています。彼女はかわいらしく、今でもきれいです。

ミセス・ダウ自身の試練はけっして生易しいものではなかった。夫はリューマチで長いこと足が動かず、気難しくて、なにかと難癖をつけるようになっていた。娘たちの結婚相手は貧乏だったし、息子のひとりは非行に走った。だが彼女からくる手紙はいつも楽観的で、その中の一通などはわたしが「人生を悲観的に考える癖がある」といって優しく諫めてよこすほどだった。

大学四年の冬の休暇に、わたしはデンバーへの帰郷がてらミセス・ダウを訪問しに立ち寄った。駅で彼女の古い四輪馬車に乗り込むと、彼女が真っ先に口にしたのは「スコットがついにやり遂げたのよ」という言葉で、ネリーが来春にも彼と結婚するということだった。それに向けてネリーは浸礼派教会の一員になる予定だという。「ちょうど、彼女の浸礼式に間に合うようにあなたはここに来たってわけ！　ネリーがどんなに喜ぶことでしょう！　明日の晩、浸礼を受けることになっているのよ」

わたしは当日の朝、郵便局でスコット・スピニーに会ったが、彼はその黒い手でわたしにぎゅっと握手した。彼の頑丈な肉体と顔のあご鬚と力強く冷たい手には、どこか重々しく陰気なところがあった。彼が八年ものあいだ、自分とは本来相容れないはずの魅力を備えた娘に付きまとうことになったのは、いったいどんな運命の悪戯だったのだろう。わたしが今でも依然として不思議に感じるのは、呑気なリバーベンドで、寓話になぞらえるならわたしの小さなキリギリスというべき彼女を相手に、すっかり満足した生活を送ることができるような青年が大勢いたにもかかわらず、彼女を、そして彼女の気取らない生きかたを結局のところ手に入れたのが、がんばり屋のアリだったということだ。

昔ながらのしきたりで、浸礼式当日には式に臨む人を訪問しない習わしになっていたので、わたしがネリーをはじめて目にしたのは、その晩の式のときだった。浸礼用の水槽は説教壇のすぐ下のセメントの窪みで、わたしたちが『王妃エステル』を歌ったときにはその上に舞台が設けられたのだった。説教のあいだじゅう、わたしはいささか神経質にすわっていた。長く黒い正服を身に着けた牧師が水の中に降りていき、聖歌隊が歌いおわると更衣室の扉が開き、執事のひとりに導かれながらネリーが水槽へと階段を降りてきた。ああ、彼女はなんと小さく、従順で、貞淑に見えたことか！　白いカシミアの着衣が体のまわりにまとわりつき、茶色の髪は後ろにまっすぐに撫でつけられ、慎ましく垂れた小さな頭からふたつのゆるい三つ編みとなって下がっていた。彼女が水に降りていくにつれ、わたしはその水の冷たさを感じて震え、自分がいかに彼女を愛していたかを強く思い知らされた。彼女はさらに降りていき、水が腰をすっかり覆うまで進み、白く小さくそこに立ち、両手を胸の上で交差させ、牧師は浸礼式においてキリストとともに埋葬されるという趣旨の言葉を唱えた。それから彼の腕に横たわって彼女は暗い水の中に消えた。「彼女が死ぬときもあんな感じなのだろう」とわたしは思い、胸が疼いた。聖歌隊が「仔羊の血で洗われ」を歌いはじめると、彼女はふたたび姿を現し、水槽の後ろの扉が開き、例の親愛なる三人の守護者たち、ミセス・ダウとミセス・フリーズとミセス・スピニーが現れ、彼女たちの腕の中へ彼女は昇っていったのだった。

わたしは翌日ネルに会いに、たくさんの思い出がつまった小部屋へと上がっていった。それは悲しい、悲しい訪問だった！　彼女はすっかり変わってしまい、当惑ぎみで、ひそかに絶望しているようだった。わたしたちはリバーベンドの懐かしい仲間たちのことをずいぶん話したが、彼女がガイ・フランクリンやスコット・スピニーのことを口にすることはなく、ただ父親がスコットの金物屋で働かせてもらっているとだけ言った。彼女はわたしの肩に手をかけて、昔ながらの性急な口調を甦らせながら、しばらくうちに滞在して欲しいと頼んだ。だがわたしは怖かった——彼女がわたしになにを告白するのか、わたしが彼女になんと返答するかを知るのが怖かったのだ。彼女の小さながらくた類、娘時代の愚かな収集物に取り囲まれながら、白いカーテンが掛かり、小さな白い敷物のあるその部屋にすわっていると、わたしはスコット・スピニーに対してはっきりとした恐怖を感じ、自分の手にふたたび彼の強烈な握力が甦るように思った。わたしがデンバーに急いで帰らなければならないもっともらしい言い訳をすると、彼女はわたしを素早く一瞥し、その目は嘆願するのをやめた。わたしには、彼女がわたしを完全に理解したのがわかった。わたしたちはお互いのことがすごくよくわかっていたのだ。一度だけ、わたしが立ち上がって出ていこうとしながらベールにてこずっていると、彼女は昔ながらの陽気な笑い声をあげ、いくら勉強してもできるようにならないことってあるのねと言った。

翌日、デンバー行きの朝の列車に間に合うように、ミセス・ダウに駅まで馬車で送ってもらう途中、わたしはネリーが何冊かの本をかかえて学校へ急いでいる姿を目にした。きっと家で授業の準備をしていたのだろう。かわいそうなネル、彼女はけっして呑みこみの早いほうではなかったから。

わたしがふたたびリバーベンドを訪れたのは、十年後のことだった。長いことローマにいて、わたしは強烈なホームシックに陥っていた。その昔皇帝たちの宮殿だった赤土色の廃墟が大きく盛り上がるあたりに、ダリアやアスターが負けじと咲き誇っていた。そうした花々に囲まれて、ある朝腰をおろしたわたしは、ミセス・ダウから毎年きまって届く長い手紙の封を切った。そこにはたくさんの悲しい知らせが書かれていたので、その場でただちにわたしはリバーベンドの家に、わたしにとって家と呼べる唯一の場所に帰ることに決めた。ミセス・ダウの手紙には、夫が長い病気のあげく、三月の寒波のさなかに亡くなったと書いてあった。「最期が近づくにつれて、とても善良で、辛抱づよくなって、余計な面倒をかけることをひどく気にしていました」と彼女は書いていた。もうひとつ、彼女が手紙の最後までとっておいた知らせがあった。彼女は気の毒にも、赤ん坊の誕生や町をあげての改造計画などについてえんえんと書き連ね、あたかもわたしに話すに忍びないといったふうで、そしてついにこう書き出していた――

聞いて悲しむと思いますが、二ヵ月前にわたしたちの大事なネリーがこの世を去りました。わたしたちみんなにとって、ひどくショックなことでした。まだそのことについて書くことができないような気がします。毎朝目が覚めると、わたしはあの娘のところに行かなければと感じます。あの娘は男の子を出産して、その三日後に亡くなりました。赤ん坊のほうは丈夫で、どんなことがあっても生きつづけるだろうとわたしは確信しています。この赤ん坊と、今八歳で、あなたにちなんでマーガレットと彼女が名づけた女の子は、ミセス・スピニーの家に引き取られました。彼女はじつの母親でも及ばないほどその子どもたちをかわいがっています。子どものお蔭で、彼女は早くも若返ったように見えるほどです。ネリーの子どもたちに会ってあげてください。

ああ、それこそがわたしのしたいことだった、ネリーの子どもたちに会うことが！　この願いが心底から疼きながら湧き上がってきて、ホームシックの悲痛な涙がこぼれた。そしてあたりを見渡して心を落ち着けようとしていたわたしの中に、突如、胸を締めつける思い出が甦ってきた。わたしたちふたりはある九月の午後、飾り気ない古い教室の片隅の、ぽかぽかと陽のあたる自分たちの席にすわって、古代ローマの七つの丘の名前をいっしょに覚えようとしていた。その思い出が、こんなに長い時間が経って、その時そんなところにすわっていたわたしに、まざまざと甦ってきたのだ——背中にあたる暖かな太陽、隣の席のお喋りな女の子、くるっとした巻き毛で、黄色い瞳には笑いがあり、ページを押さえた指は小さくぽっちゃりしていたっけ！　日向にすわって、頭を寄せ合っていたあの時でさえ、わたしが今この瞬間に、崩れ落ちたレンガと乾燥した草の中にすわっていて、かたや彼女は、わたしがとてもよく知っている場所、あの彼方の緑の丘の上に横たわっているということ、こうしたことすべてがあらかじめ定まっていて、お話のようにすっかり書き記されていたように感じられた。

ミセス・ダウはクリスマス用の裁縫をかかえて、馴染みの居間にすわっていたが、その部屋の敷物や壁紙やテーブル掛けはみな柔らかな褪せた色になり、ハガルとイシマエルの多色石版刷りの絵も歳月の落ち着きに足並をそろえていた。張り出し窓に置かれた背の高い針金細工の棚には、鉢植えの小さな壇が相変わらず並び、大きなフクシアやアフリカ産のゼラニウムが咲いて、クリスマスの到来を告げていた。ミセス・ダウ自身はそれほど変わったようには見えなかった。思い返すといつも薄かった彼女の髪は、今では真っ白だったが、痩せて筋張った小さな体は昔ながらによく動き、瞳は銀ぶち眼鏡の奥で昔ながらの親しみに満ちていた。灰色の室内着は、わたしが放課後に駆け足で立ち寄っては彼女のお手製のエンゼルケーキを教会の夕食会に運んだ、あの頃に彼女がよく着ていたものとそっくり同じに見えた。

ミセス・ダウの家は丘の上に建っていて、ゼラニウムの後ろには、リバーベンドの町全体をほぼ一望のもとに収めることができた。町は柔らかな雪にくるまれていて、見上げると、灰色の空は大きなふんわりした雪片でいっぱいで、しばらくは天気が変わりそうもないことを告げていた。屋内では、無煙炭のストーブのせいで熱帯のような温度が保たれ、その艶やかな側面は暖かなオレンジ色を放っていた。わたしたちは腰をおろし、ふたりとも心地よさと満ち足りた思いを味わった。わたしはその朝リバーベンドに着いたばかりで、船の遭難や冬の荒海でわたしが辛い目にあってはいないかと心配しどおしだったミセス・ダウは、わたしに火に近寄るように勧め、時々飲物や食べ物はいらないかと尋ねた。わたしたちはその冬の日、朝から夕方までお喋りして過ごし、リバーベンドの仲間たちのことをつぎからつぎへと話題にし、ほとんどの人たちが満足に生活しているということを確かめあった。やがて、時計が落ち着きはらって立てる音や炭がはぜる音に長いこと耳を澄ませたあとで、わたしはようやくそのときまで控えてきた質問をした――

「さて、ミセス・ダウ、わたしたちが一番愛していた人の話をしてくださいな。手紙を頂いてから、わたしは毎日彼女のことを考えてきました。スコットとネリーについてすべてを話してください」

眼鏡の奥で涙が光り、彼女は膝の上の小さなピンクの袋の皺を伸ばした。

「それがねえ、残念ながら、スコットは父親に似てやかまし屋だったのよ。でも覚えておかないといけないのは、ネリーの側にはスコットの母親がいつもついていたってことよ、ミセス・スピニーがね。あのふたりのあいだに通う愛情ほど素晴らしいものはなかったわ。両親を亡くしてからというもの、ネリーは何事に関してもミセス・スピニーを頼りにしてたの。スコットがひどく理不尽なときも、母親のあの人ならたいてい、あの子を説き伏せることができたのよ。あの人は自分のご亭主との諍いとなると少しも歯向かったことがないのに、ネリーのことになるといつでも弁護してあげてたの。それからネリーは自分の娘にずいぶんと慰められているみたいだったわ。本当に愛くるしい子なのよ！」

「今度の赤ちゃんを産む前も、体を壊していたんですか？」

「マーガレット、それが違うのよ。それもこれもお医者が悪かったんだと、わたしは思ってるの。トム先生かジョーンズ先生だったら、彼女の命を救うことができただろうって、本当に今でもそう思っているの。でも、ほら、スコットはふたりを怒らせちゃって、ふたりともあの人のお店で買物をしなくなって、それであの人はフォックス先生という大学を出たばかりのよそ者の若造に診てもらうはめになったのよ。その医者ったら怖じ気づいて、どうしたらいいのかわからない始末でね。ミセス・スピニーはその医者がどうもまずいと見てとって、ミセス・フリーズとわたしに呼び出しをかけたの。ネリーは根負けしてしまったようだった。スコットは漆喰も乾かないうちから大きな新居に引っ越すといってきかなくて、夏だったけど、あの娘はひどい風邪をひいてしまって、それで消耗してしまったらしくて、新居の手入れをしようという気持ちにもならなかったの。ミセス・スピニーは背中の具合がまた悪くなって床に就いていて、駆けつけることができなかったんだけど、物事ってそんなものよね。そのことについては話さないことにしましょう、マーガレット。あなたに知らせたりしたら、ミセス・スピニーが傷つくと思うの。わたしたちを呼び出したときには、彼女は悔しくて悔しくて生きた心地もしなくなっていて、自分の具合の悪い背中をさんざん叱りつけていたわ。わたしたちがネリーにちゃんと手当てをしてあげたのは、あの子が亡くなる直前だった。最期のときには、わたしがトム先生を説得して来てもらったの。先生は本当に悲しんでね。「ねえ、ミセス・ダウ」と先生は言いましたよ、「どんな様子なのか話しに来てさえくれていたら、わしはやって来てすぐに彼女を抱いて運びだしただろうに」って」

「ああ、ミセス・ダウ」とわたしは叫んだ、「そうしていたら大丈夫だったんですね？」

ミセス・ダウは針を落とすと、すぐに指を組んで両手を握りしめた。「あなた、そんなふうに考えちゃだめよ」と彼女は震えながら、戒めるような口調で言った。「そんなふうに考える権利はないのよ。ただ神さまがあのときあの娘を望んで、お召しになったんだって考えるべきなのよ。臨終のときには、あの娘は本当に神さまの子のようだった、若くて、信頼しきっていて。覚えてるでしょ、あの浸礼式のときのようだったわ」

ミセス・ダウは今はネリーのことをこれ以上話したくないんだとわたしにはわかり、実際わたしのほうも聞いていられなくなっていた。そこで、わたしは散歩に出がてらミセス・スピニーのところに寄ってその子どもたちに会ってみたいと伝えた。

ミセス・ダウは考え込むように時計を見上げた。「今あそこに行っても、マーガレットには会えないんじゃないかしら。四時半だから、学校は一時間以上も前に終わってる。ラプトンの丘でそり遊びをしてるはずだわ。あの子は校舎の戸口を出るとたいてい、そりをかかえてまっしぐらにそっちに向かうのよ。ほら、あなたたちがよく滑ったあの懐かしい丘のことよ。六時ごろ教会に立ち寄れば、ミセス・スピニーと赤ん坊に会えるでしょうよ。わたし、クリスマス・ツリーの飾り付けの手伝いに行ってあげるってミセス・フリーズに約束したんだけど、そしたらミセス・スピニーが、もしあまり寒さがひどくならないようだったら、赤ん坊を連れてちょっと立ち寄るって言ってたから。あの人ったら、スウェーデン人のお手伝いに赤ん坊を預けようとしないのよ。まるで若いお母さんが、はじめての子どもに恵まれたみたいにね」

ラプトンの丘は町の反対側のはずれにあって、わたしがそこに着いたときには、夕暮れが迫り、雪原には青い影が伸びていた。二十人ほどの子どもたちが丘を登ったり、ごったがえしたそり道を音を立てて滑ったりしていた。しばらく子どもたちを眺めていると、元気な叫び声が聞こえ、小さな赤いそりがわたしのわきを突っ切って、向こうの深い雪溜まりに突っ込んでいった。子どもは女の子で、しばらくすっぽりと埋もれたままだったが、やがてもがきながら這いだして立ち上がり、短い外套や赤いウールのマフラーから雪を払い落としはじめた。その子が被っていたのは茶色の毛皮の帽子で、大きすぎたし、流行遅れで、ずっと昔に女の子が被ったような帽子だったが、その帽子がなかったとしても、わたしにはその子が誰だかわかっただろう。ミセス・ダウによれば美しい子だという話だったし、リバーベンドにこれほどの子はふたりといるはずはなかったからだ。わたしに話しかける隙もあたえずにその子は立ち去り、元気いっぱいの小さな脚で雪の中の踏み固められた道をたどって速足で丘を登っていった。頂上につくと、その子は立ち止まって一息ついたりせずに、そりに跳び乗ると、歓声を上げながら滑り降りてきて、その声は最後に深い吹き溜まりに飛び込むまで響いていた。

「あなたはマーガレット・スピニーかしら?」子どもが雪の吹き溜まりからもがきながら出てくると、わたしは尋ねた。

「はい、おばさま」子どもは素直な好奇心を浮かべ、小さなそりを後ろに引きずってわたしのほうに近づいてきた。「ミセス・ダウのところに泊まっているよそからきた人ですか?」わたしはうなずき、するとその子は敬意と興味のこもった目でわたしの服装を観察しはじめた。

「おばあちゃんは教会に六時に行くことになっているわね？」

「はい、おばさま」

「じゃあ、今からそこに行ってみない？　もう六時近いし、ほかの子もみんなおうちに帰ろうとしているし」その子はもじもじし、丘の斜面にかすかに光るそり道を見上げた。「もう一度滑りたいの？　そうなのね？」とわたしは尋ねた。

「かまわない？」とその子はおずおずと聞いた。

「もちろん。待ってるわ。ゆっくりおやんなさい、走らないのよ」

ふたりの少年がまだ斜面に残っていて、女の子が滑ってくると、彼らは歓声を上げ、女の子のマフラーは風になびいた。

「さあ」と吹き溜まりから立ち上がるとその子が言った、「教会はこっちですよ」

「またマフラーを結んであげようか？」

「どうもありがとう、でも大丈夫です。すごく暖かいから」子どもは手袋をはめた手を気軽にわたしの手にあずけ、傍らをてくてくと歩きだした。

雪の積もった教会の階段を登る音がミセス・ダウには聞こえたに違いなく、彼女は戸口でわたしたちを出迎えてくれた。三人の老女たちのほかはみな帰ってしまっていた。石油ランプの光が、東方の三博士をあしらった日曜学校の壁掛けの絵の上を揺らめき、小さな達磨ストーブが、赤ん坊の上にかがみこんだ三つの白い頭に深い色の輝きを投げかけていた。そこに三人の友人たちがすわって、赤ん坊の頭を撫でたり、その服を伸ばしたり、その手をあやしたりしていた。赤ん坊と比べると、彼女たちの手はひどく茶色く見えた。

「どんなに旅行してみても、これ以上に素晴らしいものは見なかったでしょう?」とミセス・スピニーがわたしに言い、みんなが笑った。

彼女たちはわたしに赤ん坊の胸をはだけて見せたり、どんなに丈夫な背中をしているかを見せたり、金色の縮れ毛に触らせたり、その丸く輝く瞳をわたしのほうに向けさせたりした。わたしが抱き上げ、顔を近づけると、赤ん坊は笑い、わたしの腕の中で立ち上がろうとした。暖かく、生命に満ち溢れ、新しい始まりの輝きを、新しい朝の輝きを、新しいバラの輝きを思わせた。この男の子はあの母親の心から、今生まれてきたばかりのようだった! あたかも彼女の青春と青春時代の歓びをそっくりそのまま抱いているかのようだった。わたしが赤ん坊に頰をすり寄せると、赤ん坊はわたしの帽子のピンクの花に気づき、はしゃいだ声を上げ、両方の握りこぶしをそれにぎゅっと伸ばした。

「赤ん坊に触らせちゃだめよ」とミセス・スピニーが呟いた。「この子ったらきれいな色が本当に好きなのよ、ネリーみたいにね」

至福
Bliss

キャサリン・マンスフィールド

バーサ・ヤングは三十歳だったが、いまだにこんなふうに、歩くかわりに走りたくなったり、舗道と車道で交互にダンスのステップを踏んだり、輪回しの輪を転がしたり、空中に物を投げては受けとめたり、じっと立ったまま笑ったりしたくなるような時があった。とくになにに対してというわけでもなく、ただ笑ったりしたいのだ。

もしあなたが三十歳だとして、自分の家の角を曲がって、突然、至福の思いに——完璧なまでの至福の思いに——圧倒されたら、あなたならどうするだろう？　午後も遅い太陽の眩い光を突然飲み込んでしまい、それがあなたの胸の中で燃え、光り輝く小さな粒子となって無数に放たれ、手の指という指に、足の指という指に広がっていくようなぐあいになったとしたら？……

ああ、そんなとき、いわゆる「泥酔酩酊状態」にでもならないかぎり、その感じを表現することなんてできやしないんじゃないかしら？　文明なんて、なんと愚かしいことか！　貴重な、貴重なバイオリンの名器みたいに、ケースに収めておかなければならないとしたら、いったいなぜ人には体などあたえられたりしたのかしら？

「違うわ、バイオリンの譬えは、わたしが言いたいこととは少し違う」そう考えながら、彼女は玄関の石段を駆け上り、鍵を出そうとバッグをかきまわしたが、いつものように鍵を忘れてきたことに気づいて郵便受けをガタガタ鳴らしはじめた。「わたしが言いたかったのは、そういうことじゃなくて、だって——あっ、メアリー、ありがとう」彼女は玄関に入っていった。「乳母は戻ってきてる?」

「はい、奥さま」

「それから、果物は届いたかしら?」

「はい、奥さま。すべて届いております」

「その果物を食堂まで持ってきてちょうだい。二階に行く前に飾りつけてしまいたいから」

食堂は薄暗く、ひどく冷え込んでいた。だがそれでもバーサは外套をさっと脱いだ。外套のぴったりと締めつけてくる感じから一刻も早く自由になりたかったからで、脱ぐと冷たい大気を両腕に感じた。

だが彼女の胸の中には、まだあの明るく燃えつづけている場所があり、そこからあの光が溢れ出ていた。それは耐えがたいほどだった。その勢いを煽ってしまうのではないかと恐れて、息もできないほどだったが、それでいながら彼女は深く、深く息を吸い込んだ。彼女には冷たく光る鏡を覗き込む勇気はなかったが、それでいながら覗き込み、するとそこには、ひとりの女が燦然と輝き、震える微笑みを唇に浮かべ、瞳は大きく黒く、なにかに耳を澄ませ、なにか……厳かなことが起こるのを、まちがいなく起こることを知って、待っているのだった。

メアリーは盆に果物を載せ、それといっしょにガラス鉢と、ミルクにでも浸したような不思議な艶のあるとても素敵な青い皿を運んできた。

「奥さま、明かりをつけましょうか？」

「ありがとう、でもいいわ。充分よく見えるから」

タンジェリンと、苺のような色をしたリンゴがあった。絹のように滑らかな黄色い梨と、銀色の花に覆われた白い葡萄と、紫の葡萄の大きな房もあった。この紫の葡萄は、食堂の新しい絨毯に合わせて彼女が買い求めたものだった。そう、こんな言い方をすると、突拍子もなく、馬鹿げて聞こえるかもしれないが、でも彼女がそれを買ったのは、本当にそういう考えからだった。彼女は店で考えたのだ。「あの絨毯をテーブルに調和させるには、紫のがちょっと欲しいわね」そしてそのときは、それがひどく分別のあることのように思えたのだった。

葡萄を飾りおえ、色鮮やかな丸い果実でふたつのピラミッド形を作ると、彼女はテーブルから離れて立ち、その効果を確かめてみた。たしかに大いに新鮮だった。暗色のテーブルは薄暗がりに溶け込んでしまい、ガラス皿と青い鉢が宙に浮いているように見えた。その光景は、もちろんそのときの彼女の気分からすると、ということだが、とても信じられないほど美しかった……。彼女は笑いだした。

「あら、あら。わたし、ヒステリーみたいだわ」それから彼女はバッグと外套をつかむと、階段を駆け上り、子ども部屋に向かった。


乳母は低いテーブルにつき、お風呂あがりのリトルBに夕飯を食べさせていた。赤ん坊は白いフランネルの寝間着と青いウールの上着にくるまれ、黒く細い髪は梳かしあげられ、おかしなかたちに小さく尖っていた。母親が入ってくると、赤ん坊は目を上げ、飛び跳ねだした。

「ほら、お嬢ちゃま、良い子にしてすっかり食べるんですよ」と乳母は言い、バーサには馴染みの唇の結び方をして、またしてもまずいときに子ども部屋に来てしまったことをバーサに思い知らせるのだった。

「この子は良い子にしてたかしら？」

「午後中ずっと、かわいい子にしてましたよ」と乳母は小声で言った。「公園に行きましてね、椅子に腰掛けて、お嬢ちゃまを乳母車から出してあげましたらね、大きな犬がやってきて、頭をわたしの膝に載せたんですよ。お嬢ちゃまときたら、その犬の耳をつかんで、引っ張っていましたの。ああ、あのときのお嬢ちゃまの様子、見せてあげたかったですわ」

見知らぬ犬の耳を引っ張らせるなんて、ずいぶん危険なのではないのかとバーサは尋ねたかった。だがあえて質問しなかった。彼女は立ったままふたりを見ていた。両手はわきに垂らしたままで、その姿はまるで、人形を持った金持ちの少女をもの欲しげに見つめる貧しい少女のようだった。

赤ん坊がまた彼女のほうに目を上げ、じっと見つめ、それからとてもかわいらしく微笑んだので、バーサは思わず叫んでしまった。

「ねえ、わたしがご飯を食べさせてしまうから、あなたはお風呂の片づけをしてちょうだい」

「はあ、奥さま、本当は食事の最中に交代なんかしちゃいけないんですけどね」とまだ小声のままで乳母が言った。「そんなことをすると、お嬢ちゃまが動揺してしまうんですよ。落ち着きがなくなってしまうものなんですよ」

なんて勝手な理屈かしら。もし赤ん坊が――貴重な、貴重なバイオリンのようにケースに、というか——ほかの女性の腕の中に抱かれていなければならないとしたら、なぜ人は赤ん坊なんて産むだろう？

「とにかく、わたしがやるから！」と彼女は言った。

ひどく腹を立てて、乳母は赤ん坊を渡した。

「じゃあ、夕食のあと、お嬢ちゃまを興奮させたりしないでくださいよ。奥さまはいつだってそうなんですからね。いつもわたしがそのあとで、お嬢ちゃまを落ち着かせようとして、ひどい目にあうんですから！」

ありがたい！　乳母はバスタオルを持って部屋から出ていった。

「さあ、大事な赤ちゃん、これであなたを独り占めできるわ」バーサは赤ん坊を抱き寄せながら言った。

赤ん坊はスプーンのほうに唇を突き出し、両手を振りながら、いかにも楽しそうな食べっぷりを示した。スプーンを放そうとしないこともあるかと思えば、バーサがスプーンに食べ物を載せるやいなや、それを四方八方に振り払ってしまうこともあった。

スープが終わると、バーサは暖炉のほうに向きを変えた。

「あなたは素敵——あなたはとっても素敵よ！」と言いながら、暖かな赤ん坊にキスをした。「あなたはママのお気に入り。大好きよ」

そしてもちろん彼女はリトルBをとても愛していた——前に傾いた首も、暖炉の火で透明に輝く見事な足の指も——だからあの至福の思いが一挙にまた彼女のもとに押し寄せ、彼女はふたたびそれをどう表現したらいいのか、それをどうしたものかわからなくなった。

「お電話ですよ」と乳母が勝ち誇ったように戻ってきて、彼女のものであるリトルBをもぎ取った。


彼女は階下に走っていった。ハリーだった。

「ああ、バー、おまえかい？　あのな。遅くなるんだ。タクシーでできるだけ急いで帰るから、夕食を十分ばかり遅らせてくれ。いいかい？」

「ええ、わかったわ。ああ、ハリー！」

「なんだい？」

なんと言うべきなのか？　なにも言うことはなかった。彼女はただしばらく夫とこうして話していたいだけだった。彼女には「素晴らしい一日じゃなかったこと！」と叫び出すような、滑稽なことはできなかった。

「なんなのさ?」と小さな声が鋭く言った。

「なんでもないの。了解したわ」バーサは言い、受話器を置いたが、文明なんて本当に馬鹿馬鹿しいと感じていた。


ふたりは晩餐に人を招待していた。ノーマン・ナイト夫妻——とてもしっかりものの夫婦で、夫のほうは劇場を始めようとしていて、妻のほうは室内装飾にひどく凝っていた。それからエディ・ウォレンという若い青年、この人は小さな詩集を出版したばかりで、みんなから交代で夕食に招待されていた。それからバーサの「掘りだしもの」のパール・フルトンという女性。ミス・フルトンがなにをしている人なのか、バーサは知らなかった。婦人クラブでふたりは出会い、一風変わった美しい女性にいつもそうなるように、バーサはその女性に恋してしまったのだった。

　癪に障るのは、ふたりが何度も同じ場所に行きあわせて出会ったり、ずいぶん話をしたりしたのに、バーサにはまだこの女性のことが理解できていない、ということだった。ある程度までは、ミス・フルトンは珍しいほど、見事なまでに率直だったが、ちゃんとそこには限度があって、それを越えることはないのだった。

それを越えたところには、なにかがあるのだろうか？　ハリーに言わせれば、「ない」だった。彼女のことを少し鈍く、「たぶんちょっと脳が貧血で、金髪女のご多分にもれず冷淡」だと決めつけていた。だがバーサは夫に賛成しようとせず、とにかく現時点ではまだ賛成していなかった。

「そんなことないわ、ハリー。あの人が頭をちょっとかしげてすわって、微笑んでいる様子には、なにか奥の深いものがあるのよ。わたしはそれがなんなのか探し出したいの」

「おそらくその答えは、丈夫な胃袋ってところだろうさ」とハリーは答えた。

夫はきまってそんな返事をしては、バーサに肩すかしを食らわせるのだった。「肝臓が凍りついているんだろ」とか、「腹にガスが溜まっているのさ」とか、「腎臓病さ」とかいったぐあいだった。どうしたわけか、バーサはそれが気に入っていて、夫のそんな皮肉をほとんど絶賛しているほどだった。

彼女は客間に入っていき、暖炉に火をおこすと、メアリーが細心の注意をはらって配置したクッションをひとつずつ取り上げては、椅子やソファーに投げ返した。するとあたりの様子が一変し、部屋はとたんに活気づいた。最後のクッションを投げようとして、彼女はわれにもなく突然熱烈に、熱烈にそれを抱きしめてしまい、そんな自分に驚いた。だがそれも、彼女の胸の中の火を消し去りはしなかった。ああ、まったくその反対だった！

客間の窓はバルコニーへと開け放たれていて、そこからは庭を見下ろすことができた。庭の隅の塀ぎわには、背の高いほっそりとした梨の木があり、見事に満開の花を咲かせていた。その立ち姿は完璧で、あたかも翡翠色の空を航海しているさなかに凪にあったかのようだった。咲き遅れた蕾もなければ、早すぎて今はすでに萎れかけた花びらもひとつとしてないことが、こんなに遠く離れていてもバーサにはおのずと感じられた。眼下の花壇では、重たげな花を咲かせた赤や黄のチューリップが黄昏に寄り添っているように見えた。腹をたるませた灰色の猫が芝生を忍び足で横ぎり、影のような黒猫がそのあとを追った。一心不乱で素早いその二匹の姿は、バーサに奇妙な身震いを起こさせた。

「猫って、なんてぞっとするのかしら！」彼女は口ごもり、窓から向き直ると、行ったり来たりしはじめた。

暖かい部屋の中では、黄水仙はなんて強い匂いを放つのかしら。強すぎるかしら？　いいえ、そんなことはないわ。それでいて、あたかも圧倒されたかのように、彼女はソファーに身を投げ出すと両手を目に押し当てた。

「わたし、嬉しすぎて——嬉しすぎて！」と彼女は呟いた。

すると、完全に満開の花に覆われた素晴らしい梨の木が、自分の人生の象徴であるかのようにまぶたにあらためて浮かぶのだった。

本当に——本当に、彼女はすべてを手に入れていた。彼女は若かった。ハリーと彼女はこれまでになく愛しあっていたし、見事なほどうまくいっていたし、本当に気の合う相棒だった。愛らしい赤ん坊もいた。お金の心配もなかった。このまったく申し分のない屋敷と庭もあった。そして友人にも恵まれていた——モダンで、刺激のある友人たち、作家や画家や詩人だったり、社会問題に関心があったりする人たちで——ちょうどふたりが望んでいるような友だちだった。おまけに本や音楽もあったたし、彼女自身には素晴らしい仕立屋が見つかったところだったたし、夏には外国に旅行することになっていたし、新しい料理番はとびきりのオムレツを作ったし……。

「わたし馬鹿みたい！　馬鹿みたいだわ！」彼女は身を起こしたが、頭がひどくくらくらし、酒に酔っているような感じだった。春のせいに違いなかった。

そう、これは春のせいだ。今では疲れきって、二階に行って着替えることさえできそうもなかった。

白いドレス、翡翠の首飾り、緑の靴とストッキング。わざと合わせたわけではなかった。この装いにしようと思いついたのは、彼女が客間の窓辺に立つ何時間も前だったのだから。彼女の花びらのような白いドレスは玄関にさらさらと軽やかに運ばれ、彼女はノーマン・ナイト夫人にキスをした。この夫人は、裾から胸にかけて黒い猿が一列に並んだオレンジ色のとても面白い外套を脱いでいるところだった。

「……ねえ、どうして！　どうして中産階級って、こう退屈なのかしら。ユーモアのかけらさえ、これっぽっちもないんだから！　ねえ、あなた、わたしがここまで来られたのは、まったくのまぐれでしかないのよ。ノーマンがそばにいてくれたお蔭なの。だってわたしの大事なお猿さんたちが列車の乗客を怒らせちゃって、ひとり残らず立ち上がると、食い潰さんばかりの勢いでこっちを見るんですもの。笑いもせず、面白がりもせずにね。笑ってくれたら、こっちの望むところだったんだけどね。そんなことはしないで、ただじっと見てるのよ。お蔭でこっちはすっかり参っちゃったわ」

「でもこの事件の見どころはですな」ノーマンが目に鼈甲ぶちの大きな片眼鏡を当てながら言った、「フェイス、この話をしてもかまわんだろうね」（自宅や親しい人たちの中では、ふたりはたがいにフェイス、マグと呼びあっていた）。「この事件の見どころはですな、すっかり嫌気がさしたこいつが、隣のご婦人のほうにやおら向き直って言ったひとことなんですよ、「猿をご覧になったこと、ないんですの？」ってね」

「ええ、そうなのよ！」とノーマン・ナイト夫人が笑いに加わった。「あれはまったく見ものだったんじゃない？」

もっとおかしいことに、外套を脱いだあとの彼女の姿は、彼女自身、非常に賢い猿そっくりに見えた。黄色い絹のドレスさえ、寄せ集めのバナナの皮から作ったように見えた。耳もとの琥珀のイヤリングは、まるで小さなクルミがぶらさがっているようだった。

「これは悲しい、じつに悲しい堕落かな！」マグはリトルBの乳母車の前で立ち止まると言った。「玄関に乳母車がお出ましとは――」、そして格言の残りは手を振って省略した。

玄関の呼び鈴が鳴った。やってきたのは、痩せて顔色の悪いエディ・ウォレンで、（いつもどおり）ひどく打ちひしがれていた。

「ここで良かったんでしたかな、ええ」と彼はすがるように言った。

「あら、そうじゃないかしら――そうだと良いわね」とバーサは明るく言った。

「タクシーの運転手と一悶着ありましてね、恐ろしく根性のねじ曲がったやつでしたよ、ええ。止まってくれないんです、ええ。仕切りガラスを叩いて呼びかければ呼びかけるほど、スピードを上げる始末でしてね、ええ。それに月明かりの中、ちっぽけなハンドルに、ぺっちゃんこ頭の変てこな人影が覆いかぶさっているのは、ええ、なんとも……」

彼は身震いし、大判の白い絹のスカーフをはずした。バーサは彼の靴下も白いことに気がついた。とても魅力的だ。

「なんて恐ろしいんでしょう!」と彼女は叫んだ。

「そう、本当に恐ろしかったんです」とエディは言い、彼女につづいて客間に入っていった。「いつまでも走りつづけるタクシーに乗って、まるで永遠の中に突入していくみたいでしたよ、ええ」

彼はノーマン・ナイト夫妻とは知り合いだった。劇場の計画が実現した暁には、彼はこの男のために戯曲を書くことになっていた。

「やあ、ウォレン、戯曲のほうはどうなってる?」ノーマン・ナイトは片眼鏡をおろし、一瞬目を上げかけたが、ふたたび伏せてしまった。

いっぽうノーマン・ナイト夫人はというと、「まあ、ウォレンさん、なんて楽しそうな靴下ですこと」

「お気に召して光栄です、ええ」と彼は足もとを見ながら言った。「月が昇ってから、いっそう白さが増したようですね、ええ」それから彼は面長の悲しげな若い顔をバーサのほうに向けた。「今夜は月が出てるんですよ、ええ」

彼女は叫びたかった。「出てるってわたしも気づいたわ——何度も、何度もね」

彼は実際とても魅力的な人物だった。でもそんなことをいえば、バナナの皮を着て暖炉の前にかがんでいるフェイスも魅力的だったし、煙草を喫っているマグも魅力的だった。彼は煙草の灰を落としながら言っていた、「花婿殿が遅れているのは、どうしたことでありましょうな」

「さあ、お出ましですわ」

正面玄関の扉が音をたてて開き、そして閉まった。ハリーが声を張り上げた、「ようこそ、みなさん。五分ほどでそちらに行きますよ」それから彼が階段を駆け上がっていく音が聞こえた。バーサは微笑みを抑えることができなかった。夫が猛烈な勢いで物事を片づけるのが好きなことを知っていたからだ。結局のところ、もうあと五分がなんだというのだろう？　でも夫はいつも、その五分が計りしれないほど大事だという態度をしてみせるのだ。そして五分後に、いつもきまって非のうちどころなく冷静に落ち着きはらって客間に入ってくるのだった。

ハリーは人生に対してそれほどの熱意をもっていた。ああ、彼女は夫のそういう面をどんなに愛しく思っていたか。そして闘いを求める夫の情熱——身に振りかかるあらゆる出来事の中に、自分の力と勇気を試す機会を求める情熱——それについても彼女は理解していた。時折夫をよく知らない人には、夫がおそらくちょっと馬鹿げて見えるだろうと思えるようなときでさえ……。彼がそんなふうに見えてしまうのは、戦闘など起こっていないにもかかわらず、突進していくことがあるからだった。彼女は喋り、笑い、夫が（彼女の想像したとおりの様子で）入ってくるまで、パール・フルトンが姿を現していないことをすっかり忘れていた。

「ミス・フルトンは忘れてしまったのかしら？」

「そうなんじゃないか」とハリーが言った。「あのお宅には電話はあったかね？」

「ああ！ 今、タクシーが着いたわ」バーサは自信に満ちた庇護者の表情をかすかに浮かべて微笑んだ。それは自分の発掘した女性が目新しく、謎めいているうちは、いつもきまって浮かぶ表情だった。「あの人はどこに行くのもタクシーなの」

「そんなことをしていると、太ってしまうぞ」とハリーは冷淡に言い、晩餐の支度をさせるために呼び鈴を鳴らした。「金髪女性には、ものすごく危険なことさ」

「ハリー、やめてよ」とバーサは夫のほうを見て笑いながら警告した。

しばらく彼らは笑ったり喋ったりしながら待っていたが、ちょっとばかりくつろぎすぎて、ちょっとばかり気がまわらなくなっていた。そこへ頭から爪先まで銀色ずくめのミス・フルトンが、淡い金髪も銀色の細いリボンで飾って姿を現した。彼女は微笑み、頭を片方にわずかにかしげていた。

「遅れまして?」

「いいえ、ちっとも」とバーサが答えた。「いらっしゃいな」そして彼女は相手の腕を取って客間に戻った。

ひんやりとしたその腕に触れたとき、バーサは戸惑うほど至福の炎を煽り——そう、煽り——燃えたたせるようななにかを感じたが、それはなんだったのだろう?

ミス・フルトンは彼女のほうを見はしなかったが、どのみちこの人は相手をしっかりと見やることなどほとんどない人だった。重そうなまぶたが目にかぶさり、不思議な曖昧な笑みが唇に現れては消え、まるで彼女が視覚というより聴覚に頼って生きているような印象をあたえた。しかしバーサは、灰色の皿の中の美しく赤いスープを掻き混ぜているパール・フルトンが、自分の感じていることをそっくりそのまま感じていることを突然知ったのであり、あたかもふたりのあいだに、今までになく長く、親密な視線が取り交わされたかのようであり——まるで「あなたも？」とたがいに口に出して言ったかのようだった。

そして、ほかの人々もだろうか？ フェイスにマグ、エディにハリー、彼らのスプーンは上下し——ナプキンを唇に当てたり、パンをちぎったり、フォークやグラスをもてあそんだり、話に興じたりしていた。

「アルファの岸でその女に会ったがね、最高に異様な人だったね。髪を刈り込んでいるだけでなくて、脚や腕や首や、哀れなことに小さな鼻までも、ずいぶんと思いきりよく切りつめたという感じなんだよ」

「その人、マイケル・オートに心底入れ込んでる人じゃなくて？」

「『入れ歯で恋して』を書いた男ですか？」

「あの男はわたしのために戯曲を書きたがっているんだよ。一幕物の一人芝居なんだ。自殺する決心をする。自殺すべき理由とすべきでない理由をごたごた並べる。そしてすべきかすべきでないかを決心したその瞬間に、幕。まずまずの着想さ」

「なんて題をつけるんだろう——『胃もたれ』かね？」

「イギリスでは知られてない、ちっぽけなフランスの書評誌で、すっかり同じ着想を読んだことがある気がしますよ、ええ」

いや、彼らはそれを共有してはいなかった。彼らは愛しい人たち——愛しい人たちであり、彼女は彼らがそこにいて、自分のテーブルを囲み、自分が彼らに美味しい食事とワインを振舞っていることが気に入っていた。実際、みんながいかに愉快か、いかに華やかな一団をなしているか、みんながいかにたがいを引き立てあってチェーホフの芝居を彷彿とさせているかを、彼女は彼らに伝えたくてしかたがなかった。

ハリーは晩餐を楽しんでいた。食事について語ること、「ロブスターの白い肉への慎みのない情熱」や「エジプトの踊り子のまぶたのように緑で冷たい、ピスタチオ風味のアイスクリームの緑色」を得意がることは、夫の一部であり——厳密にいえば夫の本性の一部ではなく、もちろんポーズの一部なのでもなかったが——夫の——なにかしらの一部だった。

夫が彼女のほうを見上げ、「バーサ、これはじつに見事なスフレ菓子だね！」と言ったとき、彼女は子どものような喜びに圧倒されて泣き出さんばかりだった。

ああ、今夜はなぜ全世界に対して、これほど豊かに反応できるのだろうか？　すべてが素敵だった——申し分なかった。起こることすべてが、至福という彼女の溢れんばかりの杯をさらに満たすかのようだった。

そして依然として、彼女の心の奥には梨の木があった。今では銀色に、哀れなエディが言っていた月光を浴びて、ミス・フルトンのように銀色になっているだろう。ミス・フルトンその人はといえば、腰をおろして、ほっそりとした指でタンジェリンをもてあそんでいたが、その指があまりにも白いので、そこから光を発しているように見えた。

彼女がまったく理解できなかったことは——奇跡としか思えなかったことは——ミス・フルトンの気持ちを自分がいかにしてそんなに正確に、そんなに即座に推し量ることができたのか、ということだった。というのも、彼女は一瞬たりとも自分の推量の正しさを疑いはしなかったのだが、それにしてもそのまま推しすすめていくどんな材料を彼女はもっていただろうか？　まったくなにもなかった。

「女どうしのあいだでも、こんなことが起こるのはとても稀だと思うわ。男の人たちのあいだでは絶対ありえない」とバーサは考えた。「でも客間でコーヒーを入れるときになったら、たぶんあの人は合図をくれるんじゃないかしら」

合図といってもなんのことなのか、彼女にはわからなかったし、そのあとでなにが起こるのか想像することもできなかった。

こんなことを考えながらも、彼女は自分がいっぽうでは喋ったり、笑ったりしているのに気づいた。笑いたかったので、喋らずにはいられなかったのだ。

「笑わなければ、死んでしまうわ」

しかしフェイスがいつものちょっとおかしな癖で、胴着の前の部分になにかを押し込んでいるのを目にすると——まるでそこにもまた、ひそかにクルミを蓄えようとしているかのようだったので——バーサは笑いすぎないように、爪を手に食い込ませなければならなかった。

ついに食事の終わりがやってきた。バーサは言った、「さあ、わたしの新しいコーヒー沸かし器を見に来てちょうだい」

「二週間に一度しか、新しいコーヒー沸かし器を使わないことにしてるんだよ」とハリーは言った。今度はフェイスが彼女の腕を取り、ミス・フルトンはうつむき、そのあとに従った。

客間では暖炉の火が消えかかり、赤くちらちらと揺れ、フェイスいわく「火から生まれたばかりのフェニックスのヒナの群れ」になってしまっていた。

「しばらく明かりをつけないことにしましょう。とっても素敵なんですもの」そして彼女はふたたび暖炉のわきにしゃがみこんだ。彼女はいつも寒かったのだった……「いつもの赤いフランネルの上着がないからだわ、もちろん」とバーサは思った。

その瞬間、ミス・フルトンが「合図」をくれた。

「お庭は見られる?」と、ひんやりとした眠そうな声がした。

彼女のほうからあまりにも絶妙のタイミングで切り出してくれたので、バーサはそれに従いさえすればよかった。バーサは部屋を横ぎり、カーテンを両側に開いて、長窓を開け放った。

「ほら!」と、彼女は囁いた。

そしてふたりの女性は並んで立ち、満開のほっそりとした木を眺めた。それは微動だにしなかったにもかかわらず、蠟燭の炎のように伸び上がり、尖り、輝く大気の中で震え、眺めているあいだにも高く高く聳えていき——銀色の満月の縁に触れそうに見えた。

ふたりはどれほど長いことそこに立っていたのだろうか? ふたりとも、あたかもこの世離れした光の輪の中に捉えられ、ともに別世界の住人として、たがいを完璧なまでに理解しあい、自分たちの胸の中で燃え上がっては、銀色の花となって髪や手から落ちていくこの至福の宝を、この世にあってどう扱ったらいいのか思い悩んでいるようだった。

永遠——それとも一瞬だったのだろうか? そしてミス・フルトンが呟いた、「そう。まさにあれよ」と。それともバーサがそんなふうに想像しただけだったのだろうか？

それから明かりがつけられ、フェイスがコーヒーを入れ、ハリーが言った。「親愛なるナイト夫人、うちの赤ん坊のことをぼくに聞いたりしないでくださいよ。ぼくは顔も合わせていないんだから。あの娘に恋人ができるまでは、ちっとも関心なんて湧かないだろうね」

マグは自分を保護する片眼鏡を一瞬目から離したが、またふたたび戻し、エディ・ウォレンはコーヒーを飲むと、顔を歪めてカップをおろし、まるで飲んでしまったあとで、中に蜘蛛がいるのを目にしたような表情をした。

「ぼくのやりたいことは、若者たちに芝居を見せることだ。ぼくに言わせりゃ、ロンドンはまったく、第一級のいまだ書かれざる芝居で溢れかえってるよ。ぼくが彼らに言いたいことは、「劇場はここにある。さあ、どんどんやれ」ってことさ」

「ご存じでしょ、あなた、わたしはジェイコブ・ネイサンの家で一部屋飾りつけすることになっているのよ。わたし、魚のフライのイメージでやってみたくてしかたがないの、椅子の背はフライパンのかたちにして、カーテンには一面にかわいらしいポテトチップスを刺繍してね」

「この国の若い物書き連中の困ったところは、依然としてロマンチックすぎるってことさ。

船酔いにかかって洗面器を必要とすることなしに、船出していくことなんてできないんだよ。なのに、どうしてやつらは洗面器を持ちだす勇気がないんだろうね？」

「ちっちゃな森で鼻のない乞食に襲われる女の子についての恐ろしい詩でしてね、ええ……」

ミス・フルトンは一番低く、一番深い椅子に身をゆだねていて、ハリーは煙草を配っていた。

夫が彼女の前に立って銀色の箱を揺すりながら、「エジプト、トルコ、ヴァージニア？すっかり混ざっちまっててね」と無愛想に煙草を勧める様子を目にすると、彼がミス・フルトンに退屈しているだけでなく、心底から彼女を嫌っているのだということが、バーサにはわかった。そしてミス・フルトンが「いいえ、けっこうですわ。喫いませんの」と答える様子から、彼女のほうもそのことを感じとっていて、気分を害していると彼女にはわかった。

「ああ、ハリー、この人を嫌いにならないで。この人のこと、まったく勘違いしているわ。この人は素敵よ、とても素敵なのよ。それに、わたしにとってとても大事な人に対して、どうしてそんなにわたしと違った感じ方ができるのかしら。今夜ベッドに入ったら、なにが起こったのか、あなたに話してみるわ。あの人とわたしがなにを同時に体験したのかを」

この最後の数語のところで、未知の、恐ろしいほどのなにかが、バーサの心にどっと押し寄せた。理解しがたいなにかが、微笑みながら彼女に囁いた、「もうじきこの人たちは帰ってしまう。家は静かに——静かになる。明かりは消える。そしておまえと夫はふたりだけになる、暗い部屋の中で——温かいベッドの中で……」

彼女は椅子から飛び上がると、ピアノに駆け寄った。

「弾く人が誰もいないなんて、もったいない！」と彼女は叫んだ。「弾く人が誰もいないなんて、もったいない」

生まれてはじめて、バーサ・ヤングは夫に欲望を感じた。

ああ、彼女は夫を愛していた——彼女はもちろん夫をあらゆるやり方で愛していたが、ただこんなふうに感じたことだけはなかった。ただし今までも、夫が自分とは違っているということは、彼女ももちろん同様に理解していた。ふたりはそのことについて、いくども話しあったのだ。はじめのうち、自分があまりにも欲望に乏しいことに気づいて、彼女はひどく悩んでいたが、時が経つと、それは問題にならなくなったようだった。ふたりはたがいにとても率直で——つまり、とても良い相棒だった。それが自分たちがモダンであることの最高の証だった。

けれども今は——熱烈に！　熱烈に！　この言葉が彼女の熱烈な体の中で疼いた。これが、至福の思いの行き着くところだったのだろうか？　けれど、もしそうなら——それなら——

「ねえ」とノーマン・ナイト夫人が言った。「残念だけど、わたしたちは時間と汽車の時刻表のしもべなのよ。ハムステッドに住んでいるのだもの。本当に素敵な夕べだったわ」

「玄関までごいっしょしますわ」とバーサは言った。「今日は本当に楽しかった。でも、終電車に乗り遅れたりするといけないわ。そうなったらたいへんですものね」

「ナイト、出がけにウィスキーを一杯どうだい？」と、ハリーが呼びかけた。

「いや、けっこうだよ、ありがとう」

バーサは彼と握手していたが、この言葉を聞くと彼の手をぎゅっと握りしめた。

「おやすみなさい、さようなら」彼女は玄関の石段の上から声をかけながら、あたかも彼らと永遠の暇乞いをしているかのように感じた。

彼女が客間に戻ってみると、ほかの人たちが帰り支度をしていた。

「……じゃあ、途中までわたくしのタクシーに乗っていけばいいわ」

「あの恐ろしい体験のあとで、たったひとりでまたべつの運転手に立ち向かう労を省いてくださるなんて、ええ、まったくお礼のしようがありません、ええ」

「タクシーなら、この通りのちょうど突き当たりに乗り場があるから、拾えますよ。数ヤード歩けばいいだけです」

「それは便利ね。外套を着てきますわ」

ミス・フルトンは玄関に向かっていき、バーサはあとについていったが、ハリーに突き飛ばされそうになった。

「お手伝いしましょう」

バーサには、夫が先刻の自分の粗野なふるまいを後悔しているのがわかった——彼女は夫に任せることにした。あの人って、まったく子どもっぽいところがあるんだから——すごく衝動的で——すごく——単純で。

そしてエディと彼女は暖炉のわきに取り残された。

「『定食』というビルクスの新しい詩を見たことあるかと思って、ええ」とエディがそっと言った。「とっても素晴らしいですよ、ええ。新刊の名詩選に入ってるんです。持ってますか？　あなたにすごく見せたいんだ、ええ。信じられないほど美しい一行で始まるんですよ、ええ、「どうしていつもトマトスープでなければならないの？」」

「持ってますよ」とバーサは言った。そして彼女は音もなく、客間の扉に面したテーブルに移動し、エディは音もなく彼女のあとを滑るように追った。彼女はその小さな本を手に取ると、彼に手渡し、ふたりとも音を立てなかった。

彼がその詩を探しているあいだ、彼女は玄関のほうに頭を向けた。そして彼女は見た……ハリーがミス・フルトンの外套を両腕で持ち、ミス・フルトンが彼に背を向け、頭をうつむけていた。夫はその外套を投げ出し、両手を彼女の肩にまわし、彼女を乱暴に自分のほうに向けた。夫の唇は言った、「きみに本当に夢中なんだ」、そしてミス・フルトンは月光を放つその指で夫の頬に触れ、眠そうな笑みを浮かべた。ハリーの鼻孔が震え、唇がめくれあがって恐ろしい笑みとなり、囁いた、「あしたね」、そしてミス・フルトンはまぶたで答えた、「ええ」。

「ありましたよ」と、エディが言った。「『どうしていつもトマトスープでなければならないの?』これって、じつに深い真実ですよね、ええ? トマトスープはじつに恐ろしい永遠ですよ、ええ」

「お望みでしたら」ハリーの声が玄関でとても大きくなった。「電話でタクシーを呼んで、ここまで来てもらうこともできますよ」

「あら、そんな。その必要はありませんわ」とミス・フルトンは言い、バーサのところにやってくると、握手しようとほっそりとしたその指を差し出した。

「さよなら。本当にありがとう」

「さようなら」とバーサは言った。

ミス・フルトンは彼女の手を心持ち長く握った。

「あなたの素晴らしい梨の木！」と彼女は呟いた。

そして彼女は行ってしまい、エディがそのあとを追ったが、それは灰色猫のあとを追う黒猫のようだった。

「お開き、とするか」とハリーは驚くほどひんやりと落ち着いた調子で言った。

「あなたの素晴らしい梨の木——梨の木——梨の木！」

バーサは真っ直ぐに長窓のところに駆け寄った。

「ああ、これからなにが起こるのかしら」と彼女は叫んだ。

だが梨の木は相変わらず素晴らしく、相変わらず満開で、相変わらず静かだった。

エイダ
Ada

ガートルード・スタイン

バーンズ・コルハードはそれをしないつもりだとは言わなかったが、彼はそれをしなかった。彼はそれをして、それからそれをしなくなって、そのことをもうちっとも考えなかった。彼はただ、いつかなにかするかもしれないと考えただけだった。

父親のエイブラム・コルハード氏はそのことをみんなに話し、とてもたくさんの人がそのことをバーンズ・コルハードに話し、彼はいつも彼らに耳を傾けていた。

それからバーンズはとても素敵な娘に恋をしたが、その娘は彼と結婚しようとしなかった。彼はそのとき涙を流し、父親のコルハード氏は彼を慰め、ふたりは旅に出て、バーンズは父がして欲しいと思っていることをすると約束した。彼はそのことをしないで、べつのことをしようと思ったが、父親のコルハード氏はそのべつのことを彼にして欲しいとは思わなかったので、彼はそのべつのことをしなかった。彼は本当にそのころなにもしなかった。ずいぶん年をとってから、彼はとても金持ちの娘と結婚した。彼はたぶん自分がその娘に結婚を申し込むことはないだろうと思っていたが、彼の姉が彼に手紙を書いてきて、いい結果になるだろうと言ったのだ。彼はその金持ちの娘と結婚し、その娘は彼のことを最高に素晴らしい人で、なんでも知っている人だと考えた。バーンズはそのとき自分と妻の財産から得られる収益を超えて出費することは一度もなく、つまり、ふたりは収入以上の額を支出することなく、彼のことや、彼がそんなに裕福な娘と結婚したことを知っているとてもたくさんの人にとって、これは大いに驚きだった。彼は生涯幸せに暮らし、死後は妻と子どもたちが彼のことを思い出した。

彼には姉がいて、彼女もまた生きている人であることに充分成功していた。彼の姉は、ほとんどの人が生きていて幸せになる以上に幸せになった人だった。彼女は完璧に幸せな人になった。彼女は弟の倍も年をとっていた。彼女は母親にとってとてもいい娘だった。彼女と母親はいつもたがいにとても美しい話をしあっていた。たくさんの年とった男たちが、彼女が母親にこうした話をするのを聞くのを好んでいた。彼女の母親のことを知っている人は誰でも、母親のことが好きになった。のちになってたくさんの人が、みんなが娘を好いているわけではないことを残念に思った。たしかにたくさんの人が娘を好いていたのだが、その母親のほうを好きなようには、みんなが彼女を好いていたわけではなかった。娘の内面は魅力的で、それは何人かにはたしかに見えたのだが、みんなに見えるかたちで、外に現れているわけではなかった。彼女はたしかに時々、母親を喜ばせなかった話も、やがては喜ばせるようになるかもしれないと思ったこともあったが、やがて母親の病気が重くなったとき、自分が話してみても母親を喜ばせないような話が、いくつかあるのだということが彼女にもわかった。母親は死に、全体的に見れば本当にいつも、この母親と娘はともにとても幸せな気分で、たがいに話をしあったことになるのだった。

それから娘は父親のために家事を引き受け、弟の面倒を見た。彼らといっしょに暮らしている親戚がたくさんいた。娘は彼らが自分たちといっしょに住むのが好きではなく、彼らが自分たちといっしょに死ぬのも好きになれなかった。楽しげな様子で花の匂いを嗅いだり、ナツメヤシや砂糖を食べたりする祖母にちなんで、みんなからエイダと呼ばれていたこの娘は、そのころそうしたことがまったく好きになれず、死ぬ人がそんなにたくさんいるのも好きになれなかったし、そのときしていた暮らしはどれも好きになれなかった。時々何人かの老紳士が彼女に楽しい話をした。そのころ誰かが素敵な話をしてくれるようなことは、彼女の暮らしの中にはめったになかった。彼女は父親のエイブラム・コルハード氏に、自分は今生きている人であることをちっとも好きになれないと言った。彼はなにも言わなかった。彼女はそのころ恐れていて、彼女は魅力的な話を、そしてそれらが楽しく話されることを必要とする人であり、その希望が満たされなかったので、彼女はいつも震えていた。それから彼らといっしょに暮らすためにやって来そうな人たちがみな死んでしまい、父親と、そのときは青年だった息子と、そのとき特別な人になりつつあった娘がいるだけということになった。

彼女の祖父は彼らひとりひとりにちょっとした財産を残していた。エイダは彼らから離れるためにそれを使うつもりだと言った。父親はそのときなにも言わず、それから彼はなにか言い、そのとき彼女はなにも言わず、それから彼らはふたりともなにも言わず、それから彼女は彼らから離れていったのだった。父親はそのときひどく優しく、彼女はそのとき彼の娘だった。彼はそのとき彼女に優しい手紙を書き、彼女もそのとき彼に優しい手紙を書いたが、彼女は彼といっしょに住むために帰っていくことはなかった。彼は彼女に帰って来て欲しかったが、彼女はそのとき彼に優しい手紙を書き、彼は彼女が書いてくれる優しい手紙が好きだった。彼は彼女に自分といっしょに住んで欲しかった。彼女は彼に優しい返事を書き、その中にじつにとても素敵な話を書いた。彼はなにも書かなくなり、それからまた書き、しばらく待ち、それから彼は繰り返し繰り返し優しい手紙を書きつづけた。

彼女はそのとき生きていたどんな人よりも幸せになった。このことはとても理解しやすい。彼女は誰かに話していて、その誰かは魅力的な話ならどんな話でも愛していた。生きているその誰かはほとんどいつも耳を傾けていた。愛しているその誰かはほとんどいつも耳を傾けていた。愛しているその特別な人はほとんどいつも耳を傾けていた。愛しているその特別な人はそのとき耳を傾ける人であることについて話していた。愛しているその特別な人はそのとき、初めと中間と終わりのある話をしていた。その特別な人はそのとき、いつも完璧に耳を傾けている人だった。エイダはそのとき、そのときの彼女の暮らしの隅々まで、魅力的な話を完璧に話している人であり、初めと中間と終わりのある話に完璧に耳を傾けている人だった。震えることはすべて生きることであり、生きることはすべて愛することであり、そのときその誰かは相手と一体なのだった。たしかにその人はそのときこのエイダを愛していた。そしてたしかにエイダは、そのときの彼女の暮らしの隅々まで、これまでに生きえた誰よりも、生きた誰よりも、生きる誰よりも、これから生きるであろう誰よりも、生きていて幸せだった。

ミス・オグルヴィの目覚め

Miss Ogilvy Finds Herself

ラドクリフ・ホール

作者のまえがき

この短編ではあえて空想の領域へ小旅行させてもらったが、これは、生まれながらの性対象倒錯を本格的に取り上げた長編『孤独の井戸』の執筆を決断する直前の時期、一九二六年七月に執筆されたものである。

ミス・オグルヴィはスティーヴン・ゴードンとはかなり異なる人物だが、すでに『孤独の井戸』をお読みの読者は、この短編の前半部に、長編のいくつかの場面、たとえばスティーヴン・ゴードンの幼年時代や娘時代を描いた場面や、第一次大戦時に何百という性対象倒錯の女性によってなされた気高く、献身的な奉仕を描いた場面の萌芽を確認するだろう。

I

ミス・オグルヴィはカレーの波止場に立ち、第一次大戦の訪れ以来、少なくともこの三年間というもの、彼女の人生を一変させてしまっていた自分の部隊が、今まさに解散しようとするのを見守っていた。

ミス・オグルヴィの血の気のない薄い唇は固く結ばれ、戦時下にあって修理不能なまでに使い込まれた古い自動車一台一台の、どんな小さな特徴も頭に焼き付けておこうと注意を集中するあまり、額には皺が寄っていた。自動車の側面には、ミス・オグルヴィを解放してくれた慈悲ぶかい赤十字のしるしが消えずに残っていた。

ミス・オグルヴィはかすかに動揺し、いつものバランスを取り戻そうとし、心を麻痺させかねないこの突然の変化にできるだけ適応しようと努めていた。背が高く不格好な体は、不思議な力強さを漂わせ、幅広で平らな胸と頑丈な脚やくるぶしを備えていたが、動揺する心に呼応するかのように落ち着きなく動き、前後に揺れていた。彼女には、気持ちの乱れを抑えるときに、立ったまま体を揺らすこんな癖があった。いつものように両手はポケットの奥深くに突っ込まれ、煙草に火をつけようとするのでもなければ、その両手がポケットから現れることはめったになかった。彼女は突然足をかすかに踏ん張り、頭を上げ、耳を澄ましたが、それはあたかも負傷者が救急車に運び込まれるあいだ、砲火を浴びながら足を踏みしめて立っているかのようだった。実際、彼女はその瞬間、強い後悔の念という砲火を浴びながら、足を踏みしめて立っていたのだった。

何人かの娘が彼女のほうに向かってきた。疲れた表情をした若い娘たちで、目は長いあいだの緊張と興奮のために異様な光を放っていた。彼女たちはみな、その輝かしい部隊の隊員だったのであり、例の奇妙な小さな略帽と、短く不格好なフランス軍の上着に身を包んだままだった。彼女たちはフランス兵をまねて、まだ前かがみで歩いたり、カポラルの刻み煙草を喫ったりしていた。自分たちの隊の創設者であり指導者である人物と同じく、彼女たちはみなイギリス人だったが、彼女と同じく、イギリスの同盟国に奉仕し、負傷者や瀕死の人たちを捜して、最前線まで勇敢に突き進んでいく道を選んだ。彼女たちはこの三年間に数々の素晴らしいものを目にしたが、なかでも素晴らしかったのは彼女、この命令し、君臨し、時には怒鳴りつけさえする冷静で無表情なこの女性が、たじろぐことのない勇気と尽きることのない活力の持ち主であり、その活力が部隊全体を活気づけたということだった。

「ひどいったらありゃしない！」ミス・オグルヴィは誰かが言うのを耳にした。「ひどいよ、わたしたちの部隊が解散するなんて！」こう発言した娘の甲高く子どもっぽい声は、今にも泣き出しそうに響いた。

ミス・オグルヴィはその娘を優しいともいえる表情で見守り、一瞬、心の奥底の感情が言葉になるかに見えた。だがミス・オグルヴィの感情はあまりに長くせきとめられてきたために、めったに声になることはなく、彼女は尻あがりに「え？」と言うにとどまった。これが、感情を抑制する彼女のいつものやり方なのだった。

軍の連中はイギリスに返送される予定の救急車を何台も、まるでジャガイモ袋のように吊るし上げると、鎖をやかましく鳴らしながら待機中の汽船の甲板に吊り降ろしていった。運搬人たちは押したり、叫んだり、言い争ったり、時には意味のない身振りをするために立ち止まったりし、一方もったいぶった役人は、ミス・オグルヴィの専用車を指さし、それが嵩張って動かすのに骨が折れることにひどく腹を立てはじめた。

「なんてこった。動け、こら！」彼は車を脅してでもいるように怒鳴った。

するとミス・オグルヴィの心臓は、この威厳のかけらもない哀れな結末を見て、にわかに高鳴り、彼女は近づいていってこの勇敢だった馴染みの自動車を愛撫したが、それはあたかも愛馬を愛撫するかのようであり、あたかも「そう、どんな気持ちかはわかる。でも大丈夫。わたしもいっしょなのだから」と言っているかのようだった。

II

ミス・オグルヴィはドーヴァーからロンドンへ北上する鉄道の客車にすわっていた。和やかなイギリスの風景が飛ぶように通り過ぎていった。小さな家屋敷、小さな教会、小さな牧場、小さな生け垣のある小さな路地というぐあいに、すべてがイギリスそのもののように小さく、すべてがミス・オグルヴィの未来のように小さかった。そして依然として軍服の上着を着たまま、略帽を膝に載せてそこにすわっていると、彼女はこれ以上ないほどの挫折感を覚え、戦線でのこれまでの輝かしい年月や、彼女という存在を築き上げてきたあらゆる出来事ではなく、むしろ、幼年時代から彼女という存在を破壊してきたあらゆる出来事を思い出してしまうのだった。

彼女は幼い頃を思い出し、自分が内気なためになにかにつけて人に突っかかり、居心地悪そうにしている奇妙な少女だったこと、妹たちや人形を毛嫌いし、馬丁の少年たちを仲間にしたがり、フットボールや独楽遊び、時には獲物を狙うパチンコまでした、そんな奇妙な少女だったことを思い出した。どうにかして手に入れた古いズボンを穿いて、一番高いブナの木に登っている自分の姿を思い出した。涙をいっぱいに溜めて癇癪を起こしながら、自分の本当の名前がウィルヘルミーナではなく、ウィリアムなのだと言い張ったことを思い出した。子ども時代のこうしたあらゆる演技や空想を、彼女は覚えていたし、そのあとに味わった苦々しさも彼女は覚えていた。なぜならミス・オグルヴィは成長するにつれ、この世の中では群れと一体になっているほうが賢明だということを、世間は型通りの行動様式に従えない人たちを理解しようとしないことを、発見していったからだ。たしかに若い時分は、自分の力強さを得意がり、重量挙げをしたり棍棒を振り回したりして筋肉を鍛えたが、まもなくこうしたことにも飽きてしまった。というのも、自分が女性であるために、そんなことをしてもなんの道も開けるわけではなかったし、母親がしばしば見かねて言っていたように、「夜会服を着ると、筋肉はぞっとするほど醜いのだから、若い娘は筋肉などつけるべきではない」ということになるからだった。

ミス・オグルヴィの異性との関係もふつうとは違っていて、当時の彼女の心配の種を大いに増やした。世間と母親とを心底驚かせたことに、三人もの男性が彼女に結婚の申込みをしたがったからだ。ミス・オグルヴィは本能的に、自分がはっきりと仲間意識を感じるという理由で、男性を好み、信頼していたので、事情さえ許せば、友人や仲間として、女性よりもむしろ男性をつねに選びたいところだったし、男性のスポーツや仕事、男性の理想や幅広い関心を共有したいと心から望みたいところだった。だが男性たちはといえば、彼女の風変わりな性分にたしかな魅力を感じていたその三人を除けば、彼女を望んでなどいなかったし、この求婚者たちに対しては、彼女はじつのところ恐れをいだいており、彼らに強い嫌悪を感じていたのだった。若い娘やおとなの女性に対しては、彼女ははにかみ、丁寧に接し、弁解がましく、時に賞賛のまなざしを向けた。だが女性たちの気まぐれな流行や熱狂は、ひそかに彼女を面白がらせることはあっても、彼女自身はどれも共有していなかったので、その親密な生活領域に入り込むことはできず、結局彼女は、自分の本性という窮地からひとりで道を切り開いていかねばならなかった。

「わたしにはあなたが理解できないわ」と母親は言ったものだった。「あなたってとても変わり者よ。だってわたしがあなたくらいの年頃には……」

そしてこの娘は同情しながらうなずいたものだった。ほかにふたりの妹がいて、そのふたりもやはり心配の種になっていたのだが、彼女たちの場合の心配は、当時でさえ不足ぎみだった夫の獲得をめぐるものだった。しまいには、ミス・オグルヴィはみずから申し出て、妹たちのために、配偶者探しの競争からすっかり身を引かせてもらうことにした。彼女は父親といっしょに郊外に残り、ほかの家族は社交の季節がくるとロンドンに向かったのだった。

その後、長い平穏な年月を気ままに過ごすうち、妹のセアラとファニーは結婚市場で骨を折り、汗水を垂らし、一か八かの勝負もした。だがどちらも夫を手に入れることができず、地主である父がほとんど遺産も残さずに死ぬと、ミス・オグルヴィがひどく驚いたことに、妹たちは彼女を長兄扱いするのだった。これまで妹たちは彼女を嘲ってきただけに、はじめ彼女にはとても本当のこととは思えなかったが、すぐに事態は現実味をおびてきた。果てしない揉めごとを解決するのは彼女の役目であり、引っ越しのための憂鬱な交渉をするのも彼女の役目、ロンドンに安くてしかも上品な屋敷を見つけるのも彼女の役目であり、いったんそこに引っ越せば、家計をやりくりするのも彼女であり、彼女にしか収支を合わせることができないようなのだった。

「ウィルヘルミーナ、あなたがそれを引き受けてよ。手紙を書いてね。あなたは仕事向きの頭をしてるんだから」とか、「あなたが行って、あの男に支払いは来季までどうしてもできないって説明してよ」とか、「食料雑貨店に払うお金が五シリング足りないわ。ウィルヘルミーナ、わたしの計算をやり直してちょうだい」といったぐあいだった。

弱くなっていた母親は、この娘に、安心して頼ることのできる支えを見出した。ミス・オグルヴィは母親を心から愛していたので、頼られる心の準備は充分できていたが、セアラとファニーまで全身の重みをかけて頼りはじめ、結婚できない不満が高じたあげく神経症じみた徴候を絶えまなくぶつけだすと、さすがのミス・オグルヴィもいくらかよろめいた。医者に自分たちの症状を逐一報告せずにはいられず、精神の安定を欠き、辛辣な口をきき、今では母親をひそかに毛嫌いしていたセアラとファニーは、彼女にとって耐えがたくなっていった。実際、年老いたミセス・オグルヴィが死んだとき、その死を悼んだのは長女だけであり、この長女は自分の人生にぽっかりと穴が空いてしまったように、体が弱って死んでいった人が時々あとに残す、そんな予期せぬ穴がぽっかりと空いてしまったように感じた。

ちょうどこのころ、叔母も死に、財産を姪のウィルヘルミーナに残したが、彼女は今さら覚悟を決めて未知の冒険に旅立つにはあまりにも疲れ果てていた。彼女がしたのは、抗議の声を上げる妹たちを抑えつけて、サリーに購入した小さな地所に転居することだけだった。この試みはあまり成功したとはいえず、それというのもミス・オグルヴィは近所の人たちとうち解けて付き合うことができなかったからだった。内気で孤独な人にありがちなことだが、五十五歳になった彼女はかなりの気難し屋になっていた。

戦争が起こったとき、彼女はちょうど落ち着きかけているところだった。五十六歳にもなれば、人はたしかに落ち着くものだ。髪が灰色になり、庭仕事にずいぶんと時間をとられ、さらには脈拍も遅くなりだしていることを、彼女はとても喜んでいた。だが宣戦布告がなされると、こうしたことすべてが一変した。その日、ミス・オグルヴィの鼓動は激しく高鳴ったのだった。

「ああ！　男でありさえすれば！」と彼女は思いあまって叫び、セアラとファニーを睨みつけた。「男に生まれてさえいたら！」彼女の中のなにかが深く欺かれたと感じていた。

セアラとファニーはすぐに靴下や手袋や襟巻きや塹壕用のウールの帽子を編みはじめた。ほかの婦人たちは軍の補給所で働いたり、旧家に集まって雑巾を作ったり、牧師館で副木を作ったりするのに精を出したが、ミス・オグルヴィは顔をしかめ、どれにも手を出さなかった。彼女はほかの婦人たちとはまったく違っていたのだった。

ほぼ十二ヵ月間というもの、彼女はフランスでの仕事を得ようと役人たちをうるさがらせたが、厄介だったのは彼女が、彼らの必要ではなく、自分の必要に合わせて仕事を求めたことだった。自分は第一線の塹壕に行きたい、実際に砲火を浴びたいのだと、彼女は弱りきった役人たちに訴えつづけた。

どの問い合わせに対しても、彼女は同じ返事を受け取った。「ご期待に添えず、残念に存じます」と。だがいったん徹底してその気になってしまうと、彼女のはにかみは不思議に消し飛んでしまい、自分を抑えておくことは難しかった。

セアラとファニーは骨ばった肩をすくめた。「この国にいたって、できることはたくさんあるわ」と彼女たちは言った、「もちろん、そんないい思いのできるものじゃないけどね！」

「え……？」と姉は苛立たしげに尻あがりの抑揚で尋ね、それからやにわに自分の髪を切り落とした。「これで連中も考え直すだろう」と彼女は満足げに思った。

それから彼女はロンドンに行き、立派な部隊を編成し、たび重なる反対にもかかわらず、しまいにはそれをフランス軍に認めさせた。

ロンドンでは、彼女は大いにくつろぐことができた。彼女と同類の女性がたくさん、ロンドンで国のために素晴らしい仕事をしていたからだった。何人もの短髪の女性がどこからともなく出現し、何人ものミス・オグルヴィがはにかみをかなぐり捨て、奉仕する権利を、介護をする権利を行使して志願してきたのは、本当に驚きだった。

そのあとには前線で、勇気や辛苦や高邁な努力に満ちた波瀾の年月が続き、この期間ミス・オグルヴィは、自然の摂理がかつて自分に悪い冗談をしかけたように思えていたことを忘れていた。彼女はフランス軍中尉の位をあたえられ、一種の至福に満ちた空想の世界に生き、ぞっとするような現実が四方から押し寄せる中、それでも彼女はその空想の世界になんとか生きつづけることができた。彼女は有能で、大胆で、熱心で、疲れを知らなかった。それ以上なにがあろう？　どんな男性でもそれ以上を望むことなどありえなかった。五十八歳になろうとしていたが、それでも彼女は大股で歩き、時には少し肩をそびやかして歩くことさえあった。

今は男ものの塹壕用ブーツを履き、略帽を手に、ひどく不機嫌な様子で汽車の座席にすわっている哀れなミス・オグルヴィ！　軍服の上着を着て、塹壕用ブーツを履き、子どもっぽい空想をいだいたまま、戦争から帰っていく数多くの哀れなミス・オグルヴィたち！　戦争は来てはやがて去っていくが、世間は変化しないのであり、世間は恩義など、覚えていないほうが得だと思えば、いとも簡単に忘れてしまうものなのだ。

III

ミス・オグルヴィはサリーの自宅に帰ると、妹たちが相変わらず想像ででっちあげた病気に苦しんでいるのを発見しただけだったが、本物を見てきた女性だけに、こうした状況はいよいよ耐えがたく、彼女は嫌悪をこめてセアラを、それからファニーを見やった。花粉症の発作と思い込んでいるものを患っている最中のファニーには、とりわけ嫌悪を催した。

「くしゃみをやめなさい！」とミス・オグルヴィは、部隊にあれほど深い感銘をあたえた声で命令した。だがファニーは少しも感銘をうけず、当然ながらくしゃみを続けた。

ミス・オグルヴィの机には、無数のうんざりするような手紙と書類が山積みになっていた。回覧板、請求書、何ヵ月も前の手紙、庭師の勘定書、排水が必要な土地についての役所からの通達などだった。彼女はこの収集品を前に腰をおろし、それからため息をついた。すべてが馬鹿馬鹿しいほど卑小だった。

「また髪の毛を伸ばすわよね？」とファニーが尋ねた……彼女とセアラは書斎まで姉を追ってきていた。「そうすれば、牧師さんはきっと喜ぶわ」

「え？」とミス・オグルヴィは少し無頓着すぎる調子で呟いた。

「ウィルヘルミーナ！」

「なに？」

「してくれるでしょ？」

「なにを？」

「髪の毛を伸ばしてよ、わたしたちみんながそう願ってるのよ」

「なんでそんなことしなきゃならないの？」

「それは、だって、そうすれば少しは変に見えないからよ。とにかくもう戦争は終わったんだし、こんな小さな町では、人はそういうことを取り沙汰するものなのよ」

「ファニーにまったく同感だわ」とセアラは力をこめて言った。

セアラはひどく無遠慮になっていて、姉の不在のあいだ、この地所をでたらめなやり方で管理してきた経験が彼女をそうさせたに違いなかった。ある朝など、南境に植えてある草花のことで彼女たちは激しい口論をした。

「これは誰の庭？」とミス・オグルヴィは厳しく問いただした。「わたしはサクラソウのまわりにアメリカナデシコが欲しいと言ってるでしょう？　フランスからわざわざ手紙を書きさえしたのに、わたしの手紙は無視されたみたいだね」

「大きな声を出さないでよ」とセアラがなじった、「今はフランスにいるわけじゃないんだから」

ミス・オグルヴィは彼女の横っ面を殴りとばせれば、気持ちがすっきりしたことだろう。

「フランスにいられたら、そりゃあ良かったよ」と彼女は呟いた。

新たな口論がすぐそのあとに続き、今度は夕食の席での出来事だった。セアラとファニーは、少なくともミス・オグルヴィに言わせれば、草を食べて生きているのだった。

「わたしたち菜食主義者になったのよ」とセアラはもったいぶって言った。

「あなたたちふたりとも、すごく退屈な気難し屋になったのさ！」と姉は嚙みついた。

辛辣なしっぺ返しはミス・オグルヴィらしくなかったにもかかわらず、このところ彼女はどういうわけか、「え？」という自制のための言葉を、必要なときにも言い忘れがちだった。

彼女を苛立たせたのは、ファニーの絶えまないくしゃみだったかもしれないし、セアラか、庭師か、牧師か、あるいはたんにカナリアだったのかもしれないが、自分の中で高まりつつある苛立ちをぶつける適当な口実が見つけられるかぎり、実際の原因はなんであろうとかまわなかった。

「こんなことでは絶対だめだ」とミス・オグルヴィは深刻に考えた、「人生はこんなに騒ぎたてて過ごすものじゃないし、わたしは自制心を働かせるようにしないと」だが口で言うほど易しくはないようで、一日として癇癪を起こさずにすむ日はなく、しかもそれは些細なことをめぐる癇癪なのだった。「だめ、こんなことでは絶対だめだ、こんなこと、絶対あってはならない」と彼女は深刻に考えるのだった。

人々はセアラとファニーに同情し、近所の人たちは「なんてひどい、気性の激しい女だろう」と言った。

セアラとファニーも負けてはいなかった。「かわいそうに、ほら、戦争神経症っていうじゃない」と彼女たちは呟いた。

こうしてミス・オグルヴィの武勇は少しずつ削り取られていき、彼女みずからがそれを疑うまでになりかけていた。自分は本当にフランスで、あれほど落ち着きはらって死に直面した度胸のある人間なのだろうか？　命令を下しながら、砲火を浴びても髪の毛一本動かさず、平然と立っていたなんてことが、自分にありえたのだろうか？　この自分が、特別敬意を払われていたなんてことがありえようか？　みずからがそうしたことを疑うまでになりかけていた。

時々彼女は部隊の昔の仲間のひとりと会った。ほかの誰よりも彼女に忠実だった娘で、サリーくんだりまで遠路はるばる訪ねて来てくれるのだった。だがこうした訪問も、めったに気を引き立てるものとはならなかった。

「ああ、だけど……今はこんなありさまだし……」とミス・オグルヴィは呟くのだった。だがある日、この娘は微笑んで金髪の頭を振った。「わたしは違うわ、わたし、結婚することにしたの」

いくつもの馴染みのない考えがどこからともなくミス・オグルヴィの頭に浮かび、それは娘が帰ってからも何時間も頭を離れなかった。書斎にひとりでいると、彼女はこれ以上ないほどの寂しさを覚えて突然身震いした。冷たい両手で彼女は煙草に火をつけた。

「病気かなにかに違いない」と彼女は自分の震える指を見ながら、物思いに沈んだ。

このことがあってから、彼女は夢の中で、おそらくフランスの戦場とおぼしき場所に戻り、自分でも正体のつかめない高揚感をふたたび味わったり、夢を見ながら時々大声で叫んだりするのだった。髪は雪のように白くなり、それは似合わないわけでもなかったが、彼女はそれに悩んだ。

「とても年をとってきてるみたいだ」と、彼女は鏡の前でぼさぼさの髪の塊にブラシをかけながらため息をつき、それから顔の皺をじっくりと調べるのだった。

現実のことになってみると、彼女は年をとることを嫌がった。年をとりさえすれば、これまでいつも頭を悩ませてきた難問もたやすく解決されるはずだとはとても思えなくなった。そしてこの事実をひどく恨めしく思ったので、自己憐憫をはじめ、体が精神をさいなみ、つぎには精神が体をさいなむ惨めな悪循環の犠牲になりさがっていった。それからミス・オグルヴィは、このところ筋肉のリューマチで痛みがあったにもかかわらず、年老いた背中を伸ばすと、自分自身にまともに面と向かい、決意した。

「ここから出ていこう！」と彼女はある日突然言い放ち、その夜、旅行鞄に荷作りをした。

Ⅳ

デヴォンの南海岸の近くに小さな島があり、そこは世間にはほとんど知られずじまいながら一軒の立派なホテルがあり、それが島唯一の建物となっていた。ミス・オグルヴィはこの場所をまったくでたらめに選んだ。その場所は地図の上のかすかな一点でしかなかったのだが、なぜか彼女はその点の見かけが気に入り、そこを探険しにひとりで出発したのだった。

ある朝彼女は本土に立ち、霧の向こうにぼんやりした緑の広がりを見ている自分に気づいた。そのぼんやりした緑の広がりは、中空でにわかに静止した大津波のように、イギリス海峡から盛り上がっていた。ミス・オグルヴィは冒険心でいっぱいになった。戦争終結以来、こんな気持ちになったのははじめてだった。

「ここに来て、正しかったんだ、たしかに正解だった。悩みなんか全部振り払ってしまおう」と彼女は決心した。

漁師のボートが霧を分け進んでくると、それが浜にしっかりと乗りあげる前に、彼女は自分の荷物を放り込んでいた。

「わたしを歓迎してくれるといいんだけど?」と彼女ははしゃいで言った。

「歓迎してくれますよ」とその男は答えた。

ここの沖合は日頃からシケ模様だったが、この日も大うねりとなって暴れ、艶やかな幅広の大波がボートの舟べりにうち寄せ、砕け、ミス・オグルヴィのくるぶしに水しぶきを飛ばした。

漁師は明るく笑った。「大丈夫かい？」と彼は尋ねた。「このあたりはたいてい荒れるんだよ」だが霧が突然晴れ渡り、ミス・オグルヴィはその島を、目を見開いてじっと眺めていた。ぎざぎざした黒い岩の立ち並ぶ長い浅瀬が見え、その岩の隙間から、なだらかな小さな浜辺の曲線が見え、その上には島それ自体が隆起し、そのまた上には青い空が広がっていた。浜辺の近くには二階建ての小さなホテルが建ち、屋根は草葺きで、全体が木造になっており、そのほかには白いカモメの群れを除いて生き物らしいしるしを見分けることはできなかった。

そのときミス・オグルヴィは妙なことを口走った。「あの島の南西の突端には、昔、洞窟が、とても大きな洞窟があった。海から少し入ったところにあったのを覚えてる」と彼女は言った。

「洞窟ならまだあると思うよ。満潮のときには海とすれすれになるがね」と漁師が彼女に言った。

「ふーん」とミス・オグルヴィはあたかも独りごとのように、物思いに耽りながら呟き、それから彼女は当惑した表情を浮かべた。

小さなホテルは居心地よく清潔でもあり、宿の女主人は愛想が良く器量も良かった。ミス・オグルヴィは荷物を解きはじめたが、それから気が変わって島の散策に出かけた。その島は芝生とアザミに覆われ、ヒナギクの咲き乱れる細い緑の小径がいくつも横切っていた。島には岩場に囲まれた四つの入江があったが、なかでも南西の入江は、進入がとりわけ難しくなっていた。ちょうどこの場所で、あたかも海に真っ逆さまに転落していくように、島は急に下方へ傾斜していたし、ちょうどこの場所で、泥板岩の層がどこにもまして崩れやすく、潮に洗われる岩がどこにもまして厳めしく突き出ていたからだ。カモメたちが、肉体上の限界という馬鹿げた条件をもつ人間を恐れることなく、岩棚に巣を作り、無数の子を育て、その子どもたちが季節ごとにつぎつぎに繁殖してきたのも、まさにこの場所だった。そう、そしてまさにこの場所で、ミス・オグルヴィは驚きに打たれて立ち、向かい側に開けた洞窟を眺めた。崩れかけた突端に彼女は危険なまでに近寄っていたが、今では用心などすっかり忘れてしまっていた。

「わたし、覚えている……わたし、覚えている……」と彼女は繰り返していた。それから「でも、いったいなにを覚えているというんだろう?」

彼女は、どういうわけか自分がすべてをまちがって覚えていることに、自分の記憶が、たぶん最後にその洞窟を見て以来目にしてきた無数の物事によって歪められ、色づけを施されていることに気づいた。この事実が彼女をひどく悩ませ、まさにこの朝までこの島に足を踏み入れたことがないにもかかわらず自分がともかくもこの洞窟を覚えているという事実以上に悩ませた。たしかに、苦労して記憶を繋ぎ合わせながら、どこかがまちがっていると感じることをべつにすれば、彼女はたいへん深い満足感に浸っており、この満足感は彼女の心に波また波と押し寄せるのだった。

「じつに奇妙だ」とミス・オグルヴィはつくづく思った。それから彼女は笑ったが、それほどこの奇妙な感じに満足を覚えたのだった。

V

その夜夕食のあとで、彼女はこの宿の女主人に話しかけたが、女主人は質問されることにこのうえない喜びを感じているらしかった。彼女はこの島全体を所有し、その事実を誇りにしていたが、それももっともなことだと逗留客のほうは考えた。この器量良しのミセス・ナンセスキヴァルによれば、この島では青銅の矢じりとか有史以前の石斧のかけらなど、いくつかの珍しい物が発見されていて、一度など、井戸を掘り下げていて、人間の頭蓋骨と大腿骨が掘り出されたこともあったという。ミス・オグルヴィ、あなたはその骨を見てみたいかしら？　流し場の食器棚にしまってあるんだけど。

ミス・オグルヴィはうなずいた。

「それじゃ今取ってくるわ」とミセス・ナンセスキヴァルは元気よく言った。

二分も経たぬうちに、彼女はその哀れな男の残骸を収めた箱を持って戻ってきて、椅子から立ち上がっていたミス・オグルヴィはこの残骸をじっと見下ろした。見ている彼女の口もとは固く結ばれていたが、顔と首はかすかに上気していた。

ミセス・ナンセスキヴァルはその頭蓋骨を指さして、「ほらね、この人、殺されたのよ」といくぶん誇らしげに言った。「なんでも、凶器に使われた斧は青銅だったということよ。何千年も何千年も昔の人らしいわ。地元のお医者さんがこういうことに詳しくて、この骨を専門家に送ったほうがいいって、この骨は国のものなんだからって言うの。でもそんなことをしたら、どういうことが起こるかわかってるわ。きっとわたしの島を掘り返しに来るのよ。わたしの島は誰にも掘り返させたりしないわ。今だってウサギで充分困ってるっていうのに」だがミス・オグルヴィは、こめかみが激しく脈打って、こうした言葉に耳を傾けることができなくなった。

彼女はこのおめでたいミセス・ナンセスキヴァルに対して、急に説明のつかぬ怒りでいっぱいになった。「あなたは……あなたは……」と彼女は言いはじめたが、自分がこの女性に対してなにを言い出すかそら恐ろしくなって自分を抑えた。

というのも流し場にしまわれてきたこの骨を見て、彼女の中に湧き起こった憤怒の念は途方もなく、そのうえ、こういう人たちがどのように葬られていたかが彼女にはわかったので、相手の無神経さはなおさら恥ずべきことのように思えた。人々はたっぷりと深い穴を掘り、掘り口の四隅にそれぞれ頑丈な石を配して死者たちを埋葬したのであり、そこにはたしかに四個の頑丈な石と蓋がわりの石があったのだ。そしてこうしたことすべてを、ミス・オグルヴィは本能的に知っていたのであり、頼るべき具体的な知識など少しももちあわせていなかったにもかかわらず、魂の奥底でそのことを知っており、それゆえに彼女はミセス・ナンセスキヴァルを憎んだのだった。

そして今、彼女はさらにいっそう奇妙で、いっそう愕然としてしまうようなべつの感情に襲われていた。それは存在しうるなどとは予想だにしなかった深い悲しみの感情であり、望みもなく、途絶えることもなく、和らぐこともないような、激しく鎮めがたい悲しみだったので、絶望に似たものを感じながら、彼女はその頭蓋骨の長く深い裂け目に指を触れた。するとき子どものとき以来泣いたことのない目に、大粒の熱く抑えがたい涙がゆっくりと溢れてきた。彼女はひどくせわしくまばたきをし、それからまぶたを閉じ、ランプに背を向けて、いくぶん大きめの声で言わなければならなかった。

「どうもありがとう、ミセス・ナンセスキヴァル。もう十一時半ですから、そろそろ二階に引きあげます」

VI

ミス・オグルヴィは寝室の扉を閉めると、みじろぎもせずに立ったまま考えた。「これは戦争神経症だろうか？　いったい、これが戦争神経症だなんてことがあるのだろうか？」と、彼女は信じられないような気持ちで呟いた。

彼女はカポラルの刻み煙草を喫いながら、部屋の中をゆっくりと行きつ戻りつしはじめた。いつものように両手をポケットの奥深くに突っ込んでいたが、ポケットの中にいくつかの馴染みの小さな塊を感じとり、彼女はそれらを握りしめ、それらがあったことを喜んだ。するとにわかにひどい疲れを覚え、あまりの疲労感に立っていることもできず、彼女はベッドの上に倒れこんだ。

彼女は自分が、横になって答えを出そうとしているのだと、苦心して両目を閉じているのだと、両目を閉じながらも、いつもの煙草を喫いつづけているのだと思っていた。少なくともそれが、その瞬間に彼女が考えたことだったが、つぎの瞬間には、彼女は夕暮れの戸外にいて、大きな赤い太陽が彼方の海べりにゆっくりと沈んでいくところだった。

ミス・オグルヴィは自分がいつもの自分であると知っており、自分の存在を意識していたが、しかもなお彼女はミス・オグルヴィではまったくなく、ミス・オグルヴィとしての記憶も失っていた。彼女が今目にするものはすべて、とても見慣れたものであり、彼女が今することはすべて、彼女がすべきことであり、彼女の今の存在はすべて、まったく自然に思われた。たしかに彼女はこうしたことについて考えているわけではなかったが、それというのも、こうしたことについてあらためて考える理由はないように思えるからだった。

彼女は弾力のある芝生を素足で歩きながら、その感触を心から楽しんでいた。この芝生で這うことを覚えた幼児の頃からずっと、彼女はいつもこの感触を楽しんできたのだった。どちら側にもなだらかな緑の高台が広がり、背後には森が控えていることが彼女にはわかっていた。だが前方では遥か彼方に海が光り、大きな太陽がそこに沈んでいくところだった。空気は冷たく静まりかえり、さざ波の音ひとつ、鳥のさえずりひとつ聞こえなかった。驚くほど澄み渡り、若々しいとさえいえたが、ミス・オグルヴィはそれをたんに空気ととらえただけだった。いつもそれを呼吸していたので、柔らかい芝生や高台同様、彼女はそれをあたりまえのものとして受け取っていたのだ。

彼女はとてつもなく背の高い自分を思い描き、その瞬間、実際にとてつもなく背が高くなったように感じた。じつのところ彼女は五フィート八インチだったが、仲間の部族の者と較べると、これはかなりの高さだった。彼女は一枚の毛皮だけを身にまとっていて、それは膝までの長さで、腕には袖がなかった。彼女の腕と脚には、ところ狭しと青いぎざぎざの線が入れ墨され、ひどく毛深かった。腰のあたりに巻かれた革紐からは、不細工な石製の斧がぶらさがり、それは見かけこそ悪かったが、強力な柄がついており、充分な殺傷力を備えていた。

ミス・オグルヴィは体が素晴らしく充実しているのを感じ、大声で叫びたかったが、そのかわりに重い丸石を拾い上げると、ものすごい力で遠くの岩めがけて投げつけた。

「いいぞ！　逞しいぞ！　あんなに遠くまで飛んだ！」と彼女は叫んだ。

「ええ、逞しいわ。あなたほど逞しい人はいない。この部族で一番逞しいのは、まちがいなくあなただわ」と彼女の小柄な連れあいが答えた。

ミス・オグルヴィはこの小柄な連れあいを見やり、自分たちがふたりきりであることを喜んだ。彼女の傍らの娘は滑らかな茶褐色の肌をし、黒いつり目で、手足は短くて頑丈だった。

ミス・オグルヴィは彼女の美しさに驚嘆した。彼女もまた毛皮を、新しい毛皮で作った一枚の服を身に着けていたが、この服は彼女がその朝こしらえたばかりのものだった。何本もの短い腸線と取っておきの骨針で、彼女は何時間もかけて熱心にそれを縫い合わせたのだった。胸もとには一房の黒髪が垂れており、彼女はこれをしきりと撫で、もてあそんでいたが、やがてその房を手に取ると髪の毛をとくと眺めた。

「きれいだわ」と彼女は子どもじみた満足に浸って言った。

「きれいだ」と傍らの若者は同じ言葉を繰り返した。

「あなたのものよ」と彼女は男に言った、「わたしのすべては、あなただけのものよ。あなたのために、この体は張りつめているのよ」

男は自分の乱れた髪を目から振り払ったが、そこには修道士を思わせる悲しげな茶色の瞳があった。そのほかといえば細身で、脚は鋼のように丈夫で、胸幅は広く、それほど不細工とはいえぬ顔をしていた。突き出た頬骨はかなり高く、鼻はどっしりとし、あごはいくぶん獣じみていたが、口もとは唇が厚かったとはいえ、あごとは対照的にとても穏やかで、優しい表情に溢れていた。そして今、男は微笑み、がっしりした白い歯を見せた。

「きみって女は……」と男は満足そうに呟き、その声は男の存在の深みから響いてくるようだった。

男の口は重く、肝心の感情を伝えるとなると言葉が不足していたので、今口にしたひとつの単語で我慢しなければならず、だから今彼が口にした単語にはいくつもの意味が込められていた。それは「ひときわ澄んだ水の湧く小さな泉」を意味したし、「戦いを終えた男が安らぐ小屋」を意味し、「真っ赤に熟れて口に甘く広がる野苺」を意味し、また「来るべき世代のための幸せな小さな家庭」を意味した。こうしたことすべてを、男はひとつの単語で表現しなければならなかったが、ふたりのあいだには愛が通っていたので、女は男の気持ちを理解したのだった。

ふたりは立ち止まり、男は女を抱きかかえるとキスをした。それから男はもじゃもじゃした大きな頭を女の肩に擦りつけ、男が女を解放すると、女は男の足もとに跪いた。

「わたしのご主人さま、わたしの体を流れる血潮」と女は囁いた。というのも彼女の場合は彼とは異なり、愛が彼女に、愛を語る言葉を教えていたので、うぶな自分の舌が発する音に心を託すことができたからだった。

女は唇を男の両手に押しあて、頬を男の毛深く逞しい前腕に押しあてると、立ち上がり、ふたりは沈みゆく太陽をじっと眺めたが、これはひどく神聖なものだったので、ふたりとも頭を下げ、前髪ごしに見上げるようにした。

二頭のつがいの熊が、藪からふたりのほうにのっそりと忍びより、雌熊が後足で伸び上がった。だが男が石斧を抜き取って威嚇したので、雌熊は静かに四つん這いに戻って逃げ出し、雄のほうもあとに従った。それというのも、高台でも森でも、昼夜を問わず、ほとんど逆らいうる者のない強烈な力を、その二頭は目の当たりにしたからだった。そして今左手の彼方、川がほどなく沼地に姿を変えるあたりから、規則正しい蹄の音が聞こえてきた。水を飲んでいるところをあの熊たちに邪魔されて、鼻孔を広げ、驚いた目をしたアカシカの群れが、大きな音をたてて駆け抜けていったのだった。

すると夕暮れはふたたび静寂を取り戻し、その静寂の魔力が恋人たちを包んだので、ふたりともひどく孤独に感じ、同時にたがいにいっそう親密な結びつきを感じた。だが男はこの魔力のせいでそわそわしはじめ、突然笑い、それから女をつかむと頭の上に放り上げて、落ちてくるところを受けとめた。この動作を男は何度も繰り返したが、それは面白かったからでもあり、また自分の逞しさが女を喜ばせるのを知ってもいたからだった。こうしてふたりはひとときともに戯れ、男はおのれの逞しさを、そして女はおのれの弱さを楽しんだ。ふたりは叫び声をあげ、自分たち以外には意味をなさない呻き声をつぎつぎに発した。薄い毛皮の服が女の胸もとからすべり落ちると、彼女のふたつの小さな胸は洋梨のかたちをしていた。

まもなく男はこの遊びにも飽き、小屋や土塁が密集している東の方角を指さした。小屋からの煙は真っ直ぐな太い線となって、途中で右にも左にも曲がらずに立ち昇り、男は燃えながら甘い香りを放つイグサやシダを思い出して感慨に耽った。

「煙だ」と男は言った。

そして女は答えた。「青い煙ね」

男はうなずいた。「そう、青い煙、家庭だ」

すると女は言った。「満月のときから、ずいぶんトウモロコシを挽いたわ。わたしの挽き石はもうすべすべ。わたしに新しい挽き石を作って」

「きみに必要なものはなんでも、おれが作るさ」と男は女に言った。

女は男にそっとにじり寄り、その手を取った。「父は雷を孕んだ黒雲のまま。もうずいぶんな年だから、あなたが、自分のかわりに部族の長になりたがっていると思い込んでいるの。わたしたちが会っていること、父の耳に入れてはならないわ。もし耳にしたら、父はきっとわたしを殴るもの！」

そこで男は女に尋ねた。「小さな野苺よ、きみは不幸せかい？」

だがこの問いに女は微笑んだ。「不幸せってなに？　それがどんなことか、もうすっかり忘れてしまったわ」

「おれもだ」と男は答えた。

それからあたかも目に見えない力に引っ張られでもしたように、男はくるっと体のむきを変え、自分たちが横たわっている森が奥へとしだいに暗さを増すあたりをじっと見つめ、目は驚愕と恐怖で大きく見開かれ、はみを嚙まされて当惑した哀れな野獣がするように、素早く左右に頭を振った。

「水だ！」と男はしわがれ声で叫んだ、「すごい水だ、見ろ、見ろ！　あそこだ。この土地は水に囲まれているぞ！」

「どんな水？」と女は尋ねた。

男は答えた。「海だ」それから男は両手で顔を覆った。

「そんなことないわ」と女は慰めた、「大きな森、素晴らしい狩猟。猪や野牛を射とめることのできる大きな森があるだけよ。あそこには海なんかなくて、木があるだけ」

男は震える両手を顔から放した。「そのとおりだ……木があるだけだ」と男はぼんやりと言った。

だが今や男は憂鬱に思案するような表情を浮かべ、自分を塞ぎこませるものの正体について話しはじめた。「頭の丸いやつら、あいつらは悪魔だ」と男は呻き、黒く毛深い両方の眉は目の上で一本に繋がり、すると男の表情は一変してやや獣じみてきた。

「気にすることないわ」と女は反論したが、それは男が彼女のことを忘れてしまったのに気づき、愛のことだけを考え、話して欲しいと男に願っていたからだった。「気にすることないのよ。父なら、あなたの心配を笑うわ。わたしたちはあの頭の丸い部族と味方どうしでしょう？　味方なら、どうしてあの人たちを恐れることがあるの？」

「おれたちの砦は、とても古く、とても脆い」と男は続けた、「それに頭の丸いやつらは、恐ろしい武器を持っている。やつらの武器はおれたちのような良い石からではなく、なにか黒ずんだ呪われた物質からできているんだ」

「だからどうしたっていうの？」と女が無邪気そうに言った。「あの人たちはわたしたちの側について戦ってくれるのよ、だからあの人たちがどんな武器を持っていようと、心配することはないじゃない？」

だが男には女の声が聞こえなかったらしく、目を逸らせた。「おれたちはなんでも、どんなものでも提供して、交換にやつらの石斧や矢や投げ槍を手に入れなければならない。そうやっておれたちはあいつらの秘密を知らなければならないんだ。やつらはおれたちの女を狙っているし、おれたちの土地も狙っている。おれたちはやつらの陰険な茶色の石斧を手に入れるために、どんなものでも提供しなければならないんだ」

「わたしが……提供されるの？」と女は尋ねたが、男がどう答えるか絶対の自信があってのことで、そうでなければ敢えてこんなことを言ったりはしなかっただろう。

「頭の丸いやつらはおれたちの部族を絶滅させるかもしれないが、それでもおれはきみと別れることはないよ」と男は女に言った。それから男はひどく心配そうに言った。「でもやつらはおれたちを殺したがっているだろうし、はじめに殺そうとするのはおれだろう。だっておれがどんなにあいつらを信用していないか、やつらはよく知っているし、おれの目が何度となくやつらの村にそそがれているのをやつらは見ているんだから」

女が叫んだ。「やつらの喉を嚙み切ってやる、もしあなたの肌に傷ひとつつけようものなら！」

これを聞くと、男の気分は一転し、面白がって大きく笑い声をあげた。「きみって女は……！」男は大声で笑った。「きみの歯は小さくて白いお馬鹿さんの歯さ。野苺をちょこちょこ嚙むためのもので、頭の丸いやつらの喉を嚙み切るためのものなんかじゃないよ！」

「戦いのことを考えると、わたしいつも怖くなるの」と女は泣き声で言い、男が愛について話してくれないかと考えつづけていた。

男は陽気なときでさえ悲しみを湛えたその目で女を見やった。男の心はたいてい鈍感だったが、そのときは女が感じていることをはっきりと悟った。すると男の血は女の血の燃え上がる炎から飛び火して燃え、男は女を自分の体に抱きすくめた。

「きみ……おれのもの……」と男は口籠もった。

「愛よ」と女は震えながら言った、「これが愛よ」

すると男が答えた。「愛だ」

それからふたりの顔は一瞬もの哀しく曇ったが、それというのも自分たちの目覚めつつある魂の中に、わずかに、ごくわずかに愛というこの地上の感情に収まりきれないほど膨大なものへの憧れを意識したからだった。

まもなく男は女を子どものように抱え上げ、南の方角へ西の方角へと素早く運び、ふたりは湿地の谷へと緩やかに傾斜している場所に来た。遠くの、湿地が果てるあたりに、ふたりは靄のかかる海岸線を確認したが、海と湿地はひとつの物質のようで、混ざり合い、溶け合い、重なり合っていた。ふたりは恋人どうしだったので、自分たちもまた、ちょうどその海と湿地のように、ひとつになりたいと願った。

そして今、ふたりは静かな丘の斜面にある洞窟の入口に着いたところだった。洞窟のわきには明るい緑の草が敷き詰められ、すり潰すと芳香を放つ無数のピンクの小花がしっかりとした茎から咲いていた。そして洞窟の中には、最近集められたばかりのワラビがベッドの代わりに山と積まれていた。その向こうでは、いくつかの岩から水の流れる低い音がしていた。それは湧き水が裂け目から滴り落ちる音だった。突然男はこの娘を立たせ、娘は自分の無垢の日々が終わろうとしているのを知った。そして女は処女地が引き裂かれ、種を蒔かれ、時がくると実を結ぼうと待ち焦がれる様子を思い、恐れから小さく短いあえぎ声をあげた。

「いや……いや……」と女はあえいだ。というのも女は相手の欲求を察し、相手のものになりたいという憧れで圧倒されると同時に、言いようのない愛の恐怖に襲われたからだった。

「いや……いや……」と女はあえいだ。

だが男は女の手首を握り、女は男の荒っぽく節くれだった指の激しい力を、男の腰を駆けめぐる衝動の激しい力を感じ、ふたたび恐れから小さく短いあえぎ声をあげたが、同時に相手が自分に遠慮などしないように、男にしっかりとしがみついていた。

黄昏は闇に飲み込まれ、所有され、闇はやがて月の出によって美しく姿を変え、月の出はやがて夜明けによって終わりを迎え、消し去られた。力強いタカは巣から空高く舞い上がり、その見事な翼で空気を切り裂いて進み、すると下方のイグサの中の巣から、ほかの仲間の鳥たちが元気よく鳴きながら飛び立った。豊かな角を冠したヘラジカが高台に現れ、その重たげな頭を芝土のほうに曲げ、向こうの森では獰猛な野生の牛が、愛の歌を唸りながら脚を踏み鳴らしていた。

だが薄暗い洞窟の中で、こうした動物たちの王者である男は、武器も殺戮の本能もわきに押しやってしまっていた。男はそこに、優しさに包まれて無防備なまま横たわり、もはや死ではなく生のことを考え、呟いていたのは多くのことを意味するあの言葉だった。それは「ひときわ澄んだ水の湧く小さな泉」を意味し、「戦いを終えた男が安らぐ小屋」を意味し、「真っ赤に熟れて口に甘く広がる野苺」を意味し、「来るべき世代のための幸せな小さな家庭」を意味していた。

Ⅶ

彼らは翌日ミス・オグルヴィを発見した。漁師が彼女を見つけ、岩棚に登っていった。彼女は洞窟の入口に腰掛けていた。彼女は死んでいて、両手はポケットの奥深くに突っ込まれたままだった。

存在の瞬間——「スレイターのピンは役立たず」

Moments of Being: 'Slater's Pins Have No Points'

ヴァージニア・ウルフ

「スレイターのピンは役立たず、いつもそうじゃないこと?」ファニー・ウィルモットの服からバラが落ち、演奏に耳を奪われたままファニーが床に落ちたピンを探そうとかがんだとき、ミス・クレイは振り向いて声をかけた。

この言葉が彼女に異様な衝撃をあたえ、その間にミス・クレイのほうはバッハのフーガの最後の和音を弾きおえていた。それじゃあ、ミス・クレイは実際にスレイターの店に行って、ピンを買うのかしら、とファニー・ウィルモットは一瞬その場に釘づけになって自問した。この人がほかの客に混じってカウンターに並び、紙幣で銅貨を包んだおつりを渡され、財布にそれをしまい、その一時間後には鏡台のわきに立って、買ってきたピンを取り出したりするのだろうか? この人がなぜピンを必要としたりしよう? 衣装を着るというより、固い鞘にこじんまり包まれた甲虫さながらに、冬には青、夏には緑の服を、ケースのようにすっぽりと被っているだけなのだから。この人がピンをなぜ必要としたりしよう、このジュリア・クレイは、まるでバッハのフーガの冷たいガラス質の世界に生きているようで、自分の好む曲を自分のために弾くことしかせず、アーチャー・ストリート音楽学院で、(学長のミス・キングストンに言わせれば)「あらゆる面でミス・クレイを心から賞賛している」学長への感謝の気持ちから、特別奉仕として、弟子をひとりかふたり取ることにようやく同意している、という人なのだから。お兄さんが亡くなって、あの人生活に困っているんじゃないかしら、とミス・キングストンは心配していた。ああ、あの人たちはそれは素晴らしい美術品を持っていたものだわ、まだソールズベリーに住んでいた時分はね、それにむろんお兄さんのジュリアスは、誰もが知る著名人、一流の考古学者だったのよ。彼らのところに滞在するのは、とミス・キングストンは言った、とても名誉なことだったけれど（「あの一族はソールズベリーの由緒ある住人で、うちの家族とはずっと知り合いだったの」とミス・キングストンは言った）、でも、子どもにとってそれは、ちょっと緊張するような体験でね。扉を勢いよく閉めたり、部屋に不意に飛び込んだりしないように、気をつけなければいけなかったの。ミス・キングストンは学期の初日に、小切手の受け取りや領収書の記入をしながら、このようなさりげない人物描写をよくしてくれたものだが、話がこの部分にさしかかると微笑むのだった。そうなのよ、わたしはちょっとしたお転婆娘でね、部屋に飛び込んでは、ケースに入ったローマ時代の緑色のガラス製品を、がたがた震わせたりしたものよ。クレイ家の人たちは誰も結婚していなかったの。だから子どもに慣れていなかったのね。彼らは猫を飼っていたわ。猫はどんな人間にも負けないくらい、ローマ時代の壺やなにかについて良く心得ているものね、そんなふうに思ったものだわ。

「わたしなんかより、ずっと良くね！」万事に実際的なミス・キングストンは、勢いのある、元気な太い筆跡で証紙に自分の名前を書きつけながら明るく言った。

それならたぶん、とファニー・ウィルモットはピンを探しながら考えた、ミス・クレイは「スレイターのピンは役立たず」という言葉を、行き当たりばったりに言ったのだろう。クレイ家の人たちは誰も結婚したことがない。この人はピンについてなにも、なにひとつ知りはしない。だがこの人は、家族を支配している呪縛を解き、自分たちをほかの人たちから隔てているガラス窓を叩き割りたいのだ。活発な少女だったポリー・キングストンが扉を勢いよく閉め、ローマ時代の花瓶を震わせたとき、被害がないことを見てとったジュリアスは（これが彼の最初の反応だっただろう）、飾り窓に置かれたケースからそのまま目を移し、ポリーが野原をスキップしながら家路につくのを見守ったが、その顔には、彼の妹がよく浮かべるなごり惜しそうな、もの欲しそうな表情が浮かんでいたはずだ。

「星や、太陽や、月」とその表情は言っているように見えた、「草原のヒナギクや、焚き火や、窓ガラスの霜。ぼくの心はおまえたちにそそがれる。だけど」とその表情はいつも付け加えるようだった、「おまえたちは壊れ、通りすぎ、消えてしまう」と。だが同時にその表情は、「ぼくはおまえたちに触れることができない、ぼくの手はおまえたちに届かない」と憧れるように、未練のように語り、その言葉によって、この両極端の強烈な心理状態に蓋をするのだった。すると星の輝きは薄れ、スキップの子どもは去っていった。

それこそが、ミス・クレイが破壊しようとしたあの呪縛であり、ガラス質の表面であり、そのために彼女はまな弟子に（ファニー・ウィルモットは自分がミス・クレイのまな弟子であることを知っていた）バッハの曲をご褒美に美しく弾いてあげたあとで、ピンについて自分も他人と同じように感じるのだということを示そうとしたのだ。スレイターのピンは役立たず、と。

そう、あの「一流の考古学者」もちょうどそんな表情をしていたのだ。「あの一流の考古学者」と、ミス・キングストンは小切手に裏書きをし、日付を確認し、明るくざっくばらんに話しながらその言葉を口にしたが、その声には形容しがたい深い響きがあり、その響きは、ジュリアス・クレイには風変わりで怪しげなところがあるとそれとなく告げていた。それは、おそらく妹のジュリアにも認められる風変わりさだった。きっと、とファニー・ウィルモットはピンを探しつづけながら考えた、パーティーや会合（ミス・キングストンの父は牧師だった）の席で、彼女が小耳に挟んだちょっとした噂話、あるいは彼の名前が口にされたときの微笑とか、声の調子にすぎなかったかもしれないが、そこから彼女は、ジュリアス・クレイについて「ある感じ」をいだくようになったのだ。いうまでもなく、彼女はこのことを誰にも話したことがない。おそらく彼女自身が、その感じというのがいったいなんなのか、ほとんど理解していないのだ。だがジュリアスのことを話したり、彼の名前が口にされると、きまって最初に彼女の脳裏に浮かぶのは、そのこと、ジュリアス・クレイには風変わりなところがある、ということだった。

ジュリアがピアノ用の腰掛けにすわって、なかば振り向き、微笑んだとき、彼女もまたそんな表情を浮かべていた。野原にも、窓ガラスにも、空にも、それが、美があるのに、わたしには手が届かず、それを自分のものにすることができない、でもわたしは、と彼女はつかのま手をぎゅっと握るあの独特のしぐさをしながら付け加えているようだった、心の底から熱烈にそれを求めているので、それと引き換えなら、全世界を失ってもかまわない、と。それから彼女は、床に落ちたカーネーションを拾い上げ、ファニーはピンを探しつづけた。彼女はその花を滑らかで静脈の浮いた両手で包むと、あでやかな身振りで握りつぶしたようにファニーには感じられた。その両手には、真珠をちりばめた澄んだ色の指輪がいくつも輝いていた。彼女の指に込められた力はその花の輝きを強め、花を引き立て、いっそうその輪郭を鮮やかに、みずみずしく、清らかにするようだった。彼女、そしておそらく彼女の兄の風変わりなところは、指に力を入れて拳を握るしぐさが、尽きることなき挫折感を表現してしまうということだった。今もまた、彼女はカーネーションに対して同じことをしていた。それを手に取り、それを潰してしまうのであり、彼女はそれを心ゆくまで所有したり、楽しんだりすることがないのだ。

クレイ家の人たちは誰も結婚していなかった、とファニー・ウィルモットは思い起こした。レッスンがいつもより長びき、夕闇が迫ったある夕方、ジュリア・クレイが「わたしたちを守ることが、なんといっても殿方たちの使い道というものなのよね」と言い、顔には例の風変わりな笑顔を浮かべ、ちょうど立ってマントを着ていた自分のほうを見やっていたのだが、見つめられると彼女はちょうどあの花になったように、自分の若さと輝きを痛いほど強く意識し、やはりまたあの花のように、自分が彼女にとって手の届かないものに見えているのだろうと推測した。

「あら、でもわたし、保護なんてして欲しくありませんわ」とファニーは笑ったが、ジュリア・クレイはあの異様な表情を張り付かせたまま、わたしはそこまではっきりと言えないわと言い、ファニーは相手から向けられた憧憬のまなざしにすっかり頬を赤らめたのだった。

それだけが男性の使い道なのだと彼女は言っていた。ならばそれが、とファニーは床に眼を向けたまま考えた、あの人が結婚しなかった理由なのだろうか？　結局のところ、彼女はソールズベリーにだけ住みつづけてきたわけではなかった。「ロンドンで一番素晴らしい場所は」と彼女は一度言ったことがある、「ケンジントンよ（といっても、もう十五年か二十年も前の話だけど）。十分も歩けば、ケンジントン公園に行けたの、まるでこの国の中心にいたようなものね。部屋履きのまま食事に出かけて帰ってきても、風邪ひとつひかなかったわ。ケンジントンって、ほら、その頃は村みたいなものだったから」と彼女は言った。

ここで彼女は突然話をやめ、ロンドンの地下鉄のすきま風を厳しく非難したのだった。

「それが殿方たちの使い道というものなのよね」この人はあのとき怪しげな皮肉をこめて言った。この言葉が、この人が結婚しなかった理由を解明する手がかりになるのだろうか？　彼女の若かりし頃のさまざまな場面を思い浮かべてみることができるが、美しい青い瞳と、鼻筋のとおった顔立ちで、ピアノを演奏し、モスリンのドレスの胸もとには慎みぶかい情熱を秘めたバラを飾り、はじめに近づいてきた男性は、そんな彼女の魅力や、陶磁器のティーカップや、銀製の燭台や、象眼模様のテーブル（クレイ家にはそうした素敵な調度品がふんだんにあった）に憧れた青年たち、充分に名門の出とはいえない青年たち、あの大聖堂の町のそれなりに野心家の青年たちだっただろう。彼女がまず魅了したのはそのような男性たちであり、つぎには彼女の兄の友人たちで、オックスフォードやケンブリッジの学生だった。彼らは夏になると訪れ、川で彼女とボート遊びをし、詩人ブラウニングについての議論の続きを文通で交わし、彼女がたまにロンドンに滞在する機会をとらえては、彼女をおそらく、そう、ケンジントン公園に案内する手筈を整えただろう。

「ロンドンで一番素晴らしい場所は、ケンジントンよ。もう十五年か二十年も前の話だけど」と彼女は一度話してくれた。「十分も歩けば、ケンジントン公園に行けたの、まるでこの国の中心にいたようなものね」この言葉から、人はどんな場面でもつくりだすことができる、とファニー・ウィルモットは考えた。たとえば、旧友の画家ミスター・シャーマンに登場してもらい、六月のある晴れた日に、彼に約束の上で彼女を迎えに行かせ、木陰のお茶に誘い出すこともできる（彼らもまたやはり、部屋履きのまま風邪もひかずに気軽に立ち寄れる、そんなパーティーで出会ったのだった）。付添い役の叔母か身内の年配者はそこで待たせておくことにして、ふたりはさらにハイド・パークのサーペンタイン川を見に行く。彼らはサーペンタイン川を眺める。あるいは彼が彼女をボートに乗せて漕いだかもしれない。ふたりはその川を故郷のエイヴォン川と比較する。彼女はその比較をひどく真剣に考えてみたかもしれない、川の眺めは彼女にとってとても重要だったのだから。彼女は舵を取りながらやや前かがみになり、しなやかな体をやや堅苦しくさせてすわっていた。決定的な瞬間に、というのも彼女とふたりきりになれるのはこの時だけだったので、彼は今こそ話そうと心を決めたが、ひどく神経質になり、頭を肩越しにおかしな角度に傾けて話しはじめた、まさにその決定的な瞬間に、彼女はものすごい勢いで話をさえぎった。もう少しで橋にぶつかってしまうところよ、と彼女は叫んだのだ。それはふたりのどちらにとっても、恐怖の、絶望の、啓示の瞬間だった。わたしにはそれを自分のものにすることなどできない、わたしにはそれを所有することなどできない、と彼女は思う。彼のほうは、こんなことなら、彼女はなぜここまでついてきたのかと理解に苦しむ。櫂で思いきり水しぶきをあげながら、彼はボートの向きを変える。たんにぼくに肘鉄を食らわせるためだったのか？　彼はボートを岸へ戻し、彼女に別れを告げる。

その場面の状況は、好きなように変えてもいいわけだ、とファニー・ウィルモットは思い返した。（ピンはどこに落ちたのかしら？）それはイタリアのラヴェンナでもよかったし、彼女が兄のために家を維持してきたあのスコットランドのエディンバラでもよかった。場面も、相手の青年も、全体の細かい手順もすべて違っていたかもしれないが、変わらないのは、彼女の拒絶と、苦渋に満ちた表情と、あとから自分自身に向けた怒りと、自問自答と、安堵、そう、彼女は途方もない安堵を感じたはずだ。おそらくそのすぐ翌日には、彼女は六時に起きだしてマントをまとい、ケンジントンからはるばるその川まで歩いていっただろう。草花や景色がちょうど最適の時刻に、つまり人々がどっと動きだす前に、そこへ行って好きなだけ眺める権利を犠牲にしなかったことを彼女は心から感謝した。望むなら、わたしはベッドで朝食をとることだってできる。自分の独立を犠牲にしなかったのだから。

そう、とファニー・ウィルモットは微笑んだ、ジュリアは自分の習慣を壊そうとしなかった。結婚していたら、習慣も影響を受けずにはいなかっただろうが、それは安泰のままだった。「男なんて人食い鬼よ」彼女はある夕方、冗談半分に言ったが、それはもうひとりの弟子、最近結婚したばかりの娘が、早く夫に会いたいと言って、慌てて駆け出していったときのことだった。

「男なんて人食い鬼よ」彼女は不快そうに笑って言ったのだった。人食い鬼はおそらく、ベッドでとる朝食や、夜明けの川への散歩を邪魔したことだろう。もし子どもができていたら（実際、想像しにくいことなのだが）、どんなことになっていただろう？　彼女が驚くほど警戒を怠らなかったものに、冷気や、疲労や、油っこい食べ物など身体に合わない食物や、すきま風や、暖房された部屋や、ロンドンの地下鉄での移動などがあったが、それというのも、厳密にそのどれが引き金となって、人生を戦場のごときものに一変させてしまう激しい頭痛が起きるのか、彼女には特定できなかったからだ。彼女はつねにこの敵を出し抜こうと懸命で、あたかも競争それ自体が目的であるかのような熱の入れようだったから、万一この敵を完全にうち負かしてしまったら、彼女の人生は少しばかり退屈になっていたことだろう。だが実際には、この綱引きは果てしないもので、いっぽうには彼女が熱烈に愛する夜啼き鶯や風景があり、そう、風景や鶯に彼女はまさに情熱を感じていたのであり、ただ他方で、そうしたものを味わうためには、湿っぽい小道や険しい丘への長く忌まわしい坂を登らねばならず、そんな折翌日にはきまってなにも手につかなくなり、いつもの頭痛に見舞われるのだった。そこで時たま、彼女が身体中の力を巧みに掻き集め、クロッカス（あの艶々して鮮やかな色をした花が、彼女のお気に入りだった）が満開になった週にハンプトンコート来訪を実現できたときには、それはひとつの勝利といえた。それは長続きする喜びであり、永遠に意味のあることだった。彼女はその午後を、かけがえのない日々という首飾りの糸に通したが、この首飾りは彼女があれこれ、この景色あの街と思い出すのに長すぎることもなく、それを指でたどり、それを感じ、ため息をつきながらひとつひとつの独特な雰囲気をしみじみと味わえないほど長すぎることもなかった。

「この前の金曜日はとても美しかったので」と彼女は言った、「わたし行かなくてはと決心したの」そこで彼女はひとりでハンプトンコートを訪ねるという偉大な企てを果たすべく、ウォータールー駅へ出かけていった。当然ながら、だがたぶん愚かなことなのだが、彼女が哀れみを請うたこともない事柄について、人は彼女を哀れみ（たしかに彼女は元来寡黙で、戦士が敵のことを話すようにしか、自分の健康について語らなかった）、彼女がつねに何事もひとりでするのを哀れんでいた。彼女の兄は死んでいた。彼女の妹は喘息だった。彼女は、エディンバラの気候が妹に合うことに気づいたが、彼女自身が住むのにはそこは侘しすぎた。それにたぶん、彼女は思い出を苦痛に感じていたのかもしれない、というのも彼女の兄、あの一流の考古学者がその地で死に、彼女は兄を愛していたからだ。彼女はひとりきりで、ブロンプトン通りから入ったところにある小さな家に暮らしていた。

ファニー・ウィルモットは絨毯の上にピンを見つけ、拾い上げた。彼女はミス・クレイのほうを見た。ミス・クレイはそんなに孤独だろうか？　いや、ミス・クレイは着実に、このうえなく、たとえほんの一瞬だけであろうと、幸せな女性なのだ。ファニーは彼女の恍惚の瞬間をとらえたのだ。彼女はそこにすわり、ピアノからなかば振り返り、両手を膝の上で閉じてカーネーションを下から包み込み、彼女の後ろでは窓がくっきりと四角く浮かび、カーテンのない窓は夕闇に紫に染まり、その紫は、まばゆい電灯ががらんとした音楽室を隈なく照らしだしている今は、いっそう濃さを増している。ジュリア・クレイは花を持って前かがみになり、こぢんまりとすわっているが、その姿はロンドンの夜から浮かび上がってきたように、ロンドンの夜をマントがわりに背後に放り投げたように見える。剝きだしで強烈なロンドンの夜は、彼女の精神の発光のようで、彼女が自分を覆うためにつくりだしたもののようで、彼女自身のようだ。ファニーは目を凝らした。

ファニー・ウィルモットの視線には、つかのますべてが透明になり、あたかもミス・クレイの身体を透かして、彼女の存在の基盤そのものが、純粋な銀の雫となってほとばしるのが見えるようだった。ミス・クレイがあとにした過去が、彼女にはつぎつぎに溯って見えてきた。ケースに入った緑色のローマ時代の花瓶が見え、合唱隊員がクリケットに興じるのが聞こえ、ジュリアが芝生へつづく曲がり階段を静かに降りてくるのが見え、ヒマラヤスギの下で彼女がお茶を入れるのが、彼女が老人の手をそっと両手で包むのが見え、古びた大聖堂の町にある住まいの廊下を、洗濯に出すタオルを集めながら彼女が歩きまわるのが、歩きながら取るに足らない日常生活を嘆くのが、しだいに年をとり、この年齢では派手で着られないと、夏がくるたびに衣服をしまうのが、父親の看病をするのが、彼女の意思が自分ひとりの目標をめざして固まると、前にも増してまっすぐに人生を切り開くのが、質素に旅行をするのが、費用を見積もりながら、旅行や古い鏡を買うのにかかる金額を、口の固い財布から慎重に取り出すのが、人がなんと言おうと、自分自身のために自分の喜びを選ぶことに断固としてこだわるのが見えた。彼女には見えた、ジュリアが……。

彼女にはジュリアが両腕を広げるのが見え、彼女が光り輝くのが見え、彼女が燃え上がるのが見えた。背後の夜の闇に、彼女は純白の星のように燃えた。ジュリアは彼女にキスした。ジュリアは彼女を所有した。

「スレイターのピンは役立たず」ミス・クレイはあやしげに笑って、両腕を緩めながら言い、ファニー・ウィルモットは震える指で花を胸もとにピンで留めた。

ミス・ファーとミス・スキーン
Miss Furr and Miss Skeene

ガートルード・スタイン

ヘレン・ファーはじつに気持ちのいい家を持っていた。ミセス・ファーはじつに気持ちのいい女性で、ミスター・ファーはじつに気持ちのいい男性だった。ヘレン・ファーはじつに気持ちのいい声を、磨きをかける価値がじつにある声をしていた。彼女は練習を厭わなかった。彼女は声に磨きをかけようと練習した。彼女はいつも暮らしてきた同じ場所で暮らすのを楽しいと感じなかった。人々が声とか、磨きをかける必要のあるなにかに磨きをかけている場所に彼女は出かけた。彼女はそこでジョジーン・スキーンに出会い、この女性もじつに気持ちがいいと言われている声に磨きをかけていた。ヘレン・ファーとジョジーン・スキーンはそれからいっしょに暮らした。ジョジーン・スキーンは旅行が好きだった。ヘレン・ファーは旅行に興味がなく、ひとところに滞在し、そこで楽しくしているのが好きだった。彼女たちはいっしょに過ごし、よそに旅行し、そこに滞在して、そこで楽しくしていた。

彼女たちはそこに滞在して、そこで楽しくし、そこで過度に楽しくするということはなく、そこでただ楽しくしていた。彼女たちはふたりともそこで楽しくし、きちんと練習し、ふたりともそこで声に磨きをかけ、そこで楽しくしていた。ジョジーン・スキーンはそこで楽しくし、きちんとし、きちんと楽しくし、楽しくないときもきちんとし、きちんと楽しくして、必要以上には楽しくしない人としてきちんとしていた。彼女たちはふたりともそのときそこで楽しくし、ふたりともそのときそこで練習していた。

彼女たちはふたりともそこでまずまず楽しくし、そこにはなにかに磨きをかけている人がたくさんいた。彼女たちはふたりともそこできちんと楽しくしていた。ヘレン・ファーはそこで楽しくし、彼女はそこでますます楽しくし、そこで本当に彼女はただ楽しくし、彼女はそこでますます楽しくし、つまり彼女はそこで楽しくするやり方を見つけ、それを試してそこで楽しくしていた。彼女はそこで楽しくし、ますます楽しくするということはなく、ただそこで楽しくし、つまりそこで見つけたこと、楽しいことを試してますます楽しくしたということはなく、彼女はそこで楽しくし、彼女はそこでいつも楽しくしていた。

ヘレン・ファーとジョジーン・スキーン、彼女たちはそこでじつにきちんと楽しくし、彼女たちはそこできちんと楽しくし、そこで彼女たちは楽しくしていた。彼女たちはとてもきちんと楽しくしていた。

きちんと楽しくしていることは、彼女たちが毎日していた楽しいことを毎日することだった。きちんと楽しくしていることは、きちんと楽しくしたあとで毎日を同じ時間に終えることだった。彼女たちはきちんと楽しくしていた。彼女たちは毎日楽しくしていた。彼女たちは毎日を同じように同じ時間に終え、彼女たちは毎日きちんと楽しくしていた。

ヘレン・ファーが磨きをかけていた声はじつに気持ちのいいものだった。ジョジーン・スキーンが磨きをかけていた声は、もっといいと言う人もいた。ヘレン・ファーが磨きをかけていた声は彼女が磨きをかけたもので、それはそのときじつに完璧に充分気持ちのいい声で、そのとき充分磨きをかけられた声だった。ジョジーン・スキーンが磨きをかけていた声は、彼女がそれほど磨きをかけなかった声だった。彼女はそれにじつになかなかの磨きをかけた。彼女は磨きをかけ、それからもその声に磨きをかけつづけ、その声はそのとき気持ちのよくない声ではなかったし、それからも気持ちのよくない声ではなく、それはじつに見事に充分磨きをかけられた声で、じつに充分見事に、充分気持ちのいい声だった。

彼女たちは楽しくし、そこにはなにかに磨きをかけている人がたくさんいた。ふたりはそこで楽しくし、そこできちんと楽しくしていた。ジョジーン・スキーンはもっと旅行をしたかった。彼女たちはちょっと旅行をし、過度にたくさんの旅行はせず、ジョジーン・スキーンはもっと旅行をしたかったし、ヘレン・ファーは旅行に興味がなく、彼女はひとところに滞在し、そこで楽しくしているのが好きだった。

彼女たちはひとところに滞在し、そこで楽しくし、ふたりともそこに滞在し、彼女たちはそこでいっしょに滞在し、彼女たちはそこで楽しくし、そこできちんと楽しくしていた。

彼女たちはじつにしばしば、過度にしばしばではないが出かけていき、彼女たちはヘレン・ファーが充分気持ちのいい家を持っている場所に出かけもし、それからジョジーン・スキーンは兄がじつになかなかの名士になっているところにも出かけた。彼女たちはふたりとも出かけ、何年かごとにヘレン・ファーがじつに気持ちのいい家を持っている場所を訪ねた。もちろんヘレン・ファーは滞在するのを楽しいと感じず、彼女はそれを楽しいと感じず、彼女は滞在するつもりはないと言い、彼女はそれを楽しいと感じないと言い、楽しいと感じないところに滞在するつもりはないと言い、彼女が滞在していた元の場所を楽しく感じると言い、とてもたくさんの人がなにかに磨きをかけているところに彼女は滞在したのだった。彼女はそこに滞在したのだった。彼女はいつもそこを楽しいと感じたのだった。

彼女は自分がいつも暮らしてきたところへ彼らに会うために出かけ、彼女はそこを楽しいと感じなかった。彼女はそこに気持ちのいい家を持っていて、ミセス・ファーは充分気持ちのいい女性で、ミスター・ファーは充分気持ちのいい男性で、ヘレンが彼らに、いつも暮らしてきたところで暮らすのを楽しいと感じないと話しても、彼らは心配しなかった。

ジョジーン・スキーンとヘレン・ファーはふたりとも声に磨きをかけながら暮らし、彼女たちはそこで楽しくしていた。彼女たちはヘレン・ファーの故郷を訪ね、それから彼女たちは自分たちが暮らしていた元の場所、彼女たちがそのときときちんと暮らしていた場所へ帰った。

そこにはそのとき何人かの肌の黒い太った男たちがいた。そんなに太っていない人も何人かいて、そんなに黒くない人も何人かいた。ヘレン・ファーとジョジーン・スキーンは彼らときちんと会った。彼女たちは黒くて太った男たちときちんと会った。彼女たちはそれほど黒くない人たちともきちんと会った。彼女たちはそれほど太っていない人たちともきちんと会った。彼女たちは彼らときちんと会い、その中の何人かと会った。彼女たちは彼らときちんと出かけ、彼らと出かけていった。彼女たちはそのときときちんとし、彼女たちはそのとき楽しくし、彼女たちはそのとき自分たちの望むところにいて、そのとき楽しくしていられるところにいて、彼女たちはそのときときちんと楽しくしていた。そのときそこには黒くて太った男たちがいて、彼らは彼女たちと、ヘレン・ファーとジョジーン・スキーンと会い、彼らは彼女たちと出かけ、ミス・ファーとミス・スキーンと出かけ、彼女たちは太った黒い男たちと出かけ、ミス・ファーとミス・スキーンは彼らと出かけ、彼女たちは彼らと会い、ミス・ファーとミス・スキーンは彼らと会い、ほかにも男たちがいて、太っていない男たちもいて、彼らはミス・ファーとミス・スキーンと会い、ミス・ファーとミス・スキーンは彼らと会い、黒くない男たちもいて、彼らはミス・ファーとミス・スキーンと会い、ミス・ファーとミス・スキーンは彼らと会った。ミス・ファーとミス・スキーンは彼らと出かけ、彼らはミス・ファーとミス・スキーンと出かけ、太っていない男たちもいて、黒くない男たちもいた。ミス・ファーとミス・スキーンはきちんと会い、彼女たちは何人かの男たちと会った。ミス・ファーとミス・スキーンは出かけ、何人かの男たちが彼女たちと出かけた。男たちがいて、ミス・ファーとミス・スキーンは彼らと出かけ、彼らとどこかに出かけ、その中の何人かと出かけた。

ヘレン・ファーとジョジーン・スキーンはとてもたくさんの人が自分のなにかに磨きをかけながら暮らしている場所できちんと暮らしていた。ヘレン・ファーとジョジーン・スキーンはそのときとてもきちんと暮らし、そのときとてもきちんと楽しくしていた。彼女たちはそのとき楽しくするたくさんのやり方を覚え、彼女たちはそのとき楽しくし、じつにきちんと楽しくし、楽しくして、彼女たちはちょっとしたこと、楽しくするやり方についてちょっとしたことを覚え、彼女たちはそのときとてもきちんとし、彼女たちは楽しくするやり方についてちょっとしたことをとてもたくさん覚え、彼女たちは楽しくし、こうしたちょっとしたことを試して彼女たちは楽しくしているのを覚え、そのときときちんと楽しくし、それまで楽しかったのと同じだけ楽しくしくしていた。彼女たちはじつに楽しくしくし、彼女たちはじつにきちんとし、彼女たちはちょっとしたこと、楽しいちょっとしたことを覚え、彼女たちは心から、それまで楽しかったのと同じだけ楽しくし、彼女たちは毎日楽しかったのと同じだけ長く楽しくしくした。

彼女たちはきちんと楽しくしくし、彼女たちはちょっとしたこと、楽しくするためのことを覚え、彼女たちはたくさんのちょっとしたこと、楽しくするためのことを覚え、彼女たちは毎日楽しくしくし、彼女たちはきちんとし、彼女たちは楽しくしくし、彼女たちは毎日同じだけ長く楽しくしくし、彼女たちは楽しくしくし、彼女たちはじつにきちんと楽しくしくしていた。

ジョジーン・スキーンは兄のところに二ヵ月滞在しに出かけた。ヘレン・ファーはそのとき父と母のところに滞在しに出かけなかった。ヘレン・ファーはそこに、ふたりがそろってきちんと暮らしてきた場所に滞在し、彼女はそのときもちろん寂しくはなく、彼女は楽しくしつづけようとした。彼女は楽しくしくしつづけた。彼女はもう楽しくなかったが、彼女たちが楽しくしくしていたときより、彼女たちがいっしょに楽しくしくしていたときより長く毎日楽しくしくしていた。彼女はそのときじつにまったく同じように楽しくしくしていた。彼女は楽しくするちょっとしたやり方をさらにいくつか覚えた。彼女はじつに楽しくしくし、同じように、彼女が楽しくしていたのと同じように楽しくし、彼女は毎日ちょっとばかり長く楽しくし、毎日いっそう楽しくしていた。彼女はふたりがそろって楽しくしていたときより長く毎日楽しくしていた。彼女は彼女たちが楽しくしていたのとじつに同じように楽しく、じつに同じようにしていた。

彼女はそのとき寂しくなく、ジョジーン・スキーンのそばにいたいとはちっとも感じなかった。彼女はこのことに驚かなかった。彼女はこのことにちょっと驚いてもよかったのだが、彼女は自分がなにに対しても驚かないことを知っていたので、彼女はこのことに驚かず、ジョジーン・スキーンのそばにいたいとは感じないことに驚かなかった。

ヘレン・ファーはじつに完璧に気持ちのいい声をしていて、それはじつに充分よく磨きをかけられ、彼女はそれを試すことができ、彼女はそれを試したが、それがじつに完璧に充分よく磨かれた声になってしまえば、完璧に気持ちのいい声に磨きをかけようと練習することはできず、その声で楽しくしたいと思わないときには、声を試すことはあまり試しがいがなかった。ヘレン・ファーは楽しくするために自分の声を試す必要はなかった。彼女はそのとき楽しくし、時々彼女は自分の声を試し、過度にしばしば試すことはなかった。それはじつに完璧に充分磨かれた声で、それはじつに完璧に気持ちのいい声で、彼女はそれを過度にしばしば試すことはなかった。彼女はそのとき、それまでとじつにまったく同じように楽しくし、彼女はそれまでよりもちょっとばかり長く毎日楽しくしていた。

彼女はまったく同じように楽しくした。彼女はそんなふうに楽しくしているのに飽きることはなかった。彼女は楽しくしようと試してみるとてもたくさんのちょっとしたやり方を覚え、とてもたくさんの人が楽しくするほかのやり方を試すことについて話した。彼女は充分楽しくし、彼女はいつもまったく同じように楽しくし、彼女はいつも楽しくしようと試してみるちょっとしたやり方を覚え、彼女は楽しくするほかのやり方を試すことについて話し、彼女は楽しくするほかのやり方を覚えることについて話し、彼女は楽しくするほかのやり方を覚え、彼女は楽しくするほかのやり方を試し、ジョジーン・スキーンがいないときはジョジーン・スキーンがそこにいたときより長く毎日楽しくしていた。

彼女は楽しくするたくさんのやり方を試すようになり、彼女は楽しくするあらゆるやり方を試すようになった。彼女はたくさんの人がなにかに磨きをかけているところに出かけて暮らし、彼女は楽しくし、彼女は楽しくするあらゆるやり方を試した。

彼女たち、ヘレン・ファーとジョジーン・スキーンはそれからいっしょに暮らさなくなった。ヘレン・ファーは彼女たちがきちんといっしょに暮らしてきた場所でなおしばらくのあいだ暮らした。それからふたりともそこでもう暮らさなくなった。ヘレン・ファーはどこかほかのところで暮らし、楽しくすることについて人に話し、彼女はそのとき楽しくし、彼女はそのときじつにきちんと暮らしていた。彼女はそこできちんと楽しくしていた。彼女はそこでじつにきちんと楽しくしていた。彼女は楽しくするちょっとしたやり方をすべて覚えていた。彼女は楽しくするちょっとしたやり方をすべて試した。彼女はじつにきちんと楽しくしていた。彼女はそのときたくさんの人に楽しくするやり方を教え、彼女はそのときとてもたくさんの人に楽しくしようと試してみるちょっとしたやり方を教えた。彼女はとてもいいぐあいに暮らし、彼女はそれからも楽しくしながら暮らしつづけ、彼女はきちんと楽しくし、彼女はいつもとてもいいぐあいに暮らし、とてもいいぐあいに楽しくし、楽しくしようと覚えて試してみるちょっとしたやり方について話し、そしてやがてそのことをじつにしばしば、そのことを繰り返し繰り返し話すのだった。

無化

Cassation

デューナ・バーンズ

「奥さま、ドイツをご存じですの、春のドイツを？　あの時期のドイツは素敵じゃありません？　広々として爽やかで、シュプレー川が細く黒く曲がりくねって。それにバラ！　窓辺には黄色いバラが咲いて、どっしりとしたドイツ人男性たちがビールジョッキごしに、笑いさざめく軽やかな女性たちをじっと眺めていて、そうしたカップルたちのあいだを、お喋りで陽気なアメリカ人たちが縫い歩いていくんですよね。

ちょうどそんな春、三年前のことでしたの、わたしがロシアからベルリンに出てきたのは。わたしはほんの十六歳で、考えることといったらダンサーになることだけでした。時々そんなふうになりますでしょ。何ヵ月ものあいだひとつのことだけに夢中になって、それからまったく違うものというぐあいに、そうじゃありませんこと？　わたしはツェルテン通りの端のカフェによくすわっては、卵を食べてコーヒーを飲んだり、スズメが突然雨のように舞い降りてくる様子を眺めたりしていました。スズメたちときたら、テーブルに一斉に着地して、一斉に食べこぼしを平らげると、また一斉に空に舞い戻っていってしまうんで、カフェはあっというまに鳥でいっぱいになったかと思うと、また同じようにあっというまに一羽もいなくなってしまうという感じでしたの。

わたしとだいたい同じ時刻、午後の四時頃に時々女の人がここに来ていましたの。一度その人は小柄な男性と連れだって来たこともあったんですけど、ひどくぼんやりとした頼りない感じの男の人でした。でもその女の人がどんなふうだったかをまず説明しないといけませんね。気難し屋で背が高くて、頑丈そうで痩せていました。その時は四十歳だったはずですけど、豪華にそれでいて無頓着に着飾っていましたわ。まるで服をちゃんと身につけていることができないかのように、両肩はいつも出てしまっていましたし、スカートは釘に引っかけてばかり、ハンドバッグもよく置き忘れていましたけど、いつも宝石だけは必要以上に身につけていました。あの人にはどこか決然とした芝居がかった様子があって、まるであの人がちょっとした竜巻の中心で、身につける衣装がそれに一時的に襲われた瓦礫の山かなにかのようでした。

時々あの人はスズメにクックックッと呼びかけたり、ワイン係に話しかけたり、外側に突き出たいくつもの指輪の隙間からものを見るみたいに、ぎゅっと指を組んでみたりして、とても活き活きしていて、同時にとてもやつれていました。連れの華奢な小男のほうは、あの人はその男によく英語で話しかけていたものですから、ふたりがどこの出身なのかはわかりませんでしたわ。

あるときわたしは一週間ほどそのカフェに顔を出さないでいましたの。舞台のオーディシヨンを受けているところで、バレエダンサーを募集していると聞いて、どうしてもその役につきたくて、ほかのことは頭からすっかり消し飛んでしまってたんです。ひとりきりで動物園を歩きまわったり、歴代の偉大なドイツ皇帝たちの像が未亡人のように立ち並ぶ戦勝通りをさまよい歩いたりしたものでした。それから急にツェルテン通りや鳥やあの背の高い奇妙な女の人のことを思い出して、そこへまた行ってみましたの。そうしたらあの人がいて、庭にすわってビールをちびちびと飲んでは、スズメにクックッと呼びかけていました。

わたしが入っていくと、あの人はすぐに立ち上がって、近づいてきて言いました。「あら、こんにちは。あなたが来なくなって寂しかったのよ。出かけるってどうして言ってくれなかったの？　わたしにもできることがあったかもしれないのに」

あの人はそんなふうに話しました。まったく淀みなく澄んでいて、心に染みわたるような声でした。「わたしの家は」と、あの人は言いました、「ちょうどシュプレー川の岸辺にあるの。わたしのところに泊まればよかったのに。大きくて広々とした家で、わたしの部屋のすぐ隣を使ってもらえたのよ。住みこなすのは難しいけど、素敵な家よ——ほらイタリア様式っていうのかしら、ヴェネチア派の絵で目にするような内装でね、若い乙女たちが聖母マリアを夢見て横たわっているような絵があるでしょ。あなたにも同じ敬虔な気持ちがありそうだから、きっとそこで眠ることができるわ」

どういうわけか、あの人がわたしに近寄ってきて話しかけるのを、ちっとも変なことのようには感じなかったんです。この庭でまたいつかお会いすることがあったら、いっしょに「お宅」に行くことにしましょうってわたしが言いましたら、あの人は喜んだみたいでしたけど、驚いたようには見えませんでした。

それからある晩のこと、わたしたちはまったく同時にその庭に入っていったんです。時刻も遅くて、バイオリン演奏がもう始まっていました。わたしたちはいっしょにすわって、話もせず、ただ音楽に耳を傾けて、そのオーケストラでただひとりの女性楽団員の演奏に感嘆していましたの。その楽団員は自分の指の動きを一心不乱に見つめていて、見ようとするあまりあごの上にのしかかるようでした。それから突然あの人が硬貨をまき散らしながら立ち上がったので、あとについていくと、しまいに大きな屋敷について、あの人は鍵をあけると中に入っていきました。それから左に曲がって、暗い部屋に入っていって明かりをつけると、腰をおろして言いました。「ここがわたしたちが寝る場所よ、こんなぐあいになっているの」

すべてが乱雑で、贅沢で、憂鬱な感じでした。すべてが嵩張っていて背が高いか、ゆったりしていて幅が広いかだったんです。衣装ダンスはわたしの頭上に聳え立っていましたし、陶器のストーブは巨大で白く、青い花がエナメル塗りになっていました。ベッドはとても高いので、征服しなければならないものにしか見えませんでした。壁という壁は本棚になっていて、本はどれも赤いモロッコ革の装丁で、背には金色で複雑な重苦しい感じの紋章が刻み込まれていましたっけ。あの人は呼び鈴を鳴らしてお茶の準備をさせると、帽子を脱ぎはじめました。

大きな戦争の絵がベッドの上に架かっていましたけど、絵とベッドはどちらも会戦の突撃のさなかで、雄馬の巨大な腰がいくつも枕に繋がれているようでした。外国ふうの兜を被り、血の滴る剣をかまえた将官たちが、渦巻く煙の中、血を流している瀕死の兵士たちのあいだを怒鳴りちらしながら疾駆して、今やベッドを襲撃しているようにも見えました。ベッドはそれほど広くて、乱れて、荒れはてた様子をしていたんです。シーツは下にずり落ち、上掛けは破れて垂れさがり、羽毛は床で震え、開いた窓からの微風に揺れていました。あの人はもの哀しげに辛そうに微笑んでいましたけど、無言のままでしたので、わたしが子どもに気づいたのはそれからしばらくたってからのことでした。三歳くらいの小さな子どもで、ふたつの枕のあいだに横たわって、か細い声を出していました。それは蝿の小さな羽音のようで、はじめ蝿がいるのかと勘違いしたほどだったんです。

あの人はその子には話しかけず、それどころか、まるでその子が自分のベッドにいることに気づかないかのように、そちらをちらりと見やりさえしませんでした。お茶が運ばれてくると、あの人はお茶を入れてくれましたけど、自分では一口も飲まずに、かわりにラインワインを小さなグラスで何杯か飲みました。

「ルートヴィヒには会ったことがあるわね」と、あの人は悲しそうな声で消え入るように言いました。「結婚して長いことなるのよ、あの人は当時まだほんの少年だったわ。わたしのこと？　わたしはイタリア人だけど、英語とドイツ語を勉強したの、巡業中の一座といっしょだったからよ。あなたはね」と、あの人は唐突に言いました、「あなたはバレエを――芝居を――舞台に立つことを諦めなさい」どういうわけか、言った覚えもないのに、あの人がわたしの大きな夢を知っていることを、わたしは奇妙だと感じなかったんです。「それに」と、あの人は続けました、「あなたは舞台向きではないし、もっと静かに、ひとりでやることのほうが向いてるわ。ほら、わたしはドイツがとても好きで、ずいぶん長いことここに住んでいるでしょ。あなたも滞在して様子をみてみるといいわ。ルートヴィヒを見たと思うけど、彼が強くないってことはわかったでしょう。いつも衰弱していくばかりだってあなたも気づいたでしょう。彼を苦しめてはいけないのよ、もうなにも耐えることができないのだもの。彼には自分専用の個室があるの」あの人は突然疲労の波に襲われたようで、立ち上がると、ベッドの裾の部分に身を投げ出して、あっというまに眠りに落ちてしまい、髪はあたり一面に乱れたままでした。わたしは一度立ち去ったんですけど、晩になって戻ってくると、窓を叩いたんです。あの人は窓辺にきて、わたしに合図をしてから、まもなくその寝室の右隣のべつの窓辺に姿を現して手招きしたので、わたしは近づくと、よじ登って中に入りました。あの人がわたしのために玄関を開けてくれなかったことなど、ぜんぜん気にならなかったんです。部屋は暗くて、月明かりと、聖母マリアの前で燃える二本の細い蠟燭があるだけでした。

奥さま、それは美しい部屋でしたのよ、あの人が言ったように「哀しげ」で。すべてが重々しくて、時を感じさせ、陰気でした。ベッドのまわりのカーテンは、イタリア様式っていうのかしら、赤いベルベットでできていて、金糸で縁取りがしてありました。ベッドカバーは深紅のベルベットで、同じように金糸で縁取られ、ベッドのわきには小卓があって、その上に置かれた房つきの赤いクッションには、イタリア語の聖書が開かれていました。

あの人はわたしに長い寝間着をくれたんですけど、それはわたしの足もとで折り返しても膝まで届くほどでした。それからあの人はわたしの髪をといてくれました。当時は長くて、黄色い髪をしていたんですけどね。それをふたつのお下げに編むと、自分のわきにわたしを跪かせて、ドイツ語で、それからイタリア語でお祈りをして、最後に「神の恵みがあらんことを」と英語でつけ加えました。こうしてわたしはベッドに入ったんです。この奇妙な寝支度につきあわされただけで、ほかにはなにもしなくてよかったので、わたしはあの人のことをとても好ましく思いました。あの人はそれから出ていきました。夜中、子どもが泣いているのが聞こえたんですけど、わたしは疲れていました。

わたしは一年ほどそのお屋敷にいました。舞台の夢はすっかり消し飛んでしまいましたの。まるで修道女になったような感じでした。あのはじめの晩に、あとについてお祈りを唱えて眠りに落ちることで始まった穏やかな宗教でしたけれど、わたしたちがその儀式を繰り返すことはありませんでした。その宗教は、家具やその部屋全体の空気やわたしには読めないページが開かれた聖書などと渾然一体となってできあがっていったんです。宗教といっても、奥さま、欲求といったものがそもそも欠けていましたから、たぶん神聖なものでもなくて、宗教らしくもないものだったでしょうね。ただ、わたしは幸せで、そこに一年間暮らしました。ルートヴィヒにはほとんど会いませんでしたし、ヴァレンティーヌにもほとんど会いませんでした。これがあの人の子どもの名前、あの小さな女の子の名前だったんです。

でも一年も終わりに近づくと、屋敷の中では問題がもちあがっていることがわかりました。夜になるとあの人が歩きまわる音が聞こえましたし、時々ルートヴィヒもいっしょで、彼が泣いたり、話したりしているのも聞こえてきましたけど、なにを言っているのかまではわかりませんでした。なにかの授業のようにも聞こえて、子どもになにか復唱させようとしているようでしたけど、もしそうだったとしても、答えが聞こえてきたことはありませんでした。だってあの子は、音といえば、あの羽音のような泣き声以外には出したことがなかったんですもの。

時々ドイツが素晴らしくなることがありますよね、奥さま、そうじゃありませんこと？ドイツの冬ほどのものってありませんよね。あの人とわたしはよく宮殿を歩きまわったんですけど、あの人は大砲を叩いては、見事だなんて言ったりしてましたっけ。わたしたちは哲学について語りました。だってあの人はいろいろな考えで頭が混乱していたんですもの。でもあの人はいつも同じ結論に行き着いてしまうんです。それは、誰でもほかの人のようにならなければならないし、なるように努力すべきだっていうものでした。みずからが同時にあらゆる人のようになることは、神聖なことなんだって、あの人は説明していました。「汝、隣人を汝のごとく愛せ」という言葉の意味をみんな理解していないって、あの人は言っていました。人は、ほかの人のようになると同時に自分自身であるべきで、そうすれば人は破滅すると同時に力強くなれるんだって、言っていましたっけ。

あの人はうまくやっているように見えることもありました。つまり少なくともあの人のイタリア人の心の中では、すっかりドイツ人になりきっていたっていうことです。非のうちどころなく落ち着きはらっていて、それでいて苦しんでいるので、わたしにはあの人が怖いようでもあり、怖くないようでもありました。

そんなふうだったんです、奥さま、あの人はそんなふうでいることを望んでいたみたいでした。といっても夜になると、気もそぞろになって取り乱して、あの人が自分の部屋を行ったり来たりする音が聞こえてきましたけれど。

それからある晩あの人が入ってきてわたしを起こすと、部屋に来てほしいと言いましたの。部屋は今までにないほど乱雑でした。前にはなかった小さな簡易ベッドがありましてね。あの人はそれを指さして、わたしのためのものだと言いましたの。

子どもは大きなベッドに寝ていて、レース編み用の大きなクッションを枕がわりにあてがわれていました。今では四歳になっていましたけど、歩くこともできず、喋るのを聞いたこともありませんし、出す音といえばあの羽音のような泣き声だけでした。白痴の子に特有のちょっと崩れた美しさがあって、捕獲者のいない神聖な獣といった様子で、汚れのない心と無為の時間に浸りきっていました。蜂蜜色の髪をして、精気がなくて、聖書の版画や聖ヴァレンタインデーのカードに描かれている小さな天使のようでした。おわかりいただけますかしら、奥さま。訪れることのない特別な日、一生待っても訪れるはずもないそんな日のために取っておかれたもののようでした。女主人は静かに話していましたけど、以前の面影はどこにもありませんでした。

「あなたはこれからここで眠るのよ」と、あの人は言いました、「わたしはこの時のために、もしかしたら必要になるかもしれないと思って、あなたを連れてきたの。そして今あなたが必要になったの。あなたはここにいなければならないのよ、いつまでもいなければならないのよ」それからあの人は言いました、「いてくれるわね？」そしてわたしは、そんなことはできないと言いましたの。

あの人は蠟燭を取り上げて、それを床のわたしの横に置くと、その傍らに跪いて、わたしの膝に両腕をまわしました。「あなたは裏切り者なの？」と、あの人は言いました、「わたしの家に、彼の家に、わたしの子どもの家に入り込んできて、それでわたしたちを裏切るというの？」だからわたしは、違う、裏切ろうと思ってきたわけじゃなかったと言いました。

「それなら」と、あの人は言いました、「言ったとおりにしてくれるわね。わたしがゆっくり、ゆっくりと教えてあげるから。面倒なことはなにもなくてよ。でもあなたは忘れるようにしなければいけないわ。なにもかもすっかり忘れるの。人から教えてもらったことはみんな忘れなさい。議論や哲学は忘れなさい。そんなことを話したりして、わたしまちがっていたわ。そういうことをすれば、あなたが、あの子の心の時間にゆっくりと合わせられるようになって、あの子に合わせて時間の流れを否定したり、取り残されて締め出されているあの子の立場にすんなりと入り込んでいけるようになるんじゃないかって、考えてのことだったんだけど。やり方をまちがえていたわ。わたし、自惚れていたのね。あなたのほうがきっとうまくやれるわ。わたしを許してね」あの人は両手のひらを床につけると、顔をわたしに近づけました。「あなたはここ以外の部屋は見てはだめよ。あなたを散歩に連れていったりして、すごく無駄なことをしたわ。これからはここでゆったりと暮らしてみて。そうすればわかるわ。あなたの気に入るわ。なによりも気に入るでしょうよ。朝食も昼食も夕食も運んできてあげる。あなたたちふたりの分をわたしが自分で運んできてあげるわ。あなたを膝に乗せて、鳥のようにご飯をあげるわ。揺すって眠りにつかせてあげる。あなたはわたしと議論したりしてはだめ――とりわけ人間やその運命について議論したり話したりしてはだめ――人間には運命なんてないんだから――これはわたしだけの秘密なの――今この瞬間まで、あなたには隠してきたんだけどね。どうして前には言わなかったのかって？　たぶん秘密を独り占めしたいと思っていたのよ。そう、そうに違いないわ。でも今なら、あなたに教えてあげる、この真実をあなたと共有することにするわ。わたしは年のいった女よ」とあの人は、わたしの両膝のところをまだ抱きながら言いました。「ヴァレンティーヌが生まれたとき、ルートヴィヒはまだほんの少年だったの」あの人は立ち上がって、わたしの後ろにまわりました。「彼は強くないの。弱い人が世界じゅうで一番強いってことが彼にはわからないのよ、自分がそうだから。彼にはあの子を助けることなんてできないの、ふたりではどうしようもないから。わたしにはあなたが必要なの、あなたでなければだめなのよ」突然、あの人はそばの子どもに話しかけるように話しはじめて、わたしに話しているのかそれとも子どもに話しているのか、わたしにはわからなくなってしまいました。「わたしのあとに続けて言ったりしなくていいのよ。どうして子どもは人の言うことを繰り返さなくちゃならないのかしら？　世界じゅうどこにいっても騒音だらけで、その騒音がトラの口の中みたいに熱く充満しているっていうのに。人はそれを文明と呼ぶけれど――そんなの嘘よ！　でもいつの日か、あなたは出ていかなければならない。誰かがあなたを外に連れ出そうとするわ。でもあなたにはその人たちや、その人たちの言っていることを理解することができないのよ、あなたが無というものを、まったくの無というものを理解しているのでないかぎりはね。でもそういう状態になっていれば、あなたはなんとかやっていけるのよ」あの人は動きまわって、わたしたちのほうを向き、壁に背を向けました。「ほら」とあの人は言いました、「もうすっかり終わったのよ、もういなくなってしまったわ、怖がらなくていいのよ。あなたしかここにはいないんだから。星が出て、雪が降って、世界を覆ってしまうのよ、垣根を、家を、街灯を。いいえ、違うわ！」とあの人は独りごとを言いました、「待って。あなたを立たせて、リボンを結んであげましょう。それからいっしょにお出かけして、白鳥のいる庭に行くの。花も蜂も小さな動物もいるのよ。そして学校の生徒さんたちも来るでしょう。だって夏になるし、みんな本を読みふけるでしょうから——」あの人は急に言葉を切り、それからまたふたたび、興奮して話しはじめたんですけど、今度はまるで本当に子どもに話しかけているようでした。「カーチャがあなたといっしょに行くのよ。カーチャが教えてくれるわ、白鳥なんていないってこと、花も動物も男の子たちもいないってことをカーチャが教えてくれる——まったくなんにも、なにひとつないのよ、すっかりあなたの望んでいるとおりにね。心もないし、考えることもないし、いっさいなにひとつないの。呼び鈴が鳴ることもないし、人が話すこともないし、鳥が飛ぶこともないし、男の子たちが動くこともないのよ。生まれたり死んだりすることもないの。哀しみもないし、笑いもないし、キスもないし、泣くこともないし、怖いことも、喜びもないの。食べることも、飲むことも、ゲームもダンスもないの。お父さんもお母さんもいないし、妹も弟もいないのよ——あなただけ、あなたがいるだけなのよ！」

わたしはあの人をさえぎって言いましたの。「ガヤ、なぜあなたはそんなに苦しまなければならないの、わたしはどうすればいいの？」わたしは両腕をあの人にまわそうとしたんですけど、あの人は泣きながらそれをはねのけました。「黙って！」それから顔をわたしに近づけて言いました。「あの子には摑まろうにも鉤爪がないし、猟に必要な足もないし、肉を食べるような口もないの——まったく無なのよ！」

そして、奥さま、わたしは立ち上がりましたの。部屋の中はひどく寒かったんです。窓のところに行って、カーテンを引いたんですけど、明るく星の輝く夜でした。わたしは窓枠に頭をもたせて立ちながら、黙っていました。向き直ると、あの人はわたしのほうを見ていて、両手を高く広げていました。あの人のもとを離れて出ていく潮時だっていうことが、そのときわたしにもわかったんです。そこでわたしはあの人のところに行って、言ったんです。「さようなら、ありがとうございました」そしてわたしが町着に着替えに行って戻ってくると、あの人は闘いの場面の絵に寄り掛かって、両手はだらりと垂れていました。わたしはあの人に近づかないまま「さよなら、愛しい人」と言うと、出ていきました。

時々ベルリンは美しくなりますよね、奥さま、そうじゃありませんこと？　わたしの心の中で新しいものが、パリを見たいという情熱が芽生えたんです。だからわたしがベルリンに別れを告げたのは、ごく自然なことでしたの。

わたしはツェルテン通りのカフェに見おさめに行って、卵を食べコーヒーを飲んで、鳥たちが相変わらずやって来ては去っていくのを眺めていましたの、一斉に近づいてきたかと思うと、一斉に飛び去ってしまう様子を。わたしは心の底から幸せでした、いつもそんな感じになるんです、奥さま、旅に出るときにはいつもね。

でもわたしは一度だけあの人の家にまた行ってみたんです。玄関から簡単に入ることができましてね、どの扉も、どの窓も開いていて、たぶんその日はお掃除の日だったんでしょう。寝室の扉までくると、ノックをしたんですけど、返事はありませんでした。扉を押すと、そこにあの人がいて、子どもといっしょにベッドの上にすわっていて、あの人も子どももあの羽音のような泣き声を立てていて、人間らしい言葉はいっさい聞こえてこなくて、いつものようにすべてが乱雑でした。あの人に近づいていったんですけど、あの人にはわたしだということがわからないみたいでした。わたしは言ったんです、「わたしは旅に出るつもり。パリに行くの。パリに行きたいって気持ちがどんどん高まっているの。だからお別れを言いにきたの」

あの人はベッドからおりて、わたしといっしょに扉のところまで来ましたの。あの人は言ったんです、「許してね——あなたにすっかり頼ってしまっていたのよ——わたしがまちがっていたわ。自分でもできるってことが、わからなかったの、でもほら、わたしにもできるでしょう」それからあの人はベッドの上に戻っていって、言ったんです、「行きなさい」って。それでわたしは立ち去ったんですの。

旅をしていると、奥さま、そんなこともありますよね。そうじゃありませんこと?」

外から見た女子学寮

A Woman's College from Outside

ヴァージニア・ウルフ

羽毛のような白い月のせいで空はいっこうに暗さを増す気配もなく、栗の木の花は一晩じゅう緑に白く映え、シャクの花は草地にぼんやりと浮かび上がっていた。タタール地方へもアラビアへも、ケンブリッジ大学の方庭の風が吹き去っていくことはなく、ただニューナム女子学寮の屋根の上空、青灰色の雲のあいだに夢見ごこちで静かにたゆたっていた。もし彼女がその庭で散策してみたくなったら、木立のあいだを自由に歩きまわることができた。そこでは女性以外の顔に出会うこともなかったので、彼女は無表情な特徴のない顔に戻ることができ、部屋のひとつひとつを覗き込めば、こんな時刻には、無表情な特徴のない顔をして、目には白いまぶたをおろし、指輪のない手をシーツに伸ばして、無数の女性たちが眠りについているのが見られた。だがところどころ、まだ灯りがともっているところもあった。

アンジェラの部屋では、アンジェラその人が輝き、そしてまた四角い鏡に映った彼女の似姿が輝いて、そこには対になった灯りがあるように思えるかもしれない。彼女の全体――おそらくその魂が、そこにはくっきりと浮き彫りにされていた。というのもその鏡は、彼女の揺るぎない姿――白と金の部屋着に赤の部屋履き、青い石を飾った淡色の髪を映しだし、アンジェラその人と鏡に映ったその似姿とのしっとりしたキスを乱すようないかなる揺らめきも翳りもなく、あたかも彼女は自分がアンジェラであることに喜びを覚えているかのようだったからだ。ともかくそれは喜びに満ちた瞬間であり——その輝く絵は夜の真ん中に吊るされ、その聖堂は夕闇にすっぽりとくりぬかれていた。ものごとのあるべき姿がこうして目に見えるかたちで示されているのは、たしかに奇妙なことだった。このユリのような姿は、時というプールに恐れげもなく完全無比のかたちで浮かび、あたかもそれは——鏡に映ったこの似姿は、自分ひとりで満ち足りているかのようだった。振り向いた彼女の顔からは、こうした想いを読みとることができたが、同時に鏡からはすべてが消え去り、あるいはただ真鍮のベッドの枠だけが映り、彼女はあちこちへと走りまわり、軽く叩いて整えては、また駆け出していき、家政婦のようになったかと思うと、ふたたび様子が変わり、唇をすぼめて黒い本の上に覆いかぶさっては、しっかり理解しきったとはいえない経済学の知識を指でたどっていくのだった。アンジェラ・ウィリアムズだけが、ニューナム女子学寮で生計を立てるために勉強していて、熱烈な自己陶酔の瞬間でさえも、スウォンジーにいる父親が送ってくれる小切手や、食器室で洗い物をしている母親を忘れることができなかった。乾かすために物干し綱に吊るされた何枚ものピンクの婦人用ドレス、それはこのユリでさえ、もはやプールに完全無比のかたちで浮かぶわけではなく、ほかの学生と同じように名刺に書かれた名前をもっているということを告げていた。

A・ウィリアムズ——月明かりの中でそれが読めるかもしれず、その隣にはメアリーとかエレノア、ミルドレッド、セアラ、フィービなどという名前が、それぞれの部屋のドアに留められた四角い名刺に書かれているかもしれない。すべてが名前であり、名前でしかない。冷たい白い光がそれらの色を薄めてひからびさせてしまい、今ではこうした名前の唯一の存在理由は、まるで火事を消したり、騒動を鎮めたり、試験に合格したりするように求められたとき、一致団結して立ち上がるということだけになってしまったかのようだった。ドアに留められた名刺に書かれた名前の威力とは、もともとそんな程度のものなのだ。タイルや廊下や寝室のドアがあって、冷えて混じりけのない牛乳の鉢やたくさんのシーツ類の洗濯物が置かれたりして、乳製品製造室や女子修道院にそっくりな様子、隠遁や躾のための場所にそっくりな様子も、そんな程度に感じとられた。

ちょうどその瞬間に、穏やかな笑い声がべつのドアの向こうから聞こえてきた。取り澄ました音色の時計が時報を打った——二時だった。もしこの時計が命令を発しているとしても、それらは無視されていた。火事も騒動も試験も、笑いによってすべてが雪を被ったように隠されてしまい、あるいはやんわりと根こそぎにされてしまったようで、笑い声は深みから際限なく湧き上がり、この遅い時刻や規則や躾といったものを優しく軽々と運び去ってしまったようだった。ベッドの上にはトランプが散らかっていた。サリーは床にいた。ヘレナは椅子にすわっていた。善良なバーサは暖炉のわきで両手を握りしめていた。A・ウィリアムズがあくびをしながら入ってきた。

「だってそれって、まったく嫌になっちゃうほど愚劣なんだもの」とヘレナが言った。

「愚劣だわ」とバーサが繰り返した。それからあくびをした。

「わたしたちは宦官じゃないんだから」

「わたし見たのよ、彼女があの古い帽子を被って、裏門からそっと入ってくるのをね。あの人たちはわたしたちには知られたくないと思っているのよ」

「あの人たち?」とアンジェラが言った。「彼女でしょ」

そして笑いが湧き起こった。

トランプが赤や黄色のマークや数字を見せてテーブルの上に広げられ、彼女たちの手はトランプの中をひらひらと舞った。善良なバーサは頭を椅子にもたせかけて、深いため息をついた。というのも彼女は事情が許せば喜んで眠りについていただろうに、夜は放し飼いの牧場、果てしない野原、まだかたちをなさない豊かさそのものだったので、彼女としてもその暗闇にトンネルを掘りつづけなければならなかったのだ。人は夜を宝石で飾らなければならない。夜はこっそりと分かち合われ、昼は群れ全体によってのろのろと消費される。日よけは上げられていた。霧が庭を覆っていた。(ほかの人たちがトランプをしているあいだ)窓辺の床にすわって、身も心もいっしょに風に吹かれ、茂みを越えて運ばれていくように感じられた。ああ、それにしてもベッドに体を伸ばして眠りたい！　彼女は、眠りたいという自分の願望が誰にも見抜かれていないと思い込んでいて、慎ましやかに——眠気に襲われて——ふいに首をこっくりしたり、左右に揺れたりしながら、ほかの人たちはすっかり目が覚めているのだと思い込んでいた。彼女たちがみんなして声をあげて笑うと、庭では鳥が寝ぼけてさえずり、それはあたかもその笑いが——

そう、あたかもその笑いが(というのも今や彼女はまどろんでいたからだが)、霧のように流れ出していき、柔らかくかたちを変えながら漂って草花や低木の茂みに巻きつき、庭全体がおぼろげに霞んで、雲で覆われたようになっていくようだった。それから一陣の風とともに、茂みが頭を垂れると、白い霞は世界じゅうへ飛ばされていくのだ。

すでに眠りについているすべての女性の部屋から、この霞は生まれ、霧のように灌木に巻きつき、それから外界へと自由に吹かれていった。年輩の女性たちはみな眠っていた。この人たちは目を覚ますや、すぐに職務という象牙の杖を握り締めることだろう。だが彼女たちは、今は穏やかに人目を忘れた姿で、ベッドに体を伸ばして熟睡し、それを取り囲み支えているのは、窓辺にもたれかかったり、寄り集まったりしている若さみなぎる体であり、彼女たちは庭に向かって、この際限なく湧き上がってくる笑いを、この無責任な笑いを発散させていた。心と体から発せられるこの笑いは、規則や遅い時刻や躾といったものを吹き飛ばし、途方もなく豊饒で、それでいてかたちもなく混沌とし、漂う霞となってたなびいてはさまよいながら、バラの茂みを飾るのだった。

「ああ」とアンジェラは息を吐き、寝間着姿で窓辺にたたずんだ。その声には苦痛の響きがあった。彼女は頭を窓の外へ出した。あたかも彼女の声が掻き分けたかのように、霧がふたつに分かれていた。ほかの人たちがトランプをしているあいだ、彼女はアリス・エイヴァリとバンボロー城について話しあっていたのだった。夕暮れ時にそこの砂浜がどんな色に染まるのか、八月になったら手紙を書いてその砂浜を訪ねる日取りを決めましょう、そう言うとアリスは上体をかがめて、彼女にキスをし、少なくとも彼女の頭に手を触れたのであり、アンジェラはじっとすわっていることなどとてもできず、風の吹きつける海のことしか考えられなくなった人のように、(いつもこうした場面の目撃者である) 部屋の中を行ったり来たりし、この興奮を、この驚きを、てっぺんに金色の果実をつけた奇跡の木が信じがたくも身をかがめてくれたことに対する驚きを、鎮めようとして両腕を広げてみるのだった――あの金色の果実はこの腕の中に落ちてきたのではなかったか？　彼女はそれを輝くままに胸に抱えた。それは触れてはならないもの、考えてはならないもの、語ってはならないもの、ただそこで輝くにまかせなければならないものだった。それからゆっくりと靴下をそこに、部屋履きをそこに置き、その上にペティコートをきちんと畳みながら、アンジェラにはアンジェラ・ウィリアムズには、わかった――どう表現したらいいのだろう？――無数の年月が暗く渦巻いたあとには、トンネルの出口が、灯りが、人生が、世界がある、ということがわかったのだ。彼女の下方にそれがあり――心地良さ、愛らしさに溢れていた。それが彼女が発見したことだった。

たしかに、ベッドに横たわってみて、目を閉じることができなかったとしても――抵抗しがたいなにかがそれを閉じさせないのだ――どうして驚くことがあろうか。薄暗闇の中で椅子と整理ダンスがどっしりと見え、鏡は夜明けを告げる灰色の気配に飾られているとしても。子どものように（この十一月で十九歳になったのだが）親指を吸いながら、彼女はこの心地良い世界に、この新しい世界に、トンネルの果てのこの世界に横たわり、やがて、彼女はそれを見たい、その先まわりをしたいという欲望に駆り立てられ、毛布をはねのけて窓辺に導かれていき、そこで身を乗り出して庭を見下ろすと、霧がかかり、すべての窓は開け放たれていて、ただひとつ火のように青く燃えるものがあり、遠くのかすかな呟きが聞こえ、それはもちろん世界であり、そしてやってくる朝なのだ。「おお」と、彼女は苦痛のさなかにあるがごとく叫んだ。

女どうしのふたり連れ

Two Hanged Women

ヘンリー・ヘンデル・リチャードスン

若い恋人たちが手を繋いで遊歩道をぶらぶらしていた。真夏の夜で、今はほっそりとした月も沈み、星が瞬いていた。満潮に達した海の暗い広がりが静かにたゆたって、浜辺の砂利にもの憂げにうち寄せていた。

「おい、いつものところに行こうぜ」と青年が言った。

だがいつも腰をおろす場所に近づくと、ふたりはそこに先客がいることに気づいた。張り出した岸壁のビロードのような暗がりには、ふたりの人物の輪郭が見てとれた。

「ああ、畜生!」と若者は言った。「すっかり台無しだな。どうしようか?」

「ねえ、ピンチャー、ここにいて、すぐそばのここのところにずっといて、あの人たちを怖がらせて追い払ってしまうのはどうかしら」

やたらに大きなキスの音や、いちゃつきあったつねり合いやらくすぐり合いやら、はしゃいであげる喜びの声やらが、またたくまに功を奏した。無言のままその侵入者たちは立ち上がり、歩み去っていった。

だが青年は唖然として、口を開けたままふたりのあとを見送った。

「こりゃあ驚いた! 女どうしのふたり連れだったぜ!」

嘲るような笑いの嵐から退却しながら、年上のほうの娘が言った。「防波堤まで行こうね」背が高く、瘦せたこの娘は、大股でぐいぐい歩いていった。

連れの娘は頭ひとつ分背が低く、亜麻色のまっすぐな髪をショートカットにしていたが、遅れないでついていこうと必死だった。急いで歩きながら、この娘は弁解がましく気がかりな口調で言った。「本当はあたし、家に帰らないといけないんだけど。遅くなってきているし。お母さんに叱られるわ」

ふたりはたがいに指を軽く繫いで歩いていたが、先を歩いていた娘は、この言葉と同時に、自分に丸く握られている相手の指が自由になろうとしている気配を感じた。だが彼女にはこうした反応が予測できていたので、しっかりと握りしめながら、徐々に自分の指を上にずらしていき、相手の手をほとんどすっぽりと包み込んでしまった。

しばらくどちらも口をきかなかった。それからくぐもった低い声で質問がなされた。「ゆうべもお母さんに叱られたの？」

小柄な明るい髪の娘の返答は、思いがけなく激しいものだった。「叱らなかったことくらい、わかってるくせに！」それから口調を和らげて失望したように言った。「でもあなたは絶対にわかってくれないのよね。ああ、いったいなにになるっていうのかしら……なにもかも！」

それから腰をおろすと、この娘はちょっと押しのけるようにまでして、強く握られていた手を振りほどいた。手はそこに手のひらを上にして置かれ、指は相手に握られていたままに曲がり、それ自体の独立した、ただし衰えかけた生命をおびているように見えた。

ふたりの娘はこのひとけのない場所に、恋人たちにも街灯にも街にもすっかり背を向けてすわり、暗い海を無言のままじっと眺めていた。海には木星が細い金色の筋を投げかけていた。防波堤の端にさざ波がうち寄せ、巻き返してはため息をつく音が聞こえ、丘の斜面の高い木立から時折フクロウの甲高い声が響くだけだった。

だがしばらくすると、ようやく若いほうの娘が相手をそっと盗み見ながら、勇気を奮い起こしたようだった。子どもっぽく勢いよく頭を上げて、おかっぱ髪を揺らしながら、彼女は意味ありげに強い口調で言った。「あたしフレッドが好きなの」

返ってきたのは、軽蔑するようにかすかに肩をすくめるしぐさだけだった。

「あたし彼のことが好きだって言ってるのよ！」

「フレッド？　あほらしい！」

「いいえ……ベティー、そこがあなたのまちがっているところなのよ。だけど自分ではすごく賢いつもりなのよね。いつでもね」

「まちがってるかどうかは、自分で知ってるわ」

「知ってるって思い込んでいるだけよ！　でもどうだってかまわないわ。あなたがなにを言ったって同じことですもの。あたしは彼のことが好きだし、いつまでも好きなままだわ。山ほど素敵なところがあるんですもの。たとえば彼ってすごく大きくて力強いし、いっしょにいるとすごくほっとできて……嫌なことなんかなんにも起こったりしないように思えるの。そうなの、それは、それはなんていうか、ベティー、どうしようもないことなのよ。ほかの女の子みたいに、つきあう男の子がいるのって、なんかこう安らかな気持ちに浸れるのよ。しかも誰でも絶対に手に入れたいと思うような男の子なのよ！　ふたりですれ違うと、女の子たちの目がそう言っているのがわかるの。ほら、フレッドはとても脚が長くて、肩幅があって、その肩があたしには絶対届かないような高さにあって、青い眼に黒い睫毛が映えて、艶々した黒髪をしてるでしょ。それにあたし、彼のツイードの服やそのハリス地のツイード独特の匂いや、彼の使い込んだパイプなんかも好きだし、彼が笑って「もちろんさ！」って言うときに歯がちらっと見えるのも好きなの、だって素敵な歯をしているんですもの。それにみんなね、みんな、あたしたちを見ると、ほら、どう言ったらいいのかわからないけど、みんな喜んでいるみたいな顔をして、映画に行けば、みんなあたしたちを通してくれて、暗い隅の席にすわらせてくれたりして、まるで当然あたしたちにそうする権利があるみたいなの。それにみんな絶対に笑ったりしないし（ああ、あたし笑われるのには我慢できない！本当によ）。そうなの、とっても安らかな気持ちに浸れるのよ、ベティー……とっても暖かくて、落ち着いた、安らかな気持ちに浸れるの。ああ、わかってもらえないかしら？」

「まったく！　勝手に大騒ぎしてたらいいわ」だが少ししてからひどく激しい口調で言った。「あなたにそんなふうに考えるように教え込んだのは、そもそも誰なのかしら？　そんなことを匂わせたり仄めかしたりして、あなたに信じ込ませてしまったのは誰かしら？……自分が本当にそんなふうに感じているんだと信じ込ませてしまったのは誰かしら？」

「違うわ！　お母さんはひとことも言ったりしたことなんかないわ……フレッドのことでは」

「言う？　わざわざ言葉を使う必要なんかある？……目をちらっと動かすだけでいいんだもの。あなたのフレッド君のためなら、これくらい簡単にね！」と言ってベティーと呼ばれた娘は指を高く上げ、悪意をこめてパチンと鳴らした。「でもあなたのお母さんって変わり者よね」

「あなたってまったく嫌な人ね」

これに対する返事は返ってこなかった。

「なんでうちのお母さんのこと、そんなに嫌っているの？　あの人があなたになにをしたっていうの？　あたしがフレッドと遅くまで外出していたことを怒らなかっただけなのに……。それ以外の態度をあの人がとるなんて、無理だわ……お母さんはああいう人なんだし……あたししかいないんだし——とにかくあたしのお母さんなんだし……それはあなたにも変えられない事実なのよ。あたしにはよくわかっているし、あなたもわかっているように、あたしはそれほど見てくれがひどい女でもないわ。でも」と懇願するように続けた、「ベティー、あたしはもう二十五歳に手が届きかけてるの。それにほかの女の子たちは……ほら、お母さんはそんな子たちを見ているのよ、みんな自分のボーイフレンドがいて、どんなに不器量だったり、太ってたり、ソーセージみたいな脚をしてたりしても、誰でもちょっと男の子に流し目を使ったりするだけで……それだけでうまくいってしまうのよ。それにフレッドは性格がいいし、本当よ！　それにダンスはうまいし、お酒は飲まないし、だったら、だったらなぜあたしが彼を好きになってはいけないのかしら？……しかもこれは自分だけの考えなのよ、すべてお母さんがいけなくて、あたしはたんなるオウムみたいな口まね屋で、自分自身の意志がまるでないなんて、そういうんじゃないのよ」

「なぜいけないかって？　だってね、お嬢ちゃん、わたしはあなたのお母さんをとてもよく知っているからよ！　あなたにはとてもできない、できてもしようとしないやり方で、わたしにはあの人の考えていることが読めるのよ。あの人はずるいわ、あなたのお母さんは、ずるすぎて太刀うちできないほどだわ……。手のひらいっぱいにクモの巣をつかんだほうが、まだましってところね。でもあの人はあなたを支配しきっているの、レスリングの喉輪みたいに、だからなにをもってしてもそれを緩めることなどできないのよ。ああ！　母親って不公平だわ——つまり自然の摂理が不公平にできてるのよ、自分たちの重みをたっぷりわたしたちにかけておいて、それでいてわたしたちに自分に忠実に生きることを期待するなんて。わたしたちのハンディキャップが大きすぎるのよ。何ヵ月ものあいだ、同じ血がふたつの血管を流れてきているんだから、それから逃れることなんてできない相談なのよね、生まれてから先もずっとね。あなたの場合を例にとってみたって、さっきから言っているように、あの人は口を開く必要さえあるかしら？　あるはずないわ！　あなたの問題なんて、部屋の隅にでも吊るしておきさえすればいいんだもの。そうすればあなたのほうから罪の意識にすっかり浸されて、ずぶぬれになるという仕組みよ」

こうした言葉のなにかが若いほうの娘を刺激したようだった。娘は反撃にでた。「つまりこういうことよ、あなたは嫉妬してるの、そうなのよ！……それをこんなふうにしか表現することができないんだわ。でもあなたにこれだけは言うわ。あたしが結婚するとしたら――そう、結婚するのよ！――それは自分自身を喜ばせるためであって、ほかの人のためではないってこと。あたしがお母さんを喜ばせるためにそんなことをするなんて考えられる？」

ふたたび沈黙。

「あたし、考えてみるの、こんなふうにいつまでもふたつの方向に引っ張られて……まるで体がまっぷたつに裂けてしまったように感じることもなくなって、すっかり決着がついて、落ち着いて平和に暮らすことができるのって、いったいどんな感じかしらって。そしてお母さんが昔のように微笑んで、また嬉しそうにしている様子を見られたらって。あたしはあなたたちふたりのあいだで揺れる、ボクシングのサンドバッグでしかないって感じ。ああ、こんなの、もううんざりだわ！……完全にうんざりよ。でもあなたは……あなたったらまるで石でできてでもいるように、そこにそうやって座っていられるんですものね！　なにか言ったらどうなの？　ベティーったら！　どうして喋らないの？」

だが返事はなかった。

「あなたがせせら笑っているのはお見通しよ。そしてせせら笑っているときのあなたって、世界じゅうの誰よりも嫌い。あなたなんかに会わなければよかったのに！」

「あなたのフレッドと結婚したらいいじゃないの、そうしたらもう二度と会うことなんかなくてよ」

「言われなくても、するわよ！　あたしは彼と結婚するし、ほかの女の子たちがするように、ベールとか花嫁付添い人とかたくさんの花束に囲まれて、ちゃんとした結婚式を挙げるのよ。そしてあたしは自分自身の家に住んで、好きなように暮らして、平和をすっかり満喫して、あたしを悩ませたり、いじめたりするような人がいない生活を送るのよ――フレッドはそんなことをするような人じゃないしね、絶対によ！　それに彼は一日じゅう家を空けているでしょうし。そして夜になって彼が帰ってきたら、彼は……あたしは……その、あたしは……」だがここで滔々と流れる言葉は尽きて、嵐のような息づかいと叫びに変わった。「ああ、ベティー、ベティー！……あたしにはできないわ。あたしにはできない！　あのことを考えるとそう思うの……そう、まったくそのとおりだわ！　あたしは彼のことがとっても好きなの、本当によ。でも彼があまり近くにこなければの話なの。彼があまり近くにすわったりすると、それを我慢しようとするだけで神経がピリピリしてくるの」――そう言うと、娘は相手の膝の上に身を投げ出して顔を隠した。「そしてね、ベティー、彼があたしに触ろうとしたりすると、あたしの腕を取ろうとしたり、自分の腕をあたしにまわそうとしたりするだけでも……そして彼の顔が……時々浮かべるあの表情に変わっていって……すっかり違って……まるですっかり違っているみたいになって——ああ！　そうするとあたし叫ばずにはいられなくなるの——大声で。あたし、彼が怖いの……彼がそんな表情を浮かべると。一度……彼があたしにキスをしたとき……あまりの怖さに死んでしまいそうなほどだった。彼の息……彼の息、それから……彼の口——果物の柔らかい果肉みたいな——その口も、手首に生えた黒い毛も……そして彼の表情も——そして、そしてなにからなにまでが！　だめなの、あたしにはできないの、あたしにはできないの……どんなことをしても無理よ……いっそのこと何度も死んだほうがましだわ。でもあたし、どうしたらいいのかしら？　お母さんは絶対にわかってくれない。ああ、どうしてこんなふうになってしまうのかしら？　あたしは幸せになりたいの、ほかの女の子たちみたいにね。そしてお母さんを喜ばせてあげたいとも思うのよ……それなのにすべてがまちがった方向にいってしまうの。ベティー、お願いだから教えて、あたしを助けて、あなたは年上なんだから……わかっているんでしょう……あなたがその気になってくれたら、あたしを助けることができるのよ……その気になってくれさえしたら！」そして娘は両腕で友人の体にしっかりとしがみつき、その暖かな暗がりに深々と自分の顔をうずめて、あたかも相手を狂おしく抱擁することで、自分が必要としている助けと強さを引き出そうとするかのようだった。

ベティーはそれまでなにも言わず、体を固くしてすわったままで、ただちょっと自分の腕を体のわきから離して肘を外側に突き出し、自分の体にまわされた相手の両腕に触れないようにしていただけだった。だがこの最後の訴えにこの年上の娘の心は一気に和み、若い娘を自分の胸に抱き寄せると、強くしっかりと抱いた——そしてそのままの姿勢で彼女は長いことすわりつづけ、あごを相手の金髪に軽くもたせかけ、絹の光沢のふわふわした赤ん坊のような髪を感じながら、ひっそりとうねる海を陰鬱な眼でじっと眺めていた。

あんなふうに
Like That

カースン・マッカラーズ

姉貴は十八歳で、あたしより五歳上だけど、あたしたちはこれまでいつもたいていの姉妹より仲が良くて、よくいっしょに遊んだものだった。あたしたちと兄貴のダンの仲も同様だった。夏にはみんなでいっしょに泳ぎに行ったものだ。冬の夜には居間の暖炉のまわりに陣取って、五セントか十セントずつ賭けては、三人ブリッジとかミシガンとかのトランプゲームに熱中した。あたしたち三人は、知り合いのどんな家族よりも、内輪どうしで楽しむことができた。いつもそんなぐあいだったのだ。あのことが起こるまでは。

姉貴があたしに調子を合わせてくれていたというわけでもなかった。姉貴は抜群に頭が良くて、あたしの知る誰よりも、学校の先生にだって負けないくらい、たくさんの本を読んでいる。でもハイスクールでは、ちゃらちゃら着飾ってほかの女の子たちと車を乗りまわしたり、男の子たちを拾ってドラッグストアの前に乗りつけたりすることなど、姉貴はちっとも好きにならなかった。本を読んでいないときには、ただあたしやダンと遊びたがった。冷蔵庫に一枚残った板チョコを争いあったり、クリスマス・イヴにはしゃいでほとんど一晩じゅう起きていたりするのを卒業する様子は、姉貴にはまだなさそうだった。いくつかの点では、あたしのほうが姉貴よりうんと年上みたいだった。去年の夏、タックがうちにちょくちょく来るようになりだしたときでさえ、あたしは時々、町のほうに行くかもしれないんだから、ソックスはやめたほうがいいとか、ほかの女の子たちのように眉間のうぶ毛を抜いたほうがいいとか、姉貴に言ってあげなければならなかった。

あと一年して来年の六月になれば、タックは大学を卒業することになっている。彼は、まじめな顔をして背がひょろっと高い青年だ。大学では授業料の免除を受けるほど頭がいい。去年の夏から、親の車が空いていればそれに乗って、ぱりっとした白いリネンのスーツを着て、姉貴のところに会いに来るようになった。去年もずいぶんやって来たけど、今年の夏はまた一段と熱心に通ってきて、大学に戻る前の時期には毎晩会いに来ていた。タックはいい感じの青年だ。

当時あたしはまだ気づいていなかったけど、しばらく前から、姉貴とあたしの関係が変わりはじめていたんだろうと思う。いろんなことがたぶん、ちょうどこんなぐあいに終わりを告げるんじゃないかとあたしが感じたのは、今年の夏のあの晩の出来事があってからにすぎなかったのだけど。

その晩あたしが目を覚ますと、時刻は遅かった。目を開けてしばらくは、夜明け頃に違いないと思い、ベッドの向こう半分に姉貴の姿がなかったので、あたしは怖くなった。でも、窓の外を涼しげに白く照らしだし、前庭に覆いかぶさったカシの葉を真っ暗で気味悪く見せているのは月光にすぎなかった。九月一日頃だったけど、月光を見ても暑い感じはしなかった。あたしは上掛けのシーツを引っ張り上げ、部屋の中の家具の黒い影に目をさまよわせていた。

今年の夏は、しょっちゅう夜中に目が覚めたものだった。ほら、姉貴とあたしはいつもこの部屋をいっしょに使っていたから、姉貴が入ってきて、電灯をつけて寝間着やなんかを探そうとすると、それであたしの目が覚めてしまうのだ。あたしはそれが好きだった。夏で学校もないので、朝早く起きなくてよかったから、あたしたちは時にはずいぶん長い時間、並んで寝そべったまま話していたものだった。あたしは、姉貴がタックと出かけた場所のことを聞いたり、いろんなことを笑いながら話し合ったりするのが好きだった。あの晩を迎えるまで、姉貴はあたしを同級生扱いして、いくどとなくタックとの内緒話を打ち明けてくれたもので、彼が電話をかけてきたとき、自分はこう言うべきだったかああ言うべきだったかとあたしの意見を求めたりして、話が終わるとあたしをきゅっと抱き締めてくれたりした。姉貴はタックに本当に熱をあげていた。一度など「彼って本当に素敵、彼みたいな人と知り合えるなんて思いもしなかったわ」とあたしに言った。

あたしたちは兄貴のこともよく話した。ダンは十七歳で、秋には工科大学で実習形式のクラスを受講することになっていた。ダンはこの夏、おとなびてきていた。ある晩など四時に帰宅してお酒を飲んでいたことがあった。パパは翌週兄貴に口をきこうとしなかった。そこで兄貴は数日間郊外に徒歩旅行に出かけてしまい、仲間とキャンプをして過ごした。兄貴はよくあたしと姉貴に、ディーゼルエンジンのことや南米に行く計画なんかを話してくれたものだったけど、今年の夏はおとなしくて、家族の誰ともあまり口をきかなかった。ダンはとても背が高く、まるで線路みたいに痩せている。今は顔にいくつもできものがあって、みっともなくあまりハンサムとはいえない。夜になると時々ひとりでさまよい歩いて、市の標識を越えて松林のほうまで行っているらしいことをあたしは知っている。

そんなことを考えながらベッドに横になっていたけど、いま何時だろう、姉貴はいつ帰るのだろうと気を揉んでいた。その夜、姉貴とダンが出かけてしまうと、あたしは近所の子たちと通りの角のところまで行って、街灯に小石をぶつけてそこにとまっているコウモリを殺そうとした。はじめ、あたしは身震いしながら、吸血鬼ドラキュラに出てくるようなコウモリを想像していた。でもそれがまるで蛾みたいだとわかると、もうそれを殺そうがどうしようが、関心がなくなってしまった。そこでただ縁石に腰をおろして、棒切れで埃っぽい道に絵を描いていたら、そこを姉貴とタックが車でゆっくりと通り過ぎていった。姉貴は彼のほうにずいぶんと寄り添ってすわっていた。ふたりは話しも笑いもせずに寄り添ってすわり、前方に目を向けて道をただゆっくりと進んでいった。通り過ぎるときにあたしはそれが誰だかわかって大声で声をかけた。「おーい、姉貴！」とあたしは叫んだ。

車はただゆっくりと進んでいき、誰も声を返してはこなかった。あたしは道路の真ん中で、ほかの子たちがいる前で、馬鹿みたいな気分を味わった。

ひとつ向こうの道沿いに住んでいる憎たらしいババーのやつが、あたしのほうに近づいてきた。「あれ、きみの姉さんじゃない？」とあいつは聞いた。

そうだとあたしは答えた。

「姉さん、ボーイフレンドにしっかり寄り添ってたな」とあいつは言った。

あたしは久しぶりにかんかんに腹が立った。ぐいと腕を上げると、あたしは握っていたありったけの小石を、まともにあいつ目がけて投げつけた。あいつはあたしより三歳年下だったから、いいこととはいえなかったけど、そもそもあいつは鼻持ちならなかったし、それにあいつが姉貴のことで知ったふうな口をきいたからだった。あいつは首に手を当てて呻きはじめ、あたしはみんなを残したまま家に帰り、寝る支度をしたのだった。

目が覚めてから、あたしはやっとそのことも考えはじめ、ババー・デイヴィスのやつのことを思い返していると、うちの前の通りに入ってくる車の音が聞こえてきた。あたしたちの部屋は、狭い前庭を挟んだだけで通りに面していた。通りでの出来事はなんでも見えたし、聞こえてきた。車は家に通じる小径の正面にゆっくりと乗り入れてきて、車の明かりが部屋の壁をゆっくりと白く移動した。その光は姉貴の書き物机の上でとまり、そこに積まれた本と口の開いたチューインガムの包みをくっきりと浮かび上がらせた。それから部屋は暗くなり、戸外の月光だけになった。

車のドアは開かなかったけど、ふたりの声が聞こえてきた。つまり彼の声、ということだ。彼の声は低く、ひとことも意味はわからなかったけど、繰り返しなにかを説明しているらしかった。姉貴の声はひとことも聞こえなかった。

車のドアの開く音がしたとき、あたしはまだ目を覚ましていた。姉貴が「出てこなくていいわ」というのが聞こえた。それからドアが勢いよく閉められ、靴の踵のコツコツいう音が小径に聞こえたけど、それは速く軽く、走っているような感じだった。

ママはあたしたちの部屋の前の廊下で姉貴をつかまえた。表玄関の扉が閉まるのを聞きつけたのだ。ママはいつも姉貴とダンの帰りに耳を澄ませていて、ふたりが外出しているうちは眠りに就こうとしなかった。どうやったら暗闇で何時間も横になったまま眠らずにいられるのか、時々あたしは不思議に思う。

「一時半ですよ、マリアン」とママが言った。「もっと早く帰らないと」

姉貴はなにも言わなかった。

「楽しかった?」

これがママのやり方なのだ。あたしには、体のまわりに寝間着がぶよぶよと広がって、真っ白な両脚と青い血管を剝き出しにし、上から下までひどい格好で立っているママの姿が想像できた。ママは外出の装いをしたほうが素敵に見える。

「ええ、とても楽しかったわ」と姉貴が言った。姉貴の声は奇妙で、学校の体育館のピアノのように、耳に甲高く鋭く響いた。どうも変だ。

ママはたくさんの質問を浴びせていた。どこに行ったの? 知っている人には会った? そういった種類の質問だ。それがママのやり方なのだ。

「おやすみなさい」と姉貴はその調子はずれの声で言った。

姉貴は部屋のドアを素早く開け、閉じた。あたしは起きていることを知らせようとしたけど、やめた。姉貴の息づかいは暗闇の中で速く大きく、姉貴は身動きひとつしなかった。しばらくしてクローゼットから手探りで寝間着を取り出すと、ベッドに入った。泣いているのが音でわかった。

「タックと喧嘩したの？」とあたしは聞いた。

「そんなことないわ」と姉貴は答えた。それから気を取り直したようだった。「そうなの、ちょっとした喧嘩だったわ」

あたしをまちがいなくぞっとさせることが、ひとつだけあるんだけど、それは人が泣いているのを聞くことだ。「あたしだったら気にしないな。明日になれば仲直りできるよ」

月光が窓から差し込んでいて、姉貴があごを上下に動かし、天井を見上げているのが見えた。あたしは長いこと姉貴を見ていた。月光は涼しげで、窓からはかすかに湿り気のある風がひんやりと吹いてきた。あたしは姉貴がそんなふうにあごを動かしたり、泣いたりするのをやめてくれるんじゃないかと期待して、たまにするように、向こう側に移動して姉貴に寄り添おうとした。

姉貴は全身震えていた。あたしが近づくと、まるであたしがつねりでもしたように、びくっとし、あたしを素早く押し返し、あたしの両脚を蹴り返した。「やめて」と姉貴は言った。「やめてよ」

たぶん姉貴は急に頭がおかしくなってしまったんだろう、とあたしは考えていた。姉貴は今ではゆっくり、激しく泣いていた。あたしは少し怖くなって、ちょっと洗面所に行ってこようと起き上がった。洗面所で、窓から外を眺め、街灯のある通りの角のほうを見やった。するとあたしは、姉貴が絶対に知りたがるものを目にした。

「ねえ知ってる？」あたしはベッドに戻ると尋ねた。

姉貴は体をこわばらせて、なるたけ向こうの端に横たわっていた。姉貴は答えなかった。

「タックの車が街灯のところに駐車してるよ。歩道にぴったり寄せて。ボディの線と後ろにタイヤをふたつ積んだかたちからわかったんだよ。洗面所の窓から見えたの」

姉貴は動きさえしなかった。

「彼、きっとあそこにじっとすわってるんだよ。彼となにがあったの？」

姉貴はなにも言わなかった。

「姿は見えなかったけど、彼はあそこで、街灯の下の車の中にじっとすわっているんだと思う。じっとあそこにすわっているんだよ」

姉貴はちっとも気にかけていないか、ずっとそのことを知っていたかのどちらかだった。

姉貴はできるだけベッドの端に遠ざかり、伸ばした脚をこわばらせ、両手はベッドの端をきつく握りしめ、片方の腕に頭を載せていた。

姉貴はいつもあたしの側まで占領して寝ていたので、暑いときには、あたしはよく姉貴を押し返さなければならなかったし、時には電灯をつけて、真ん中に線を引き、姉貴がどれほどあたしのほうにはみでているかを示してみせたものだった。今晩は線を引く必要はなさそうだな、とあたしは考えていた。気の毒だった。ふたたび眠りに落ちるまで、あたしは長いこと外の月光を眺めていた。

翌日は日曜で、叔母が亡くなった命日だったので、ママとパパは午前中教会に行った。姉貴は気分が悪いと言って、ベッドにいた。ダンは出かけていて、あたしはひとりだったので、なんとなく姉貴のいるあたしたちの部屋に入っていった。姉貴の顔は枕のように真っ白で、目の下には隈ができていた。なにか噛みしめているみたいに、あごの片側の筋肉が引きつっていた。髪は梳かされもせず枕の上に広がって、赤くきらきら輝き、もつれてきれいにみえた。姉貴は顔の近くに本を掲げて読む格好をしていた。あたしが入っていっても、こちらに目を向けなかった。目はページの上でも動いていなかったんじゃないか、とあたしは思う。

その朝は焼け付くような暑さだった。太陽は外のあらゆるものをぎらぎら燃え立たせていて、目をあけていると痛くなった。あたしたちの部屋も暑くて、指で空気に触れる気がするほどだった。でも姉貴はシーツをすっぽりと肩のところまで引き上げていた。

「タックは今日来るの?」とあたしは聞いた。姉貴を元気づけるようなことを言おうとしていたのだ。

「なんてこと! この家ではこれっぽっちもひとりになれないのかしら?」

姉貴は、不意にそんな意地悪なことを言ったりしない人だった。というか、意地悪なことは言ったかもしれないけど、本当に不機嫌になったりしたことはなかった。

「どうぞご自由に」とあたしは言った。「姉貴なんかにかまう人はいませんからね」

あたしはすわって、読んでいるふりをした。足音が通りを過ぎていくと、姉貴は本にいっそうきつくしがみついて、一生懸命耳を澄ましているのがわかった。あたしは足音をすぐに聞きわけることができる。見ないでも、歩いている人が黒人かどうかさえ、あたしにはわかる。黒人はたいてい、足音と足音の合間に引きずるような音を立てるからだ。足音が遠のいていくと、姉貴は本を握る手を緩めて唇を噛んだ。自動車が通り過ぎても同じぐあいだった。

あたしは姉貴を気の毒に思った。あたしはその場で、男の子と喧嘩して、そんなふうに感じたり、そんなふうに行動したりするはめには絶対になるまい、と固く決心した。でもあたしは、姉貴とこれまでのような関係に戻りたかった。日曜の朝なんて、問題がなにもなくたって、充分ひどいのだから。

「あたしたちって、ほかの姉妹よりずっと喧嘩が少ないよね」とあたしが言った。「それに喧嘩をしたって、すぐに終わってしまうじゃない？」

姉貴は口の中でもぐもぐとなにか言い、本の同じ箇所を見つづけていた。

「それっていいことだよね」とあたしは言った。

姉貴は頭を左右にかすかに揺らしつづけ、顔の表情は少しも変化しなかった。「ババー・デイヴィスのお姉さんたちがするような、本当に長い喧嘩って絶対しないものね……」

「そうね」姉貴は、あたしの言ったことなど考えていないみたいに答えた。

「あたしが覚えているかぎり、そんなふうな本当の喧嘩って、ひとつもないわ」

しばらくして、姉貴ははじめて顔を上げた。「わたしはひとつ覚えてるわ」と突然言った。

「いつ？」

姉貴の目は下にできた隈のせいで緑に見え、見ているものにきりきりと食い込んでくるようだった。「一週間というもの、あんたは午後は毎日、家にいなきゃならなくなったことがあったわ。ずっと昔のことよ」

急にあたしは思い出した。長いあいだ、あたしはそのことを忘れていたのだった。思い出したくなかったのだ。姉貴がそのことをもちだすと、あたしはすっかり思い出した。

それは本当にずいぶん昔のことで、姉貴が十三歳くらいのときのことだった。あたしの記憶どおりなら、あたしはその頃意地悪で、今にもまして無愛想だった。ほかの叔母たちを束にしてもかなわないほどあたしが慕っていた叔母さんがいたんだけど、その人は死産をして、自分も死んでしまった。お葬式のあとで、ママは姉貴とあたしに事情を教えてくれた。好きになれない新しい出来事に出会うと、いつもあたしは腹が立ち、そう、かんかんに腹が立ち、そしておびえてしまう。

でも姉貴が話していたのは、そのことではなかった。あれはそれから二、三日たった朝のことで、姉貴に、おとなになった女の子が経験する月のものが始まったときのことで、もちろんあたしはそれに気づいて、死ぬほど怖い思いをしたのだった。ママはそのときあたしに、それがどういうことか、姉貴がどんな下着をつければいいのかを説明してくれた。あたしはそのとき、叔母のときと同じような感情、ただし十倍もひどい感情に襲われた。姉貴が今までとは違うような感じもして、とても頭にきていたので、誰かにやつあたりして殴りかかりたいほどだった。

あたしはそのときのことをけっして忘れないと思う。姉貴は部屋の鏡台の前に立っていた。その顔は、今枕の上にある顔と同じように真っ白で、目の下には隈ができ、肩にはきらきら輝く髪が垂れ、ただ、今より幼いだけだった。

あたしはベッドにすわり、膝頭を強く嚙んでいた。「人が見たらわかっちゃうよ」とあたしは言った。「絶対よ！」

姉貴はセーターに青いプリーツスカートをはき、骨と皮ばかりだったので、たしかにやや目立った。

「誰にだってわかるよ。たちどころにね。姉貴を見れば、誰にだってわかるよ」

鏡の中の姉貴の顔は蒼白で、動かなかった。

「ひどい格好よ。あたしは絶対、絶対そんなふうにならないんだ。人が見たらすぐわかっちゃうし」

すると姉貴は泣きだし、ママに言いつけ、学校にはもう行かないとか言った。姉貴は長いこと泣いていた。あたしはその頃、そんなふうに意地が悪く、無愛想だったってこと。今だって時たまそうなるけど。そんなわけであたしは、ずっと昔のことだったけど、一週間というもの、罰として午後は毎日家にいなければならなくなった……。

その日曜の昼食前に、タックが車でやって来た。姉貴は起き上がって大慌てで着替え、口紅を塗る暇さえなかった。姉貴はお昼を食べてくると言った。日曜はたいてい、うちの家族は一日じゅういっしょに過ごすので、それはちょっとばかり変な話だった。ふたりはほとんど真っ暗になるまで戻ってこなかった。あたしたちが家の正面ベランダで夕涼みしながらアイスティーを飲んでいると、そこに車が戻ってきた。ふたりが車から降りると、パパは一日じゅう機嫌が良かったこともあって、タックにぜひ一杯お茶を飲んでいけ、と強く勧めた。

タックは姉貴といっしょに吊り椅子にすわったけど、寄り掛かろうともせず、踵は床の上で落ち着かず、まるですぐにでも腰を上げて帰ろうとしているようだった。手から手へとコップを持ち替えつづけ、つぎからつぎへと新しい話題を切り出してばかりいた。ふたりはこっそりとしかおたがいを見ようとしなかったし、ちらっと目を合わせたときでさえ、おたがい夢中になっているようにはぜんぜん見えなかった。変な表情だった。なにかを恐れているとでもいった感じだった。タックはそれからすぐに帰った。

「お茶目ちゃん、ちょっとパパのところに来ておすわり」とパパが言った。お茶目ちゃんというのは、パパが特別機嫌の良いときに口にする姉貴のニックネームだ。今でもあたしたち子どもを甘やかすのが好きなのだ。

姉貴は近づき、パパの椅子の肘掛けにすわった。タックのように身を固くしてすわり、体をやや遠ざけていたので、パパは姉貴の腰にちゃんと腕をまわすことができなかった。パパは葉巻を喫い、前庭やその向こうの木立が、夕暮れに溶け込んでいくのを眺めていた。

「パパのかわいいお姉ちゃんは、近頃はどうしてるかい?」パパは機嫌が良いと、今でもあたしたちをぎゅっと抱きしめて、姉貴のことさえも子ども扱いするのが好きなのだ。

「まあまあよ」と姉貴は言って、少し体をひねった。立ち上がりたいものの、パパの気持ちを傷つけずにどうしたものかわからないといった感じだった。

「おまえとタックは今年の夏は楽しく過ごせたかね、お茶目ちゃん?」

「ええ」と姉貴は言った。姉貴はまた下あごを上下に動かしはじめた。あたしは助け舟を出そうとしたけど、なにも考えつくことができなかった。

パパが言った。「彼はもう工科大学に戻る頃だろうね? いつ発つんだい?」

「一週間以内よ」と姉貴は言った。あまりにもとっさに立ち上がったので、パパの葉巻を指から叩き落としてしまった。姉貴はそれを拾いもせずに、一目散に玄関を通り抜けていった。姉貴が部屋まで小走りでいく音が聞こえ、姉貴の閉めたドアの音が聞こえた。あたしには、姉貴が泣こうとしているのがわかった。

これまでになく暑かった。芝生の色は濃さを増し、セミは甲高く単調に鳴きつづけ、とくに意識を向けなければ、鳴いていることに気づかないほどだった。空は青みがかった灰色で、道路の向こうの空き地の木立は黒かった。あたしはママやパパと正面ベランダにすわったままで、ふたりが小声で交わす会話を聞くともなく耳にしていた。部屋の姉貴のところに行きたかったけど、そうするのが怖くもあった。姉貴にいったいなにがあったのか聞きたかった。タックとの喧嘩はそんなに深刻だったのか、それとも姉貴が彼にあまりにもぞっこんで、彼の出発が目前に迫ったので、寂しがっているだけなのか？　一瞬あたしは、本当の原因はそのどちらでもないと思った。あたしは知りたかったけど、聞くのが怖かった。あたしはそこにただ、おとなたちとすわっていた。その晩ほど、孤独に感じたことはなかった。寂しさというものを考えることがあるとすれば、あたしはそのときのことを思い出すのだ。そこにすわって、芝生に青みがかった影が長く伸びているのを眺め、家に残っている子はあたしだけになってしまい、姉貴もダンも死んでしまったか、永久に姿を消してしまったような、そんな寂しさだった。

今は十月、陽射しは眩しく涼しげで、空はあたしのトルコ石の指輪の色だ。ダンは工科大学に行ってしまった。タックも同じく行ってしまった。でも去年の秋とはがらりと様子が違う。あたしがハイスクールから帰ると（今ではあたしもそっちに通っている）、姉貴は窓辺にすわって本を読んでいたり、タックへの手紙を書いていたり、ただ外を眺めていたりする。

姉貴は痩せて、時々顔におとなびた表情を浮かべるようになった。というか、なにかが突然姉貴をひどく傷つけた、とでもいった様子だ。あたしたちがこれまでしてきたようなことは、今ではもうなにひとつしない。ファッジの甘いお菓子を作ったり、いろんなことをするのに、もってこいの日和だ。でも姉貴は話に乗ってくることもなく、これといってなにもせずにいたり、午後も遅い冷え込む時間にひとりで長い散歩に出かけたりしている。時々、姉貴はあたしが子どもでしかたがないと思っているみたいな、本当に癪に障るような笑顔を浮かべる。時々あたしは泣いて姉貴をぶちたくなる。

でもあたしは、誰にも負けず無愛想だ。姉貴とか誰かがそうして欲しいと望むなら、ひとりでだってやっていける。自分が十三歳で、今でもソックスがはけて、なんでもしたいことができて良かったとあたしは思っている。もし姉貴みたいになってしまうなら、あたしはおとなになんかなりたくない。でもあたしは姉貴みたいには絶対にならない。姉貴がタックを好きになるようには、どんな男の子のことだって好きになったりしない。男の子のことだろうがなんだろうが、姉貴みたいなはめには陥るまい、と心に決めている。姉貴を以前の姉貴に戻そうとして、時間を無駄にしたりしないことにしよう。もちろん寂しくはなるけど、かまうもんか。一生ずっと十三歳でいることはできないってわかっているけど、なにがあっても、どんなことがあっても、あたしは大きく変わったりしないっていうことも、あたしにはちゃんとわかっている。

あたしはスケートをしたり、自転車に乗ったり、金曜日には毎週学校のフットボールの試合を見に行ったりしている。でもある昼さがり、体育館の地下室で仲間たちが急にひそひそ例のこと、つまり結婚やなにかについて話しはじめたときには、あたしは聞かなくてすむようにすぐさま立ち上がって上の階に行き、バスケットボールをした。そして仲間がちらほら、口紅を塗ったり、ストッキングをはいたりするつもりだと言いはじめたときは、あたしは百ドルくれたってするもんか、と言った。

ほらね、あたしは今の姉貴みたいにはならないの。絶対に。誰でもあたしのことを知っていれば、わかるはず。あたしは絶対にならないったら、ならない。おとなになんかなりたくないの、もしあんなふうになってしまうのなら。

なにもかも素敵

Everything Is Nice

ジェイン・ボウルズ

この青いイスラム教徒の町で、一番標高の高い道は、断崖の縁沿いに走っていた。彼女は厚い防壁に歩み寄ると海を見下ろした。潮は引き、眼下の黒ずんだ平らな岩には痩せこけた少年たちが群がっていた。ひとりのイスラム教徒の女が青い防壁のところまでやってくると、彼女と並んで立ち、手に持った籠で彼女の腰を軽くこすった。彼女はその女に気づかないふりをして、白い犬に目をそそぎつづけた。犬は岩の端からすべり落ち、渦巻く海水に飲みこまれたところだった。吠え声が耳をつんざいた。すると女が籠を脇腹に強く押しつけてきたので、彼女は目を上げた。

「これはヤマアラシよ」とその女は、ヘンナの染料に染まった指で籠を指さしながら言った。

そのとおりだった。籠の中には大きな死んだヤマアラシが横たわり、新しい黄色い靴下が一足その上に折り畳まれていた。

彼女はもう一度女に目をやった。女はハイクと呼ばれる縞模様の布をまとい、顔の下半分を覆う白布は緩んで今にも落ちそうだった。

「あたしはゾディーリア」と女は甲高い声で告げた。「そしてあなたはベッツォールの友だちね」緩んでいた布があごの下へすべり落ち、涎かけのようにそこにぶらさがった。女はそれを引き上げようとはしなかった。

「あなたはあの娘の家にすわって、あの娘の家で寝て、あの娘の家で食べるのね」と女は喋りつづけ、彼女はそのとおりだとうなずいた。「あなたの名前はジーニで、あなたはほかのキリスト教徒とホテルで暮らしているのよね。ホテルはいくらかかるの？」

円盤のかたちをしたパンが一斤、女のハイクの襞の内側から地面に落ちたので、彼女はその質問に答える必要がなくなった。女は苦労してパンを拾いあげると、ヤマアラシの針と籠の把手のあいだに押し込んだ。それから女は籠を青い防壁の上に置くと、目を輝かせて振り向いた。

「あたしはホテルの人間よ」と女は言った。「さあ、あたしを見てて」

彼女は喜んだ、というのもゾディーリアと名乗るこの女が自分にちょっとした寸劇を見せてくれようとしていることがわかったからだ。面白いことになりそうだった。この町の人はみな、まるでコメディ・フランセーズで勉強したかのように話をしたり、身振りをしたりするからだ。

「ホテルの人間」とゾディーリアは告げて、寸劇を正式に開始した。「あたしはホテルの人間よ」

「『さよなら、ジーニ、さよなら。あなたどこに行くの？』」

「わたし、イスラム教徒の友だちを訪ねに、イスラム教徒の家に行くの、ベッツォールという娘とその家族のところよ。わたし、イスラム教徒の部屋にすわって、イスラム教徒の食べ物を食べて、イスラム教徒のベッドで眠るのよ」

「ジーニ、ジーニ、あなたがわたしたちのホテルに帰ってきて、自分のベッドで眠るのはいつなの？」

「三日したら戻ってくるわ。わたし、戻ってきて、キリスト教徒の部屋にすわって、キリスト教徒の食べ物を食べて、キリスト教徒のベッドで眠るわ。週の半分はイスラム教徒の友だちのところで過ごして、残りの半分はキリスト教徒の友だちのところで過ごすのよ」」

このせりふを言い終える女の声には、勝ち誇ったような響きがあった。そして寸劇が終わったことを告げもせずに、女は防壁のほうに歩いていくと、置いてあった籠に片腕をまわした。

下方の岩では、断崖がつくる影の先にひとりのイスラム教徒の女が腰をおろし、海水をたたえた窪みのひとつで脚を洗っていた。ハイクは膝にたくし上げられ、女はそのハイクごしにかがみ込んで、自分の足を熱心に調べていた。

「あの人は海を見ているのよ」とゾディーリアは言った。

その女は海を見ていたのではなかった。頭を垂れていたし、膝の上に布のかたまりがあっては、海など見られようはずがなかった。もし見るつもりなら、背をぴんと伸ばして振り向かねばならなかったはずだ。

「海を見てるんじゃないわ」と彼女は言った。

「あの人は海を見ているのよ」とゾディーリアは、まるで彼女の言葉など聞こえなかったかのように繰り返した。

彼女は話題を変えることにした。「どうしてヤマアラシを持っているの?」イスラム教の、とりわけ田舎の人がそれをご馳走にしていることを知ってはいたが、彼女は女に尋ねてみた。

「叔母さんへのプレゼントなの。あなたは好き?」

「ええ」と彼女は答えた。「ヤマアラシは好きよ。大きいのも好きだし、小さいのもね」

ゾディーリアはまごつき、それからうんざりした表情になったので、自分が小さなヤマアラシのことなどもちだして、会話を台無しにしてしまったらしいことが彼女にはわかった。

「あなたのお母さんはどこなの」とゾディーリアはようやく言った。

「母は自分の国の自分の家にいるわ」と彼女は考えもせずに即答した。この質問には何百回となく答えてきていたからだった。

「どうして手紙を書いて、ここに来るようにお母さんに言わないの？　いっしょに遊歩道を散歩したり、海を見せてあげたりできるじゃない。そのあとで、お母さんは国に戻って自分の家にすわっていればいいんだから」女は籠を取り上げると、布を口もとに戻した。「結婚式に行ってみたい？」と女は彼女に尋ねた。

彼女はぜひ結婚式に行きたいと答え、ふたりは曲がりくねった青い道を、向かい風を受けながら降りていった。小さな店の前にさしかかるとゾディーリアは立ち止まった。「ここで待ってて。ちょっと買いたいものがあるから」

しばらくのあいだ陳列されているものをじっと見比べたあとで、ゾディーリアは彼女をつつき、両脇がガラス張りになった四角い箱の中のケーキを指さした。「素敵？」と女は彼女に尋ねた。「それとも素敵じゃない？」

ケーキはくすんで、醜い色の糖衣で気持ちだけ飾られていた。ガレタス・オーティースと呼ばれるケーキだった。

「とっても素敵」と彼女は答え、一ダースほど女に買いあたえた。ゾディーリアはそっけなく礼を言い、ふたりは歩きつづけた。まもなくふたりは道からはずれて、狭い裏道に折れ、坂を下りはじめた。やがてゾディーリアは右手の戸口のところで立ち止まると、拳のかたちのどっしりした真鍮のノッカーを持ち上げた。

「結婚式はここなの？」と彼女は女に尋ねた。

ゾディーリアは頭を振って、まじめな顔をした。「ここでは結婚式などないわ」と言った。子どもが戸を開け、顔を覆いながら素早くその陰に隠れた。彼女はゾディーリアのあとについて、閉鎖式中庭の白黒タイル張りの床を横ぎっていった。四方の壁は青く塗られ、冷たい光がふたりの遥か頭上の割れた窓ガラスから差し込んでいた。中庭を囲んだどの面にも戸がついていた。そのひとつの戸の外側に、敷居をふさぐように、先の尖った履物が一列に並んでいた。ゾディーリアは自分の履いていた靴を脱ぐと、ほかのものの近くに並べた。

彼女もゾディーリアの後ろに立って、自分の靴を脱ぎはじめた。紐に結び目ができていたので時間がかかった。用意ができると、ゾディーリアは彼女の手をとって薄明かりの部屋に導き入れ、さらに壁ぎわに敷かれたゴザのところまで連れていった。

「すわって」と女は言い、彼女はそれに従った。それからなんの説明もなしに女は歩きだし、部屋の反対端に向かっていった。彼女の目はまだ暗がりに慣れていなかったので、人影が長い廊下を遠ざかっていくように感じられた。やがて彼女にも、ベッドの真鍮の桟が闇にうっすらと光っているのが見えてきた。

ほんの数フィート離れた敷物の中央に、緑と紫のカーテン地の衣装を着た老婆がすわっていた。その生地のたくさんのほころびからは、下に着ているプリント地の綿のドレスと褐色のセーターが覗いていた。部屋の向こう側には、何人かの女がもうひとつのゴザに並んですわり、同じゴザのさらに向こうの壁ぎわでは、三人の赤ん坊が一列になって眠り、どの子の頭も飾りのついた枕に置かれていた。

「ここは素敵?」いつのまにかゾディーリアがハイクを脱いで戻ってきていた。黒いクレープ地のヨーロッパふうのドレスだがベルトはなく、足首まで垂れさがり、裸足の足をかすめるほどだった。ドレスの裾もほつれていた。「ここは素敵?」とゾディーリアはふたたび尋ね、彼女の前に尻をつけてすわりこみ、老婆を指さした。「あれがタテムよ」と言った。その老婆は細切れの生肉を入れた鉢に両手を突っ込むと、小さな団子を丸めはじめた。

「タテム」とゴザの女たちは繰り返した。

「このキリスト教徒は」とゾディーリアは彼女のほうを指さしながら言った、「一週間の半分をイスラム教徒の友だちとイスラム教徒の家で過ごして、残りの半分をキリスト教徒の友だちとキリスト教徒のホテルで過ごすのよ」

「素敵」と反対側の女たちは言った。「半分をイスラム教徒の友だちと、半分をキリスト教徒の友だちとね」

老婆はひどく厳しい表情を浮かべていた。その骨ばった頬に小さな青い十字架が刺青されているのが彼女にはわかった。

「どうしてかね?」と老婆は突然深い声で尋ねた。「いったいどうしてこの女は一週間の半分をイスラム教徒の友だちと過ごして、残りの半分をキリスト教徒の友だちと過ごすんだね?」老婆はゾディーリアをじっと見つめたが、その素早い指先は肉を団子にこねるのをやめようとしなかった。今度は、老婆の両手の甲にも青い十字架の刺青があるのが彼女には見えた。

ゾディーリアは当惑して老婆を見返した。「なぜって、わからないわ」と言い、ふくよかな肩を片方すくめた。みんなのためにこれまで一枚の絵を描いてみせていたのに、突然、すっかり興を削がれてしまったのが見てとれた。

「この女は狂っているのかね?」と老婆は尋ねた。

「違うわ」とゾディーリアはぶっきらぼうに答えた。「この人は狂っているわけじゃないわ」ゴザからは甲高い笑い声が聞こえてきた。

老婆が厳しい目をこの客にじっと向けたので、彼女にはその目が黒くくっきりと縁取られているのがわかった。「おまえさんの旦那はどこだい？」と老婆はじかに尋ねてきた。

「夫は砂漠に出かけているんです」

「物を売ってるのよ」とゾディーリアが口をはさんだ。これは、夫の旅行について説明するときの彼女自身の常套句だったから、彼女はそれに異を唱えようとはしなかった。

「おまえさんの母親はどこかい？」と老婆は尋ねた。

「母は自分の国の自分の家にいますわ」

「どうして母親の家にいって母親といっしょにすわっていないんだね？」と老婆は叱った。

「ホテルに泊まったら、ずいぶんとお金がかかるだろうに」

「わたしが生まれた都会では」と彼女は言いはじめた、「たくさんの、たくさんの自動車が、たくさんの、たくさんのトラックが走っているんです」

ゴザの上の女たちは楽しげに微笑んだ。「それは本当なの？」と中央にいた女が愛想よく興味を示して尋ねた。

「わたしはトラックが嫌いなの」と彼女はその女に本心を言った。

老婆は膝から肉の鉢を持ち上げて敷物の上におろした。「トラックは素敵だね」と老婆は強い口調で言った。

「そのとおり」と女たちは一瞬ためらってから同意した。「トラックはとても素敵」

「あなたはトラックが好き？」彼女はゾディーリアに尋ねた。ふたりのあいだにそれなりに湧いてきていた親しみの情から、たぶん相手が自分のほうに賛成してくれるのではないかと期待してのことだった。

「好きよ」とゾディーリアは言った。「素敵。トラックはとても素敵」女は深い物思いに耽っているように見えたが、それもつかのまだった。「なにもかも素敵」と、勝ち誇った表情で女は告げた。

「それこそ真実だわ」と、ゴザから女たちが言った。「なにもかも素敵」

女たちはみな幸せそうに見えたが、老婆はまだ顔をしかめていた。「エイチャ！」と老婆は怒鳴り、首をひねって中庭にまで声が聞こえるようにした。「お茶にしておくれ！」何人かの幼い少女たちが、部屋の中にお茶の道具と低い円卓を運んできた。

「ケーキをキリスト教徒にまわしておくれ」ケーキが盛られたカットグラスの皿を運んできた一番小さな女の子に老婆は言った。彼女には、それがゾディーリアに買いあたえたケーキだとわかった。そんなものはひとつだって欲しくなかった。ただ家に帰りたかった。

「おあがり！」女たちはゴザから呼びかけた。「ケーキをおあがりよ」

子どもはそのガラス皿を前に差し出した。

「ホテルの夕食の時間だわ」と彼女は立ち上がりながら言った。「あとでキリスト教徒たちといっしょにすわって、その人たちの食べ物を食べるんだろうが」

「キリスト教徒たちは怒るわ、わたしが遅れたりしたら」彼女は自分が下手な嘘をついていることがわかったが、自分を抑えることができなかった。「みんなわたしを叩くわ！」彼女は取り乱し、怖がっているふりをしようとした。

「お茶を飲んでお行き。みんなおまえさんを叩きやしないから」と老婆は彼女に言った。

「すわってお茶を飲んでお行き」

彼女が戸口のほうにあとずさりしていくあいだも、子どもは彼女のほうにガラス皿を差し出したままだった。外に出ると、彼女は靴の紐を結ぶために白黒のタイルに腰をおろした。

ゾディーリアだけが彼女を追って中庭に出てきた。

「戻っておいで」とほかの女たちは呼んでいた。「部屋に戻っておいでよ」

そのとき、彼女はヤマアラシの箙がすぐそばの壁に立てかけてあるのに気づいた。「部屋にいたあの年とった人が、あなたの叔母さんなの？　あの人にヤマアラシを持ってきてあげたの？」と彼女は女に尋ねた。

「いいえ、あの人はわたしの叔母さんじゃないわ」

「あなたの叔母さんはいったいどこにいるの？」

「叔母さんは自分の家にいるのよ」

「いつ叔母さんのところにヤマアラシを持っていくの？」彼女は話しつづけたかった。そうすればゾディーリアの気が紛れて、自分が帰ることをとやかく言う機会がなくなるだろうと思ったからだった。

「ヤマアラシはここにおいておくのよ」と女はきっぱりと言った。「わたしの家にね」

彼女は結婚式のことを、もう尋ねないことにした。

戸口まで行くと、ゾディーリアは彼女がやっと通れるくらいの隙間を開けた。「さようなら」と彼女の後ろからゾディーリアは言った。「明日会いましょう、もしアラーのお許しがあれば」

「いつ？」

「四時に」女が頭に一番はじめに浮かんだ数字を選んだことは明らかだった。戸を閉める前に女は手を伸ばすと、例のパサパサになったスペインふうのケーキをふたつほど彼女の手の中に押し込んだ。「お食べなさい」と女は寛大な口調で言った。「キリスト教徒といっしょにそれをホテルでお食べなさい」

彼女は急な裏道を登りはじめ、ふたたび断崖沿いの道に向かっていった。道の両側の家が接近していたので、壁の湿っぽい匂いが漂い、それがねっとりとした空気のように頬に感じとれるほどだった。

さっきゾディーリアと出会った場所に戻ると、彼女は防壁のところまで行って、そこに寄りかかった。太陽は家並みの背後に沈んでしまっていたが、空はまだ明るく、防壁の青さは深みを増していた。防壁を指でこすってみると、塗料が新しいらしく、粉っぽいものが少し剝がれて指先についてきた。すると彼女は、かつて道化役者の顔を見ていたとき、ぼんやりした憧れに駆られてその顔に触ろうとつい手を伸ばしたことを思い出した。小さなサーカスでのことだったが、子どものときの出来事というわけではなかった。

空白のページ

The Blank Page

イサク・ディーネセン

古代の都市の外壁門のわきに、コーヒー色の肌をして黒いベールを被った語り部の老婆がすわっていた。

老婆は言った。

「素敵な奥さんに旦那さん、ひとつ話を聞きたかないかね？　実際あたしゃたくさんの話をしてきたよ、千一夜みたいにたくさんの話をね。そもそものはじめは、若い男衆に話をしてくれって、あたしが、あたしのほうがせがんだんだがね。赤いバラの話や、二本のすべすべしたユリの蕾の話や、絹みたいに滑らかでしなやかですっかり絡みあった四匹の蛇の話なんかをしてくれってね。あたしの母親の母親は、黒い瞳をした踊り子で、いつも男に抱かれてた人だけど、その人が年をとって、幸いベールで隠してはいたけど冬リンゴみたいに皺だらけになって、腰も曲がってしまってから、あたしに話を語る秘訣を教えてくれたんだよ。あたしの母親の母親は、自分の母親の母親からその秘訣を教わったんだけど、語ることにかけちゃ、あたしなんかふたりの足もとにも及ばなかった。でも今となっちゃ、それもどうってことないがね。だってこうして聞いてくださるお客さんにとっちゃ、あの人たちもあたしもひとつに溶けあっちまっているし、あたしが一番の評判を授かっているんだしね、なんといってもあたしゃ二百年も語り部をつとめてきたんだから」

ここでもし老婆がたんまりと報酬を受け取って、機嫌もよければ、そのあとを続けることになるのだった。

「婆さんには」と老婆は言った、「ずいぶんしごかれたもんだよ。「話に忠実でいろ」ってあの鬼婆はよく言っていたっけね。「つねに迷うことなく話に忠実でいろ」ってね。「お婆ちゃん、どうして」って、あたしゃ尋ねたよ。「この生意気者、理由を言わなきゃわからないのか」と婆さんは叫んでね。「そんなおまえが語り部になるつもりでいるんだから、呆れるよ！　いいかい、おまえは語り部になるんだから、わしが大事な理由を教えてやるよ！　よく聞きな。語り部が忠実でいるならね、話に対してつねに、迷うことなく忠実でいるならね、そんなときには、最後には沈黙が語りはじめることになるからだよ。話が歪められてしまえば、沈黙は空っぽでしかないがね。だがわしらみたいに誠実なものには、最後の言葉を言い放つと、沈黙の声が聞こえることになるんじゃよ。生意気な小娘がそれを理解しようがしまいがね」」

「じゃあ、いったい誰が」と老婆は続けた、「あたしたちよりもましな話をすることになる？　沈黙がするんだよ。そしてとびきり上等な本のとびきり完璧に印刷されたページ以上に深い話を、人はどこに読みとると思うかね？　空白のページの上にだよ。雄々しくて勇敢な筆が、最高に霊感の高まった瞬間に、一番高価なインクで話を書きつける。そのとき、それよりなお深くて、なお優しくて、なお陽気で、なお残酷な話を人が読みとるのは、いったいどこだと思うかね？　空白のページの上だよ」

老婆はしばらく黙ったまま、忍び笑いをもらし、歯のない口でむしゃむしゃ食べつづけた。

「あたしたちは」と老婆はやがて言った、「語り部の年寄り女のあたしたちは、空白のページの話を知っているのさ。でもその話をするのはあんまり気がのらないんだよ。だってあまり経験のない人が聴き手だと、きっとあたしたち自身の評判を下げることになっちまうだろうからさ。それでもやっぱり、あんたがたは例外ということにしておこうかね、寛大な心をおもちの優しく美しい奥さんや旦那さんはね。あんたたちには話してあげることにしようかね」

ポルトガルの青い山岳地帯の上のほうに、カルメル会修道女のための古い修道院が建っていてね。厳しいので有名な修道会さ。昔はこの修道院も裕福で、修道女は高貴なご婦人がたばかりで、いくつも奇跡が起こったりしていたんだよ。だが何世紀も経つにつれて、名門のご婦人がたは断食やお祈りには熱が入らなくなっちまってね、うるおっていた持参金も修道院の金庫にちょぼちょぼとしか入らなくなって、今じゃ持参金なしの、身分もそう高くない修道女たちが、崩れかけた大きな建物のほんの片隅に暮らしているだけでね。その建物ときたら、まわりの灰色の岩そのものと、今にもひとつに溶けあってしまいそうに見えるほどさ。それでも修道女たちは、今でも楽しく元気に修道院生活を送っているよ。瞑想には心から慰めを見出しているし、ずっとずっと昔、この修道院が独特の風変わりな特典に恵まれる原因になった特別な仕事に、みんな喜んで精を出しているんだよ。その仕事っていうのはね、あそこでは極上の亜麻を栽培して、ポルトガル随一の上等な亜麻布をこしらえているのさ。

修道院の下の長い畑は、優しい目をした乳色の去勢牛が耕していてね。日々の労働で固くなって、爪の下まで土が入り込んだ乙女たちの手で、種が手ぎわよく蒔かれていくんだよ。亜麻畑に花が咲く季節になると、谷間全体がぼうっと空のように青い色になってね。聖処女マリアが聖アンヌの養鶏場に卵を集めに行くのに身につけた、あのエプロンの色とそっくり同じになるんだよ。あのあとすぐ、天使ガブリエルが力強く翼を羽ばたいて、家の入口に降りてきて、頭上はるか彼方では、鳩が首の羽毛を逆立てながら翼を震わせて、空に小さくきらりと輝く銀色の星になったように見えたんだったっけね。そのときのエプロンの色そっくりなのさ。花が咲く月になると、数マイル四方の村人たちが亜麻畑を見上げては、たがいに尋ねあうんだよ。「修道院は天国に昇っていってしまったんだろうかね？　それともあの善良な尼さんたちが、天国を自分たちのところまで引っ張り降ろしでもしたんだろうかね？」ってさ。

それからやがて亜麻は引き抜かれて、打ちさばかれてはほぐされてね。そのあとで極上の細糸が紡がれて、その亜麻糸が織られて織物になると、仕上げに草の上に広げられて、陽にさらして色を抜かれる。そのあいだ何度となく水をかけられてね。しまいには修道院の壁のまわりが雪でも降ったのかと見紛うほどぐるっと真っ白になるんだよ。こんな仕事がいちいち正確に、敬虔におこなわれてね、修道院の秘密の儀式のように、水をふりかけるしぐさと連禱のお祈りが交互に繰り返されていくんだよ。だから、小さな灰色のロバの背にうずたかく積まれて、修道院の門から送り出されて、はるかずっと下のほうの町まで運ばれていくときにはね、亜麻布は花のように白くて、すべすべして上品でね。ちょうど十四歳のときに、村の踊りに出かけるんで小川できれいに洗ったあたしの小さな足みたいだったよ。

旦那さんに奥さん、こつこつと励むのはいいことだし、宗教もいいことだがね。だけど話の一番はじめのきっかけっていうのは、本筋とは関係のない、ちょっとした神秘の空間からやってくるものなんだよ。ちょうどヴェルホ修道院の亜麻布の本当の値うちだって、その一番はじめの亜麻の種が、十字軍の兵隊の手でかの聖地からじかに持ち帰られたという言い伝えから来るようなものさ。

字の読める人なら聖書を読めば、亜麻の草が育つレチャとマレシャの土地について知ることができるだろうがね。あたしゃ自分じゃ字が読めないし、よく引き合いに出されるその聖書って本を見たこともない。でもあたしの婆さんの婆さんは小さいころ、ユダヤ教の司祭だった老人にかわいがられてね、その人から教えてもらったことが、うちではもう何代もしっかりと守られて、受け継がれているんだよ。だからヨシュア記を読めば、カレブの娘のアクサがロバから降りて、父親に訴えた場面が出てくるってことがわかるのさ。「祝福してください！　わたしに土地をあたえてくれたんですから、湧きでる泉の祝福もあたえてください！」ってね。そしてカレブはその娘に上の泉と下の泉をくれてやったんだっけね。だからレチャとマレシャの畑には、やがて極上の亜麻布を作りだしたその一族が住むことになったんだよ。ちょうどこの畑のあたりを馬で通りかかったのが、ポルトガルの十字軍の兵隊で、ご先祖もその昔、トマルの有名な亜麻布の織り手だった人でね。その亜麻の上等なのに驚いて、種を一袋自分の鞍にくくりつけたってわけらしいのさ。

こんなふうなことのしだいから、この修道院にひとつめの特典があたえられることになったんだがね。その特典っていうのは、王室のすべての若い王女たちのために、婚礼のシーツを作るという名誉のご下命だったんだよ。

奥さんに旦那さん、話しておくがね、このポルトガルの、何代も続いた貴族の家では、昔ながらの習慣がうやうやしく守られてきていてね。娘の婚礼の翌朝になると、夫から花嫁へしきたりの贈り物がまだ手渡されもしないうちに、家令か執事が宮殿のバルコニーから婚礼の夜のシーツを外へ垂らして、厳かに言い放つことになっていたんだよ。「花嫁が処女であったことをここに宣言する」ってね。そのシーツはそのあと洗濯に出されることもなく、二度と使われることもなかったのさ。

この古くからの習慣が一番厳格に守られてきたのは、もちろん王室だった。今でも王室の人々の記憶には、はっきり残っているくらいだよ。

さて、何百年というもの、山の中の修道院は、そこで作る亜麻布の質の良さを褒めたたえられていたから、やがてふたつめの輝かしい特典にも恵まれることになったんだがね。それは王室の花嫁の名誉の証人となった、この雪のように白いシーツのしるしの部分を、ここへまた収めてもらうっていう特典だったんだよ。

修道院の中心に高く聳える本館からは、丘や谷がどこまでも広がる素晴らしい景色を見渡すことができるんだがね。そこには斑模様の大理石が敷かれた長い回廊があるんだよ。その回廊の両側の壁には、どっしりとしたメッキの額縁が長い列になって架けられていてね。ひとつひとつの額縁には、宝冠のかたちをした純金の板が飾られていて、王女たちの名前が彫られているのさ。クリスティーナ夫人、イネス夫人、ジャシンサ・レノーラ夫人、マリア夫人といったぐあいにね。そして額縁のひとつひとつには、王家の婚礼のシーツが四角く切り抜かれて収められているんだよ。

かたちを読みとる勘の鋭い人だったら、その布に残る色褪せたしるしの中に、さまざまな黄道十二宮のかたちを読みとることができるかもしれない。天秤宮、天蠍宮、獅子宮、双子宮といったぐあいにね。自分自身の空想の図柄をそこに見る人もいるかもしれないね。バラとか、心臓とか、剣、それに剣で貫かれた心臓といったものまで見えるかもしれないよ。

昔は、色とりどりに着飾った長い行列が、灰色をした岩ばかりの山なみのあいだを、修道院まで、厳かにうねりながら登っていったものだよ。今ではもういろいろな国の女王や太后になっていたり、大公妃や選挙侯夫人の身分につかれたポルトガルの王女たちが、立派な従者たちを引き連れて、その目的からして神聖でもありひそかに楽しみにもしている巡礼の旅に、はるばるここまでやってくるのさ。亜麻畑から上は、道が険しくて登り坂になっているんでね、貴婦人たちは大きな馬車から降りて、最後のわずかな道のりを籠で運ばれることになっていてね。この籠はまさにそのために修道院に寄進された、それは立派な代物だったんだよ。

ずっとのちのあたしたちの時代まで伝わっている話をしてあげようかね。ちょうど紙が燃えているとき、たくさんの火花が紙の端を舐めるように走って、それが消え去ってしまったあとで、最後にきらきらと小さな火花がひとつ躍りでて、ほかの火花のあとを急いで追いかけるのを見たことがあるだろう？　ちょうどそんなふうにして伝わっている話なんだがね。なんでも、貴族の生まれのひどく年老いた独身の婦人が、はるばるヴェルホ修道院へ出向いてきなさったということなんだよ。その婦人は前に、といってもずっとずっと昔のことだがね、ポルトガルのある若い王女の、遊び仲間だったり、友人だったり、侍女だったりした人でね。修道院に向かいながら、その婦人は四方に広がっていく山の景色をとっくりと見渡していなさった。建物に入ると、修道女がその婦人を回廊まで案内して、その婦人が以前仕えていた王女の名前の純金板まで連れていったがね。その人がひとりになりたがっていることを察して、修道女はその婦人をそこに残して立ち去ったんだよ。

黒いレースのベールに覆われた、小さく年老いて丸く縮んだこの婦人の頭の中を、ゆっくくりゆっくりと思い出の列が通りすぎていってね。その婦人は、ひとつひとつの思い出に、そんなこともあった、あんなこともあったというぐあいに、穏やかにうなずいていたんだよ。王女の友人でもあり、なんでもうち明けられる親友でもあったこの婦人は、この若い王女が花嫁になってからの、夫に選ばれた王子との宮廷での結婚生活も振り返ってみた。楽しかったり、悲しかったりした出来事をひとつひとつ眺めていくのさ——戴冠式にお祝いの宴、宮廷の陰謀に戦争、お世継ぎの誕生、若い世代の王子や王女たちの人間模様や、王朝そのものが栄えてはまた衰えていく様子をね。この年老いた婦人は、ここにあるいくつもの布のしるしから、その昔どのような予言がなされたのかを思い出してね。そして今、ため息をついたり笑顔を浮かべたりしながら、ひとつひとつの予言とその実現ぶりとをひき較べてみることができたのさ。宝冠のかたちの名前入りの純金板が添えられたひとつひとつの布のしるしは、それぞれのちの話を婦人に思い起こさせたけど、ひとつひとつがそうした話を忠実にかたちに表していたんだよ。

だけどね。長い列の真ん中に、ほかのどれとも似つかない布が一枚掲げられていたんだよ。その布の額縁は、ほかのどれとも同じように立派でどっしりとしていてね。ほかのどれとも同じように宝冠のかたちの純金板を誇らしげにつけているんだがね。だけどこの純金板にだけは、名前が彫られていないままで、その額縁の中の亜麻布ときたら、隅から隅まで雪のように白いままで、空白のページになっているんだよ。

話をしてくれってせがんだ善良なあんたたちにお願いがあるんだがね。このページを見て、あたしの婆さんの知恵を、そしてあらゆる年老いた語り部女たちの知恵を理解して欲しいんだよ。

だって、つねに迷うことなく忠実でいるなら、この布が列の中に加えられないなんてことはありえなかったんだよ！　その前に立つと、語り部たちまでもが顔にベールをおろして黙りこんでしまってね。かつてその布を額縁に収めて、そこに架けるように命じた王室の父親と母親も、自分たちの血に対する忠誠心という伝統がなかったとしたら、その額縁を架けないでおいただろうからね。

まさにこの純白の亜麻布の前でなんだよ、今では世間を知り抜いて、おとなしくて辛抱づよい女王であり、妻であり、母親となっているポルトガルの年老いた王女たちや、年老いたお付きの遊び友だちや花嫁付添い人や侍女たちが、一番数多くじっと立ち尽くしてしまうのはね。

まさにこの空白のページの前でなんだよ、年老いた修道女も若い修道女も、女子修道院長までもがいっしょになって、一番深い物思いに耽ってしまうのはね。

解説

利根川真紀

本書におけるレズビアンの定義

一九九三年にノーベル賞を受賞したアメリカの黒人女性作家トニ・モリスンは、かつて小説を書き始めた動機について尋ねられたとき、「私自身がそういう本を読みたかったからです。誰も書いてくれなかったので自分で書きました」と述べた。こうして書かれた作品が『スーラ』(一九七三)であり、そこで主題とされたのは女性どうしの交流だった。一方、そのモリスンが修士論文の対象に選んだイギリスの作家ヴァージニア・ウルフは、すでに一九二八年の講演の中で、従来の小説に登場する女性は、男性との関係においてのみ描かれ、女性どうしの関係はあまりにも周縁的で、単純な扱いしか受けてこなかったと指摘していた。

この傾向はアメリカではとりわけ顕著だったように思われる。アメリカ文学は従来、アメリカという国を的確に反映した作品であるべきだとされ、その結果自然対人間、家庭や社会対個人といった図式が強調されて、この図式にうまく当てはまらない作品は文学作品の正典からしばしば除外されることになった経緯があるからだ。『ハックルベリー・フィンの冒険』のハックとジム、『偉大なギャッツビー』のニックとギャッツビーのような男性どうしの交流とは反対に、女性どうしの交流を扱ったものの多くは、このような枠組みのもとでは生き残れなかったのである。

二十世紀半ばまで続いた、女性どうしの物語をめぐるこの大きな欠落。これが今回、短編アンソロジーの企画をスタートさせたおもな理由である。おりしも一九九〇年代に入ってから、レズビアンの名を冠した文学作品アンソロジーが欧米で相次いで出版され、こうしたアンソロジーのかたちを取って、女性どうしの交流を描いた諸作品がおそらく初めて一堂に会し、地理的、時代的あるいは歴史的な展望のもとに読者に提供されることになった。そこで本書では、英語圏の作家・作品を対象としながら、こうしたアンソロジーを参照して収録作家・作品の選択の参考にした。なかでも *The Penguin Book of Lesbian Short Stories* (1993), *Chloe Plus Olivia: An Anthology of Lesbian Literature from the 17th Century to the Present* (1994) の二冊からは、学ぶところが大きかった。ただし、日本ではまだ類書があまり出ていない状況にかんがみ、同時に文学史の読み直し企画をも兼ねたいという希望から、日本の読者にも比較的よく知られた作家の作品を数多く扱うことを心がけたつもりである。

本書でもまたレズビアンという用語をタイトルに用いた理由について、ここで簡単に触れておきたい。今日レズビアンの定義はもちろん基本的に自己申告制であり、性愛面を重視する人もいればしない人もいるなど、多様な展開を遂げてきている。最近のレズビアン・アンソロジー間でも、その定義に共通の了解があるわけではなく、収録の基準となるのが作者自身の同性愛傾向なのか、それとも作品の傾向なのかなどの点でも、個々のアンソロジーはそれぞれ異なる立場を取っている。

そうした現状を踏まえて、本書ではレズビアンという語にやや広い定義を与えたいと考えた。そもそも本書が対象とした時代は、多かれ少なかれ女性どうしの愛情関係が抑圧された時代であるために、自己申告制にのっとっていては話がなかなか進まない。そこで本書では、アドリエンヌ・リッチが論文「強制的異性愛とレズビアン存在」(一九八〇)の中で提唱した、《レズビアン連続体 lesbian continuum》という用語を当面念頭におくことにした。リッチは「臨床医学的で限定されたレズビアニズムの定義のおかげで、把握できないところに置かれてきた女の歴史と心理の息づかい」に触れることができるようにとの願いから、この用語を提唱し、内容的には女性どうしの「ゆたかな内面生活の共有、男の専制に対抗する絆、実践的で政治的な支持の与えあい」まで含み込むような広がりをもつものと定義した。漠然としすぎ、また非性愛化されすぎているとして、一部のレズビアンからは非難されてもいるものだが、広範なフェミニズムにまで連なるこの定義は、しかし、歴史的に女性間の交流を辿りつつ、その多様性を描き出そうとする本書の目的には、もっとも相応しいと考えられた。とはいえレズビアンとフェミニズムとの関係もまた現在では複雑多岐で、フェミニズム運動内部におけるレズビアン排除の歴史や、レズビアン内部におけるフェミニズム批判、レズビアン内部におけるバイセクシュアルの排除など、様々な理論衝突も起こっており、レズビアンを女性学やフェミニズムの傘下に収めることは、レズビアンを不可視にするといった危険性も指摘されてきている点を、ここで付け加えておかねばならない。

近年女性どうしの交流、愛情関係が、英米の文学作品にはっきりと登場するようになった背景には、一九六〇年代に入ってから活発化しはじめた《第二波フェミニズム》にあたる女性解放運動、および七〇年代のゲイ・レズビアン運動があるだろう。しかし今回のアンソロジーでは、先に述べたように、女性どうしの愛情が自意識的なもの、「口に出せないもの」であった十九世紀末から二十世紀前半にかけての時期に作品を限定することにした。抑圧されてきた女性の伝統をいささかなりとも日本の読者に紹介し、その見えざる伝統の中で個々の作家が経験してきた不安や困難、その結果作品が帯びることになった様々な特徴を明らかにできればと念願してのことである。

女性どうしの愛情と社会

ここで今回対象とした時代と地域におけるレズビアン連続体の歴史の輪郭を、本書で取り上げた作家を点在させながら、簡単になぞってみることにしよう。十九世紀後半のアメリカでは、女性どうしの愛情関係は《ロマンティックな友情》の名のもとに大いに推奨さえされていた。これは当時、ヴィクトリア朝の性道徳のもとで、女性は無性的な存在とされ、それゆえ女性どうしの関係は互いを精神的に向上させるものと信じられ、異性との結婚までの準備段階として容認されていたためである。ところが十九世紀後半から女子大学が相次いで設立され、女性だけの環境で長期間を過ごす機会が生じただけでなく、そこで身につけた教育を利用して女性が職業につき、経済力を持ち始めると、女性どうしによる新たな生活形態が出現することになった。これが女子大学の集中していた東海岸でよく見られた《ボストン・マリッジ》という形態である。彼女たちの多くは、一八六〇年頃から一九二〇年の女性参政権獲得の時期にかけて高まり、《新しい女性》を生みだすことになった《第一波フェミニズム》の圏内にいたフェミニストであり、ジュエットもその一員だった。

教育、経済力を身につけたこうした女性たちが登場すると、それに危機感を覚えた男性社会は、当時の性科学の学説を振りかざして、女性どうしの愛情関係を病気扱いし、その広がりを抑えつけることに躍起になった（当時性科学が対象としたレズビアンとは、主としてマニッシュな女性だった）。この激変期に位置づけられるのが、キャザーやショパンである。とはいえ、こうした変化を逆手にとった人々もいて、たとえばホールがその一人だったが、性科学者による《生まれながらの性的倒錯》という考え方を進んで受け入れることによって、同性愛指向は神が定めた治療不可能な運命であるとして、異性愛の人々に寛容を請い、かつまた宗教とも折り合いをつけようとする動きも生まれたのだった。

一方で二十世紀初頭、フロイト学説の普及などにより、それまでのヴィクトリア朝的な性の抑圧から人々が解放され始めると、ニューヨークやパリなどの大都会では、女性どうしの性的な関係が一躍流行現象にまでなり、芸術家をはじめとする人々によって、レズビアン、とくにバイセクシュアルは革新的で洗練された精神の証拠と評価されるようにもなった。ボヘミアンを気取ったマンスフィールドはまさにこの時代の人であり、スタインを含めパリに国外亡命した芸術家集団において、レズビアンの活躍が目立った事情にも、このような背景がある。

こうした状況があいまって、イギリスで女性がようやく平等参政権を獲得した一九二八年には、いわゆる三大レズビアン小説の出版を迎えることになった。バーンズの『淑女の暦』、ウルフの『オーランドー』、ホールの『孤独の井戸』である。しかしながら、仲間うちで私家出版されたバーンズの作品や、ファンタジーの要素を強調したウルフの作品と異なり、初めて性愛を含むレズビアニズムを正面切って扱ったホールの作品は、非難の嵐を巻き起こし、翌年イギリスで猥褻裁判にかけられることになった。裁判の結果『孤独の井戸』はイギリスでは発禁処分となったが、アメリカではいち早くベストセラーとなり、長らく読者の手に入る唯一のレズビアン小説として、熱心に読みつがれていくことになった。

その後、女性の社会進出がさらに進むにつれて、女性どうしの交流には定期的に揺り戻しの時期が訪れる。たとえば二度の大戦時には女性を軍事力や労働力として利用するために、女性の自由な行動や結びつきをある程度寛容視する風潮が現れたが、戦争終結後には必ず、いわゆる男らしさ・女らしさの規制が強まり、女性たちは異性愛の空間へ、家庭へと閉じ込められていった。本書に収録した作家たちのうち、リチャードスン、ディーネセン、ホール、マッカラーズの四人が男性名もしくは中性的な名前で執筆をしている事情は、このような閉塞状態への抵抗あるいは妥協的な擬態を表しているといえるだろう。

アウトサイダーの視点

以上述べたように、この時代、同性愛嫌悪の社会において主体性を奪われていた事情から、レズビアン連続体を前景化する女性作家たちの作品には、いくつかの興味深い共通の特徴が見出される。読者の参考までにここに収録された短編に即してそれらの特徴をまとめてみると、それはまず語りかけの問題として立ち現れてくる。つまり一般大衆の無理解や無視をある程度覚悟しながら、なお書き続けていくとき、彼女たちは読者として誰を想定するのか、どのように語ることによって自分の声を聞いてもらうのか、という問題に直面せざるをえないと考えられるのである。

もっとも端的な例として、スタインの「エイダ」では語ることと耳を傾けること、「ミス・ファーとミス・スキーン」では声に磨きをかけることが繰り返し強調されている。また語り手が語ることによって、新たな聞き手を開拓し、作り出していくというパターンがいくつかの作品に認められ、この場合には語りはいわば誘惑物語の様相を呈することになる。たとえばウルフの「存在の瞬間」では、社会から誤読されていたピアノ教師の生活を、弟子が新たな語彙を獲得しつつ解読し直していくが、その過程で、読者もまた彼女に誘惑されていく。バーンズの「無化」においても、語り手の女性が聞き手にたえず「奥さま」と呼びかけ、この女性に、自分とある女性との体験を読み解く手がかりを教えながら、物語を進行させるという形式がとられている。これと関連して、バーンズの「無化」とディーネセンの「空白のページ」に見出されるのは、作品内に語り手と聞き手というコミュニティが入れ子細工式に設定されていることであり、これらの工夫や設定によって、現実社会にあらかじめ好意的な聞き手を期待できないかもしれない不安を少しでも軽減し、語りの空間を保証しようという試みがなされているようである。

他方、女性どうしの交流を前面に打ち出すことによって、これらの作品には特有の時間感覚、現実感覚が現れていることも見逃せない。これはウルフの「存在の瞬間」に見られるような意識の流れの手法とも繋がってくることになるが、いわば女性たちは、希有な相互交流を通じて、自由で重層的な時間、あるいは特権的な瞬間を生きることが可能になる。具体的には、それはしばしば遠い過去への立ち戻りや往復運動として表象される。リチャードスンの「女どうしのふたり連れ」やウルフの「外から見た女子学寮」では子宮回帰の瞬間が、バーンズの「無化」やボウルズの「なにもかも素敵」では子供時代の瞬間的な再現が、それぞれ描かれている。また女性の愛の対象になる「マーサの愛しい女主人」のヘレナ、「ネリー・ディーンの歓び」のネリーは、ともに子供らしい快活さを特徴とする人物たちである。こうした作品において子供時代は、女性に、固定化したジェンダーの意識に囚われる以前の、未分化な全一性を約束していると考えられる。女性どうしの交流はこうして、女性にあるがままの全体として生きることを可能にし、その果てには、マンスフィールドの「しなやかな愛」や「至福」、ウルフの「外から見た女子学寮」、ショパンの「ライラックの花」に描かれているような、超時間的ともいえる空間が出現することにもなる。

このように全人格的に生きようとする女性に対し、社会は往々にして限定された役割を課し、一面的に生きることを強要した。既成の女らしさを押し付ける社会への抵抗が、異性愛恐怖、異性愛嫌悪のかたちで提示される一方で、キャザーの「トミーに感傷は似合わない」やホールの「ミス・オグルヴィの目覚め」、マッカラーズの「あんなふうに」に見られるように、どちらかといえば男性に対して仲間意識を感じ、「男性」のように行動する女性たちが登場し、結果として既成のジェンダーの問い直しがなされているのも、わかりやすい特徴である。社会の側の女性嫌悪が内面化されることによって、彼女たちは女性どうしの連帯を表面上避けると同時に、真の愛情の対象としては女性を選ぶといった行動パターンをとることなると思われる。

いうまでもなく、こうした抵抗と内面化のあいだには様々な心理的段階がある。たとえばボウルズの「なにもかも素敵」を、異文化理解のテーマに託して同性愛的感情を巧みに表現した作品として読解するとすれば、そこには意識的、無意識的に本音を隠した偽装の手法とでもいうべき工夫が取り入れられていることになる。キャザーの「トミーに感傷は似合わない」にも、異性愛への偽装と見られる面がある。こうした工夫は、すでに触れたような、男性の筆名を用いる女性作家たちの擬態にも通じるところがあるだろう。さらに偽装の手法は、スタインの場合には、彼女独特の言語、文体、形式の実験にもどこかで結びついている。反復の多い文体に代表される彼女の表現上の実験は、これまでモダニズムの芸術刷新運動の一環としてのみ論じられてきたが、場合によってはレズビアン的主題を隠蔽しつつ表現するための手段として、解釈し直すこともできるはずだ。当時の社会にあって、出版時の検閲をかわすためもあり、また自分自身の中での葛藤も初期には強かったためもあり、スタインは女性どうしの性愛を扱いつつも、それをいわばコード化することで、自分の表現意欲を満たそうとしていたと考えられるからである。

相互のネットワークの存在

父権制社会においてアウトサイダーであらざるをえなかった女性作家たちの孤独な立場にスポットライトを当ててきたが、一方で彼女たちの生涯に目を転じると、そこには多くの場合、その人生と創作を支えたかけがえのない女性の存在が確認される。従来の伝記では、異性の結婚相手や創作上の師の存在についての言及はあっても、こうしたパートナーの存在は不可視にされがちだった。そこで以下の各作家の項目では、近年の伝記研究が明らかにした重要なパートナーたちについても注意を払うように努めたが、もとより作品を人生に還元しようという目算ではないし、ましてやレズビアンの意義をパートナーの存在の問題に一元化する所存ではない。

さらに作家どうしのレベルでいえば、ここに収録した作家たちにはしばしば相互の交流があり、こうした女性作家たちの「連続体」に支えられるかたちで、彼女たちの創作がなされていたことも忘れてはならないだろう。たとえば一九二〇年代にモダニズム運動の一つの中心地となったパリには、有名な二大サロンがあったが、その主宰者ナタリー・バーニーとガートルード・スタインは、どちらもアメリカ生まれでパリに渡った裕福なレズビアンだった。自由を求めて次々にパリにやって来た英米の芸術的亡命者たちの交流の仲介役として、二人は大いに活躍した。とりわけバーニーの金曜日のサロンには多くの女性たちが集い、独特の女性中心の文化をはぐくんだといわれ、この様子はバーンズの『淑女の暦』、ホールの『孤独の井戸』などにも描かれている。スタインとバーニーとのあいだにも親交があった。スタインの土曜日のサロンにはおもに男性の芸術家が集っていたが、彼らはバーニーのサロンにも顔を出していたのであり、モダニズム運動においてレズビアンの占める位置が無視できないものだったことを裏づけている。

そのほか、各作家の紹介で触れるように、アメリカのジュエットとキャザー、イギリスのマンスフィールドとウルフの交流、またマッカラーズとディーネセンとの交流もあり、マッカラーズはニューヨーク時代に、芸術家の集う下宿屋で、ボウルズ夫妻と一年間同じ屋根の下にいたこともある。

しかしながら、女性どうし、レズビアンどうしだからという理由で一括りにされることへの抵抗も当然あったことを付け加えておかねばならない。この点に関しては、バーンズが格好の例を提供してくれる。一九四〇年代にニューヨークのレストランで食事をしているバーンズを見かけて、以前からファンであったマッカラーズはシャンパンをテーブルに届けたが、返事はなしのつぶてだった。また一九七〇年代には、バーンズはレズビアン活動家たちから仲間扱いされることをひどく嫌がり、自分はレズビアンであったことなどなく、たんにセルマ・ウッドを愛しただけだと繰り返した話は有名である。

こうしたレズビアン作家たちと、ゲイ作家たちとの関係についても、これまであまり言及されてはこなかったものの、見えにくいながら両者の豊かな交流が存在していたことも事実である。たとえばウルフの周囲にはブルームズベリ・グループの多くのゲイ男性たちがいたし、ホールの『孤独の井戸』に登場する劇作家は、ゲイだったノエル・カワードがモデルだとされる。マッカラーズの『結婚式のメンバー』は戯曲化されて好評を博したが、そもそもこの原作を読んで彼女に熱烈なファン・レターを書き、彼女を戯曲の世界に導いたのは、やはりゲイだったテネシー・ウィリアムズであり、その後長年続いた彼らの交流は興味ぶかい。ただしウィリアムズは、劇作家としてはジェイン・ボウルズのほうをむしろ高く評価しており、マッカラーズはそのことに嫉妬を感じていたとも言われている。一方、結婚前のポール・ボウルズにタンジール行きを勧め、その地に同性愛芸術家たちの楽園を築くきっかけを作ったのはスタインであり、バーンズも当時交際していた男性とともに、ポールの招きに応じてタンジールに滞在したという経緯もある。いずれにせよ、こうした様々な文脈からの事情の究明や作品の解釈が、今後大いに期待されるところである。

各作家の紹介

セアラ・オーン・ジュエット Sarah Orne Jewett（一八四九―一九〇九）

「マーサの愛しい女主人」／「シラサギ」

米国の作家。ジュエットが生きたのは、女性どうしの《ロマンティックな友情》が社会に受け入れられていた時代であり、ジュエットの周辺にも若い頃から多くの女友達の姿があった。「マーサの愛しい女主人」のマーサは、ヘレナを聖女のように崇め、彼女を愛することで、みずからも尼僧になったかのように昇華される。こうした精神的交流が描かれる一方で、この短編には、緑の芝生に深紅のサクランボが色鮮やかに降ってくる場面など、官能的な描写も隠れていて、二人の交流が重層的なものであることが窺える。この作品は一八九七年に発表された後、最後の二段落にとくに手を加えて短編集（一八九九）に収録された。

ジュエットは父親っ子だったが、最愛の父の死後、出版関係の知り合いで十五歳年上のアニィ・フィールズとの仲が深まり、アニィの夫の死の翌年から、二人の生活は当時流行の《ボストン・マリッジ》の形態をとることになり、この関係はジュエットの死まで約三十年ほど続いた。二人の関係は対等で、一年のうち数ヵ月をボストンで生活をともにし、残りの期間は互いに励ましあいながらそれぞれの仕事に邁進したといわれる。ジュエットが四十八歳の誕生日に、自分は永遠に九歳だ、と語ったのは有名だが、アニィとの関係はジュエットが時には九歳に帰ることも可能にしただろう。

「シラサギ」のシルヴィアはこの九歳という年齢に設定されており、思春期の入口に立つこの少女は、重要な選択をする。狩人に導かれて異性愛の世界に入り、鳥たちとともにみずからも象徴的に「剝製」化されてしまうことを拒否したシルヴィアが守りぬいたもの、それは森を表す「シルヴィア」の名のとおり森に残り、いつでも望むときに松の大木のてっぺんで「広大で息を飲むような世界」と交感すること、いわば、いくつになっても固定化されたジェンダー意識に囚われない九歳の自分に自由に立ち戻ることだったといえるだろうか。この作品は、ジュエットの主要な絆が、父親の死を契機に彼からアニィに移行していく重要な時期に執筆され、短編集(一八八六)に収録された。

なお、どちらの作品にも「犬のように相手を愛す」という表現が登場しているが、この表現はジュエットのほかの作品でも使われており、とくに否定的な意味合いは込められていないらしい。

「ライラックの花」

ケイト・ショパン Kate Chopin（一八五〇—一九〇四）

米国の小説家。五歳で父親を亡くしてからは、フランス系旧家である母方の曾祖母が彼女の面倒を見ることになり、この婦人はケイトにフランス語で話すことを求め、ピアノのレッスンに力を入れさせる一方で、折に触れて女性の自立と自由の必要性を語りきかせたといわれている。五歳からケイトはセント・ルイス聖心アカデミーに通ったが、ここで知り合ったのが、近所に住む同い年のキティ・ガリシェイであり、二人は十三歳までをともに過ごした。南北戦争後に二人は再会し、その友情は子供時代ほど強烈なものではなかったものの生涯続き、キティの五十歳の誕生日にケイトが書いた「若き日の友——キティへ」という詩も残っている。

ケイトは二十歳でオスカー・ショパンと結婚し、生まれ故郷をあとにした。キティはその半年ほど前に聖心会の修道女となっていた。

一八九六年に発表されたこの作品には、ライラックの香りが漂う庭をはじめ、ケイトが少女時代を過ごしたアカデミーの様子が随所にちりばめられている。作品の最後でマダムが修道院から追放される直接の原因は、パリで愛人のいる女優稼業を送るマダムに対する修道院側の道徳的な反発であろうが、同時に、当時アメリカ社会において女性どうしの関係が疎んじられ始めていたことも背後に窺えるのではないだろうか。

ケイトが作家として執筆を始めたのは、三十三歳で夫を病気で失い、別の男性との関係も清算して、母の住むセント・ルイスに子供を連れて戻り、まもなくすぐにその母も亡くし、カトリック教会からも遠ざかってからだった。この作品の三年後には『目覚め』を出版しているが、レズビアン連続体の観点からも分析可能なこの長編は、出版当時は不評で、一九六〇年代になってから《第二波フェミニスト》たちによってようやく再評価されることになった。

ウィラ・キャザー Willa Cather（一八七三―一九四七）

「トミーに感傷は似合わない」／「ネリー・ディーンの歓び」

米国の小説家。複雑な人間関係を敬遠して芸術に邁進した独身女性という旧来のイメージとは裏腹に、彼女の周囲にもまた豊かな人生を共有した何人もの女性たちの存在があり、出版業に携わっていたイーディス・ルイスとは約四十年間の共同生活を送った。

思春期のネブラスカ州時代には、社会によって規定された女性の役割を束縛と感じ、髪を短く刈り込んで男装し、ウィリアムと名乗って医学を志すことによってこの閉塞感に抵抗しようとした。大学時代に専攻を文学に転向するが、文学も男性の領域だと察知して、当初は男性作家とりわけヘンリー・ジェイムズを手本としていた。この頃執筆されたのが、男性のように行動する女性を描いた「トミーに感傷は似合わない」であり、これは彼女が編集に携わっていた保守的な婦人雑誌『ホーム・マンスリー』(一八九六)に掲載された(当時、女性が自転車に乗ることの是非をめぐって論争があったが、結果として女性の健康が改善され、行動領域が広がり、自立して行動する《新しい女性》が誕生する一因となった)。トミーの既成の女性性への抵抗、同性愛の可能性が示唆される一方で、彼女のハーパーへの恋愛感情を描くことで異性愛者としての面がよりいっそう強調されており、みずからの同性愛的指向へのためらいと同時に掲載上の戦略が見え隠れすると解釈することができる。

キャザーにとって大きな転換点となったのは、二十五歳年上の作家ジュエットとの出会いであり、ジュエットの死までの約一年間の交流の中で、キャザーの文学観は大きく変化することになった。「ネリー・ディーンの歓び」は、一九一一年に発表され、ジュエットの影響が色濃く見られるが、それがさらに後の中編『ルーシー・ゲイハート』(一九三五)の萌芽を感じさせもする点で、ジュエットの影響が一時的なものではなく、作家キャザーを考える上で看過しえない要因であることを窺わせる。この短編では、ネリーをめぐる三人の老女や女性の語り手の存在を通して、女性どうしの連帯を肯定的なものとして描き、一方では彼女たちを取り巻く父権制社会への批判を、男性登場人物の共通した描き方に込めている。女性主人公を描く場合に男性の語り手を使うことの多いキャザーだが、女性どうしのあいだに通う愛情は自然なものであり、男性の語り手の使用は同性愛的感情のカモフラージュにすぎないとするジュエットの忠告を受け入れるかたちで、この作品では彼女は女性の語り手を採用して、みずからを女性の側に積極的に位置づけ、その立場から既成のジェンダーを問い直していくという、後年の姿勢を打ち出しているといえる。

キャサリン・マンスフィールド Katherine Mansfield（一八八八―一九二三）

「しなやかな愛」／「至福」

ニュージーランドで生まれたが、ロンドンで文筆活動を展開し、チェーホフの流れをくむ短編の名手として名を馳せた。

マンスフィールドは異性愛と同性愛の両方の傾向を複雑に同居させた人物だった。「しなやかな愛」は、彼女の作品中もっともはっきりとレズビアン的感情を描いた小品であり、そのためもあってか生前には未発表で、一九八七年に研究者の手によって初めて日の目を見た。十九歳のときにニュージーランドで執筆され、故郷の実在のホテルを舞台に設定している。彼女自身はタイピストに宛てた手紙の中で「どうやってこれを書いたのかわかりません――一種の夢のようなものです」と語っている。

「至福」は一九一八年に発表された。執筆当時彼女は、ロンドン留学時からの女友達であり、後に手紙で「妻」と呼んでいるアイダ・ベーカーに付き添われており、自分と彼女、および六年前から内縁関係にあってやがて入籍することになる二番めの夫ジョン・ミドルトン・マリと自分との複雑なバイセクシュアル関係に悩んでいたらしい。

バーサの夫に対する異性愛とパールに対する同性愛が同居するこの短編の味わいは、複雑である。バーサにとって異性愛と同性愛は、一応反発しつつ補完する関係になっており、同性愛をバネにして夫との異性愛が芽生え、強化されるという構造を描き出しているようである。しかし、夫とパールとの不倫の露顕によって、バーサの愛のかたちが他人には理解されず、社会には受け入れられない出口なしの捩れであることが示されており、バーサの愛はおのずと孤独なものとならざるをえないこともほのめかされている。

ちなみに同じ女性作家として深い理解の絆で結ばれていながら、ヴァージニア・ウルフがこの作品を高く評価しなかったことは有名であり、ウルフの不満の原因を、二人のレズビアニズムの理解のしかたの違いに求めようとする批評も書かれている。

ガートルード・スタイン Gertrude Stein（一八七四―一九四六）
「エイダ」／「ミス・ファーとミス・スキーン」

ドイツ・ユダヤ系アメリカ人で、詩人、小説家。レズビアンの三角関係のもつれもあって、大学院の医学部を中退し、かねて慕っていた兄レオを頼ってパリに渡った。一九〇七年にアメリカから休暇で来ていたアリス・B・トクラスと出会い、やがて芸術家のあいだで有名なサロンとなった住居での二人の生活が始まり、これはスタインの死まで続くことになった。のちにスタインがアリスの名を借りて発表した自伝は有名である。

「エイダ」（一九二二）は、アリスの家族との別れと、スタインと開始した共同生活の様子を描いているとされる。後半部では物語ることと聞き手になることが強調されているが、この関係はスタインの創作を考える上で重要である。というのもスタインにとって、兄を崇拝し、その影響下にあった時代が、つねにスタインの発言に耳を傾けるアリスの出現によって終わりを告げ、以降それまで兄が占めていた位置に自分を据えることができるようになり、創作や同性愛的指向を含めた自分自身の価値観への自信を強めていったと考えられているからである（二人の関係は、男性的で夫役のスタインと女性的で妻役のアリスという具合にはっきりと役割分担がなされており、異性愛のスタイルを踏襲したものとして批判の的にもなっている）。スタインはしばしばアリスとの生活に題材をとり、同性愛を当時にしては大胆に扱っており、また彼女の作品に散見される独特の言葉遊びも、聞き手としてのアリスを想定したものが多い。

言葉遊びは、出版上の検閲をかわしつつも自分の書きたい主題を表現するために、スタインがしばしば用いたものだった。たとえば一般に「牛」を意味する "cow" が、スタインの作品では女性の性的オーガズムを表現している場合などがそれである。そしてこうした二重の含みの手法の一例としてよく挙げられるのが、「ミス・ファーとミス・スキーン」（一九二二）である。ここでは友人のレズビアン・カップルをモデルとした同性愛が扱われているが、このことは、"gay" という言葉が「楽しく」を意味すると同時に「同性愛の」という意味で用いられていることを知らなければ見逃してしまいかねない。「ゲイ」が同性愛を意味することは現在では常識化しているが、この意味での「ゲイ」の用法が一般化しはじめたのは、一九三〇年代に入ってからであり、執筆当時の一九一〇年頃にはこの意味での用法に通じていたのは、同性愛仲間の、しかもごく限られた人たちだけだったらしい。ほかにも「規則正しく」と訳した"regularly"や、「磨く」と訳した"cultivate"にも二重の意味が込められていると指摘する批評家もいる。

ラドクリフ・ホール Radclyffe Hall（一八八〇―一九四三）

「ミス・オグルヴィの目覚め」

英国の小説家、詩人。女性的なファーストネームを嫌い、ミドルネームのラドクリフで執筆した。若い頃から曾祖父の名ジョンで呼ばれることを好んで男装したが、よく知られているイメージ通りに髪を切りつめたのは四十歳代になってからだった。彼女を創作活動に真剣に向かわせたのは、二十七歳のときに出会った最初の女性パートナーであり、またその後死の時まで二十七年間交際を続けた二人めのパートナー、ユーナ・トルーブリッジだった。

ここに訳した短編は一九二六年に執筆されたが、活字になったのはその八年後、短編集に収録されたときだった。その間内容面で類似した、レズビアン文学史上もっとも有名な作品『孤独の井戸』（一九二八）を発表している。長編の女性主人公スティーヴン・ゴードン像の功罪は長らく議論の的となってきたが、ヴィクトリア朝時代には性的主体性が男性のみの特権だったことから、彼女の世代の女性たちが性的主体性を主張しようとすれば、おのずと男性的女性、いわゆる《マニッシュ・レズビアン》の姿をとらざるをえなかった事情も、最近の批評では指摘されている。スティーヴンはしばしば作者の分身と理解されているが、作者本人はみずからの同性愛的指向をほとんど葛藤なく受け入れ、充実した生活を送っていたという。

「ミス・オグルヴィの目覚め」では、戦時などの非常時のみ主人公のような女性たちを利用しておきながら、平時に戻ると無慈悲に居場所を奪ってしまう社会に対する批判が込められている。後半の夢の部分では、男性に完全に同一化した主人公が、女性に対して愛情を表現するが、その時代設定が古代であることにより、現代社会への嫌悪感はさらに強調されているといえよう。ホール自身は年上のパートナーの面倒を見るために念願の第一次大戦に参加することができず、戦争で活躍できた女性を羨んでいた。主人公オグルヴィは、女性救急隊で実際に活躍したホールの友人をモデルにしている。

ヴァージニア・ウルフ Virginia Woolf（一八八二―一九四一）

「存在の瞬間――スレイターのピンは役立たず」／「外から見た女子学寮」

英国の小説家、評論家。男性に惹かれることはなかったものの、結婚しない女性への社会的偏見も内面化しており、一九一二年にはブルームズベリ・グループの一員だったレナード・ウルフと結婚した。夫は、精神的に不安定なヴァージニアにとって頼りになる存在であり続けた。その一方で、「女性だけが想像を刺激する」と語る彼女の人生には、若い頃から何人かの女性が登場する。もっとも重要なのは、当時ベストセラー作家であり、有名なレズビアンだった、ヴィタことヴィクトリア・サクヴィル＝ウェストである。

二人の出会いは一九二二年、ヴァージニア四十歳、ヴィタ三十歳の時だった。関係が親密になったのは一九二五年からで、この状態はその後二年ほど続き、その後は穏やかな友情へと変化していき、三五年まで保たれた。この間の約十年間は、双方にとって仕事の上でもっとも充実しており、創作面でも人格面でも互いに学びあい、大きく変化した時期だといわれている。ウルフはこの時期、ヴィタをモデルにして、レズビアン文学の代表作とされる『オーランドー』（一九二八）、およびある意味でその姉妹作とされる『自分だけの部屋』（一九二九）などを執筆している。

ここに訳した二作品は、どちらもこの時期にかけての創作である。「外から見た女子学寮」は、初め『ジェイコブの部屋』（一九二二）の一部として執筆され、一九二六年に発表された。

ここでは女子大学が一種の女性の楽園として想定されており、女性の共同体が、女性にとって充実した人生を約束し、未来に希望をもって繋がっていくものとして捉えられている。ニューナム・コレッジは、『自分だけの部屋』のもとになった講演がなされたところでもあり、ウルフが自分の理想の聞き手として想定していたのは、こうした共同体だったことが窺われる。

「存在の瞬間――スレイターのピンは役立たず」は一九二八年に“Slater's Pins Have No Points”のタイトルで発表され、後に改訂を経て短編集（一九四四）に現在のタイトルで収録された。ここに訳した改訂後のものでは、視点人物の存在感がいっそう強調されている。この作品がひそかに同性愛を扱っていることを、ウルフはヴィタへの手紙の中で二度言及しており、出版社がそれに気づかずに買い取ったことを得意がっていた。

この短編が扱うのは、ピアノの最後の和音が鳴り響き、服から落ちたコサージュと留めピンを拾うまでの一分足らずの出来事だが、その間に意識の流れを利用して、まな弟子のファニーがピアノ教師ジュリアの発した「スレイターのピンは役立たず」という言葉に何度も立ち戻りながら、そのつどジュリアへの認識を深めていく様子が描かれている。ちなみにジュリアは、ウルフが十三歳のときに亡くした最愛の母親の名前でもある。哀れでみすぼらしいジュリアから、充実した独身生活をいとなむジュリアへの認識の変化が語るのは、視点人物であるファニー本人の同性愛傾向への目覚めであり、最後のコサージュを胸に留めるしぐさはこの目覚めのためらいがちな受け入れといえるだろうか。なおこの胸が自分を指すのかジュリアを指すのかは、あえて曖昧なままにとどめおかれている。

服から落ちたバラのコサージュが、なぜ途中でカーネーションのコサージュに変化するのかについては不明であるが、当時カーネーションは、一八九五年に同性愛で有罪となったオスカー・ワイルドのトレードマークであった緑のカーネーションに由来して、同性愛を強く示唆していたという背景もある。

デューナ・バーンズ Djuna Barnes（一八九二—一九八二）

「無化」

ニューヨークに生まれ、二〇年代をパリで過ごした作家。パリ時代の彫刻家セルマ・ウッドとの恋愛は有名だが、その生涯には何人もの男性の恋人の姿もあった。ここに訳した短編は、"A Little Girl Tells a Story to a Lady" として一九二五年に発表されたものに手を加え、現在の題名のもと、短編集（一九六二）に収録されたものである。

自由恋愛を説く彼女の祖母の影響で、父は愛人を家に迎え、二人の母親がたえず子供を産む家庭に育った。成長した彼女自身は、自分が子供を持つことを拒否しつづけた。この短編でも育児の問題を取り上げ、女性の自我に否定的な影響を及ぼすものとして提示している。ガヤが育児を引き受けることにより、自己と他者との境界を失い、言葉を失ってしまうのに対し、カーチャは育児を否定することにより、そうした苦境をとりあえず免れるが、ガヤの苦悩を他人事とは思えず、それを言語化し、語ることを通して理解しようとしているようである。女性の聞き手に女性が物語るというこの作品の枠組設定には、この種の困難についての、女性どうしの伝達と共感可能性への期待が込められているといえるだろう。

作者の育児の拒否は、女性が伝統的な女性役割を果たすことに対する反発、および性差役割を逆転する要求におのずと結びついている。それは作中の、未亡人のような歴代の皇帝像に始まり、病弱で頼りにならない夫、男性的で強引な女性主人公の人物像、そして彼女が強引に招待して住まわせる若い娘との曖昧な交流にいたる様々な細部に反映している。バーンズの作品の特徴である一種幻想的な雰囲気と、このようなジェンダーの問い直しとは無関係ではないだろう。これらのモチーフはいずれも、この作品の十一年後に出版された彼女の代表作『夜の森』（一九三六）の系譜に明瞭に連なるものである。

ヘンリー・ヘンデル・リチャードスン Henry Handel Richardson（一八七〇―一九四六）

「女どうしのふたり連れ」

オーストラリア生まれの作家。十七歳でピアニストになるために渡独したが、やがて文学に転向し、女性の作品として片づけられてしまうことへの抵抗から、叔父と音楽家ヘンデルの名前から得た男性名で執筆した。二十五歳のときに独文学研究者ジョン・ジョージ・ロバートスンと結婚し、夫の仕事の都合で一九〇四年からイギリスで暮らしたが、結婚後も旧姓を守りとおした。

一九一九年、リチャードスンは年下の女性オルガ・ロンコローニと知り合い、この女性はリチャードスン夫妻の家に滞在するようになり、一九三三年の夫の死後からリチャードスン自身の死の時まで、十三年間二人の共同生活が続くことになった。リチャードスンにとって最愛の夫の死は相当の心理的打撃だったが、この死から立ち直る第一歩としてまとめられたのが、今回訳した作品を含む短編集（一九三四）である。

この作品は「成長の痛み――少女時代の断章」と題された八作からなる連作の最後のものにあたっている。この八つの短編に共通するテーマは女性のセクシュアリティの問い直しであり、異性愛を強制する社会の中で女性が違和感を覚えつつ自己を模索する様子を描いている。「女どうしのふたり連れ」では、若いほうの女性はリチャードスン自身が結婚した年齢に設定されており、異性愛を前にして恐怖感や嫌悪感に圧倒される一方で、母親との複雑な関係に悩み、同性愛へと揺れる様子が描かれている。この構図にフロイトの影響を指摘する批評家もいるが、実際、リチャードスンはフロイトがイギリスで知られるようになる以前から、その著作に親しんでいたらしい。この八作目で同性愛色を前面に押し出しすぎたと感じたリチャードスンは、後になって九作目を追加して、異性愛を最終的に強調する方向を選んでいる。

カースン・マッカラーズ Carson McCullers（一九一七―一九六七）

「あんなふうに」

米国生まれの小説家。中性的なカースンの名は自身のミドルネームである。二十歳で作家を目指していたリーヴズ・マッカラーズと結婚したが、バイセクシュアルどうしの結婚となって生活は波瀾に富み、彼とは二度結婚し、二度めの離婚を考えていたときに夫が自殺した。その間、双方とも複数の親密な相手を持ったが、特徴的なのは、しばしばこの夫婦と他の男性、他の女性、またはカースンと同性愛相手の女性の夫婦など、三つ巴の恋愛関係が生じがちだったことである。この三つ巴パターンは、彼女の代表作『結婚式のメンバー』(一九四六)や『悲しい酒場の唄』(一九四三)の中にも確認でき、「あんなふうに」における、姉とそのボーイフレンドの関係に執着する語り手という構図にも反映しているようである。最近では、マッカラーズの作品を特徴づける孤独な人物たちを、レズビアンあるいはバイセクシュアルの視点から解釈する試みも増えてきている。

ここに訳した短編は作者の最初期の作品だが、女性の初潮を扱っているため出版には時期尚早ということから日の目を見ず、作者の死後一九七一年になって、ようやく拾遺集に収録された。

この短編では、死産する伯母、不吉なものとしての初潮、性体験による活発な自立心の喪失が描かれ、異性愛拒否が示されているが、十三歳の思春期の入口に差しかかった少女の視点から描かれることによって、こうした戸惑いも一時的なものであり、やがては異性愛にすんなり移行していくことも予想される出来ばえになっている。この点については、出版社や読者大衆への妥協的なカモフラージュとして解釈することもできるし、自身のレズビアン的傾向に対する自己検閲あるいは異性愛とのあいだの揺れとして解釈することもできるだろう。

男性の同性愛や思春期の少女の同性愛は描いても、おとなの女性の同性愛は生涯描かなかったことから、マッカラーズは同性愛恐怖（ホモフォビア）を併せもっていたのではないかと指摘する人もいる。

ジェイン・ボウルズ Jane Bowles（一九一七—一九七三）

「なにもかも素敵」

ニューヨーク生まれのユダヤ系アメリカ人で小説家。若い頃からかなり公然とレズビアンとして行動し、一九三八年に当時作曲家として活躍していたポール・ボウルズと結婚した。お互い同性愛者だったが、生涯その結婚関係を維持し、便宜上の結婚という以上に精神面で支えあったといわれる。ただ彼女が代表作『ふたりの真面目な女性』（一九四三）を書き上げると、夫のポールはそれに触発されるかたちで文筆に手を染めて長編『シェルタリング・スカイ』（一九四八）を書き、するとその後ジェインは筆が思うように進まなくなった、という事情から窺われるような、ライバル心理も二人のあいだには介在していたらしい。

ボウルズ夫妻は、モロッコのタンジールに仲間の同性愛芸術家たちを呼び寄せた功績でも知られている。タンジールは一九四〇年代後半から五〇年代にかけて、一九二〇年代のパリの再来の様相を呈し、今回はゲイ中心ではあったものの、同性愛芸術家たちのメッカとなった。トルーマン・カポーティ、テネシー・ウィリアムズ、ウィリアム・バローズらもこの地を訪れている。

ジェインはタンジールに到着した年にアラブ人女性シェリファをポールから紹介され、すぐにこの女性に夢中になった。言語と文化の違いという障害に妨げられながらも求愛を繰り返したが、シェリファがジェインに求めたものは経済的支援だけだったという。ここに訳した短編の原型が執筆されたのは、この求愛劇が展開されている最中のことである。

この作品の原型は"East Side: North Africa"と題された旅行記風のエッセイ(一九五二)であり、一九六〇年代半ばになってから、ジェインの作品集(一九六六)を出版するため、当時体調を崩して創作意欲の衰えていたジェインに代わって、夫ポールがこれに手を加え短編小説のかたちに改訂した。ただしおもな変更は、ジーニの一人称を三人称に変え、モロッコを紹介している説明的な部分を大幅に削除したこと、犬や赤ん坊や道化などの人称を「彼」から「それ」に変更したことなどで、それ以外はほとんど原型を保っている。

この短編でジーニが経験するものは、他者としての同性愛相手の女性との出会いでもあり、その相手とのあいだで生じるコミュニケーションの欲望、心理的かけひき、その緊張と魅力を、異文化との出会いというテーマに託すことによって生き生きと伝え、不思議な余韻の残る仕上がりになっている。

イサク・ディーネセン Isak Dinesen（一八八五―一九六二）

「空白のページ」

四十歳代後半から執筆を始めたデンマーク生まれの作家で、長らく英領東アフリカに居住した。デンマーク語の作品は本名で発表し、英語の作品は「笑う人」を意味する男性名イサクと旧姓ディーネセンの名で執筆。執筆の動機は、夫と離婚し、交際していたイギリス人男性も失って帰国したデンマークで、失意の底から這い上がるためであり、外国語である英語およびペンネームの使用は、二重に彼女のプライバシーを守り、他方で想像力を縦横に発揮できる環境を得るためだったといわれる。

「空白のページ」（一九五七）を含む連作長編の構想は、結局完成を見なかったものの、『千一夜物語』を念頭に置いたものだったらしい。『千一夜物語』のシェヘラザードは、生涯ディーネセンにとって女性の語り手の重要なモデルであり続けたようで、「空白のページ」にも、千一の話を物語ってきた老婆が登場する。

この作品はスーザン・グーバーの論文「「空白のページ」と女性の創造性の問題点」により、フェミニズム批評界で一躍注目を浴びることになった。グーバーは、多くの女性作家の作品に見出される空白のページのメタファーに言及しつつ、父権制社会において芸術の対象とされてきた女性が、みずから主体として創造する場合にどのような不安に直面するのか、その場合の女性の創作のイメージはどのようなものになるかを論じている。女性がいやしくも芸術に携わろうとすれば、自分の体から流れ出た血でしるしを残すしかないような状況において、空白のページは逆説的に女性の抵抗、挑戦のしるしとなるという。

ただしこの作品では、女子修道院という伝統的な女性共同体が空白のページの展示を可能にし、女性「読者」たちの参加を求める空間として機能している。語り手の老婆もまた、代々の女性の語り部たちに支えられて、この空白のページの存在を守り伝えており、ここにはウルフの女子大学での講演に垣間見られたような女性どうしの連帯が存在していると見ることもできるのではないだろうか。純白のシーツに関しては、いく通りかの事情が考えられるが、いずれにせよ一人の女性が父権制に抵触する行いをしたということに間違いはなく、そこには男性との関係では定義づけられない女性の生活があった可能性も示唆されている。有名な作品であるだけでなく、もっとも包括的な意味での「レズビアン連続体」の意義を示す作品として、ここに収録することにした。

＊

以上、多様な女性作家たちの活動の跡を辿って、私としては未熟ながら最大限の努力をしたつもりである。だが、なにぶんにも彼女たちの生活や創造の幅が広く、また現在続々と刊行されつつある研究書の勢いから見て、彼女たちについての研究は今後格段に深まるだろうことも予想される。本書はそのほんの一部を紹介したにすぎず、まだまだ不備な点が多いと思われる点は寛容なお許しを願うほかない。末尾ながら、本書の企画段階から、私を一貫して温かく見守り、励ましてくださった編集者の竹内涼子氏に深い感謝を捧げたい。また続いて刊行される予定のゲイ短編小説集の編者、大橋洋一氏にも折あるごとに相談にのっていただいた。この場をお借りしてお礼を申し上げたい。

一九九八年　八月

◆Isak Dinesen

Aiken, Susan Hardy. *Isak Dinesen and the Engendering of Narrative.* Chicago: U of Chicago P, 1990.

Thurman, Judith. *Isak Dinesen: The Life of a Storyteller.* New York: Picador, 1982.

——. *Nightwood*. 1936. デューナ・バーンズ『夜の森』野島秀勝訳、国書刊行会、1989.

Broe, Mary Lynn, ed. *Silence and Power: A Reevaluation of Djuna Barnes*. Carbondale: Southern Illinois UP, 1991.

Herring, Phillip. *Djuna: The Life and Work of Djuna Barnes*. New York: Viking, 1995.

◆Henry Handel Richardson

Ackland, Michael. *Henry Handel Richardson*. Melbourne: Oxford UP, 1996.

Dessaix, Robert, ed. *Australian Gay and Lesbian Writing: An Anthology*. Melbourne: Oxford UP, 1993.

McLeod, Karen. *Henry Handel Richardson: A Critical Study*. Cambridge: Cambridge UP, 1985.

◆Carson McCullers

Carr, Virginia Spencer. *The Lonely Hunter: A Biography of Carson McCullers*. Garden City: Doubleday, 1975.

Clark, Beverly Lyon, and Melvin J. Friedman, eds. *Critical Essays on Carson McCullers*. New York: G. K. Hall, 1996.

McCullers, Carson. *The Ballad of the Sad Café*. 1943. カーソン・マッカラーズ『悲しい酒場の唄』西田実訳、白水社、1992.

——. *The Member of the Wedding*. 1946. カーソン・マッカラーズ『結婚式のメンバー』渥美昭夫訳、中央公論社、1972.

McDowell, Margaret B. *Carson McCullers*. Boston: Twayne, 1980.

◆Jane Bowles

Bowles, Jane. *Two Serious Ladies*. 1943. ジェイン・ボウルズ『ふたりの真面目な女性』清水みち訳、思潮社、1994.

Dillon, Millicent. *A Little Original Sin: The Life and Work of Jane Bowles*. 1981. ミリセント・ディロン『伝説のジェイン・ボウルズ』篠目清美訳、晶文社、1996.

Green, Michelle. *The Dream at the End of the World*. 1991. ミシェル・グリーン『地の果ての夢、タンジール——ボウルズと異境の文学者たち』新井潤美・太田昭子・小林宣子・平川節子訳、河出書房新社、1994.

◆Gertrude Stein

Bloom, Harold, ed. *Gertrude Stein: Modern Critical Views.* New York: Chelsea, 1986.

Dydo, Ulla E., ed. *A Stein Reader: Gertrude Stein.* Evanston: Northwestern UP, 1993.

Stein, Gertrude. *The Autobiography of Alice B. Toklas.* 1933. ガートルード・スタイン『アリス・B・トクラスの自伝』金関寿夫訳、筑摩書房、1971.

◆Radclyffe Hall

Castle, Terry. *Noël Coward and Radclyffe Hall: Kindred Spirits.* New York: Columbia UP, 1996.

Cline, Sally. *Radclyffe Hall: A Woman Called John.* Woodstock: Overlook, 1998.

Hall, Radclyffe. *The Well of Loneliness.* 1928. New York: Anchor, 1990.

◆Virginia Woolf

Baldwin, Dean R. *Virginia Woolf: A Study of the Short Fiction.* Boston: Twayne, 1989.

Barrett, Eileen, and Patricia Cramer, eds. *Virginia Woolf: Lesbian Readings.* New York: New York UP, 1997.

Chadwick, Whitney, and Isabelle de Courtivron, eds. *Significant Others: Creativity and Intimate Partnership.* 1993. ホイットニー・チャドウィック、イザベル・ド・クールティヴロン編『カップルをめぐる13の物語——創造性とパートナーシップ』(上) 野中邦子・桃井緑美子訳、平凡社、1996.

Woolf, Virginia. *A Room of One's Own.* 1929. ヴァージニア・ウルフ『自分だけの部屋』川本静子訳、みすず書房、1988.

——. *Jacob's Room.* 1922. ヴァージニア・ウルフ『ジェイコブの部屋』出淵敬子訳、みすず書房、1977.

——. *Orlando.* 1928. ヴァージニア・ウルフ『オーランドー』杉山洋子訳、国書刊行会、1992.

◆Djuna Barnes

Barnes, Djuna. *Ladies Almanack.* 1928. New York: New York UP, 1992.

の意識史』南雲堂、1998.
渡辺和子編『アメリカ研究とジェンダー』世界思想社、1997.

C：各作家ごとのおもな参考文献

◆Sarah Orne Jewett

Nagel, Gwen L., ed. *Critical Essays on Sarah Orne Jewett*. Boston: G. K. Hall, 1984.

Roman, Margaret. *Sarah Orne Jewett: Reconstructing Gender*. Tuscaloosa: U of Alabama P, 1992.

Sherman, Sarah Way. *Sarah Orne Jewett: An American Persephone*. Hanover: UP of New England, 1989.

◆Kate Chopin

Chopin, Kate. *The Awakening*. 1899. ケイト・ショパン『目覚め』瀧田佳子訳、荒地出版社、1995.

Koloski, Bernard. *Kate Chopin: A Study of the Short Fiction*. New York: Twayne, 1996.

Seyersted, Per. *Kate Chopin: A Critical Biography*. Baton Rouge: Louisiana State UP, 1969.

Toth, Emily. *Kate Chopin*. Austin: U of Texas P, 1990.

◆Willa Cather

Butler, Judith. *Bodies That Matter: On the Discursive Limits of "Sex."* New York: Routledge, 1993.

Cather, Willa. *Lucy Gayheart*. 1935. New York: Vintage, 1976.

O' Brien, Sharon. *Willa Cather (Lives of Notable Gay Men and Lesbians)*. New York: Chelsea, 1995.

——. *Willa Cather: The Emerging Voice*. New York: Oxford UP, 1987.

◆Katherine Mansfield

Kobler, J. F. *Katherine Mansfield: A Study of the Short Fiction*. Boston: Twayne, 1990.

Nathan, Rhoda B., ed. *Critical Essays on Katherine Mansfield*. New York: G. K. Hall, 1993.

Tomalin, Claire. *Katherine Mansfield: A Secret Life*. London: Viking, 1987.

Radical Revisions. New York: New York UP, 1990.
Koppelman, Susan, ed. *Two Friends and Other Nineteenth-Century Lesbian Stories by American Women Writers*. New York: Meridian, 1994.
Malinowski, Sharon, and Christa Brelin. *The Gay and Lesbian Literary Companion*. Detroit: Visible Ink, 1995.
Miller, Neil. *Out of the Past: Gay and Lesbian History from 1869 to the Present*. New York: Vintage, 1995.
Reynolds, Margaret, ed. *The Penguin Book of Lesbian Short Stories*. London: Viking, 1993.
Rich, Adrienne. *Blood, Bread, and Poetry: Selected Prose 1979-1985*. 1986. アドリエンヌ・リッチ『アドリエンヌ・リッチ女性論——血、パン、詩。』大島かおり訳、晶文社、1989.
Russell, Paul. *The Gay 100: A Ranking of the Most Influential Gay Men and Lesbians, Past and Present*. 1995. ポール・ラッセル『ゲイ文化の主役たち——ソクラテスからシニョリレまで』米塚真治訳、青土社、1997.
Showalter, Elaine, ed. *The New Feminist Criticism*. 1985. エレイン・ショーウォーター編『新フェミニズム批評——女性・文学・理論』(抄訳) 青山誠子訳、岩波書店、1990.
Summers, Claude J., ed. *The Gay and Lesbian Literary Heritage: A Reader's Companion to the Writers and Their Works, from Antiquity to the Present*. New York: Henry Holt, 1995.
Tate, Claudia, ed. *Black Women Writers at Work*. 1983. クローディア・テイト編『黒人として女として作家として』高橋茅香子訳、晶文社、1986.
Vicinus, Martha, ed. *Lesbian Subjects: A Feminist Studies Reader*. Bloomington: Indiana UP, 1996.
Weiss, Andrea. *Paris Was a Woman: Portraits from the Left Bank*. 1997. アンドレア・ワイス『パリは女——セーヌ左岸の肖像』伊藤明子訳、現代書館、1998.
下河辺美知子・篠目清美編『よびかわすフェミニズム——フェミニズム文学批評とアメリカ』英潮社新社、1990.
巽孝之・渡部桃子編『物語のゆらめき——アメリカン・ナラティヴ

Richardson, Henry Handel. "Two Hanged Women." *Australian Gay and Lesbian Writing: An Anthology.* Ed. Robert Dessaix. Melbourne: Oxford UP, 1993.

McCullers, Carson. "Like That." *Collected Stories.* Boston: Houghton, 1987.

Bowles, Jane. "Everything is Nice." *My Sister's Hand in Mine: The Collected Works of Jane Bowles.* 2nd ed. New York: Noonday, 1995.

Dinesen, Isak. "The Blank Page." *Last Tales.* 1957. New York: Vintage, 1991.

B：解説および複数の作家紹介に共通するおもな参考文献

Abelove, Henry, Michèle Aina Barale, and David M. Halperin, eds. *The Lesbian and Gay Studies Reader.* New York: Routledge, 1993.

Benstock, Shari. *Women of the Left Bank: Paris, 1900-1940.* Austin: U of Texas P, 1986.

Duberman, Martin, Martha Vicinus, and George Chauncey, Jr., eds. *Hidden from History: Reclaiming the Gay and Lesbian Past.* New York: Meridian, 1990.

Faderman, Lillian. *Odd Girls and Twilight Lovers: A History of Lesbian Life in Twentieth-Century America.* 1991. リリアン・フェダマン『レスビアンの歴史』富岡明美・原美奈子訳、筑摩書房、1996.

——. *Surpassing the Love of Men: Romantic Friendship and Love between Women from the Renaissance to the Present.* New York: Quill, 1981.

——, ed. *Chloe Plus Olivia: An Anthology of Lesbian Literature from the 17th Century to the Present.* New York: Viking, 1994.

Gilbert, Sandra, and Susan Gubar, eds. *The Norton Anthology of Literature by Women.* 1st ed. New York: Norton, 1985.

——. *The Norton Anthology of Literature by Women.* 2nd ed. New York: Norton, 1996.

Jay, Karla, and Joanne Glasgow, eds. *Lesbian Texts and Contexts:*

参考文献

A：訳出した短編の出典

Jewett, Sarah Orne. "Martha's Lady," "A White Heron." *Sarah Orne Jewett: Novels and Stories.* Ed. Michael Davitt Bell. New York: Library of America, 1994.

Chopin, Kate. "Lilacs." *The Complete Works of Kate Chopin.* Ed. Per Seyersted. Baton Rouge: Louisiana State UP, 1969.

Cather, Willa. "Tommy, the Unsentimental," "The Joy of Nelly Deane." *Willa Cather's Collected Short Fiction, 1892-1912.* Ed. Virginia Faulkner. Rev. ed. Lincoln: U of Nebraska P, 1970.

Mansfield, Katherine. "Leves Amores." Claire Tomalin. *Katherine Mansfield: A Secret Life.* London: Viking, 1987.

——. "Bliss." *The Works of Katherine Mansfield.* Vol. 2. Tokyo: Hon-no-Tomosha, 1990. （復刻版）

Stein, Gertrude. "Ada," "Miss Furr and Miss Skeene." *The Major Works of Gertrude Stein.* Ed. Bruce Kellner. Vol. 5. Tokyo: Hon-no-Tomosha, 1993. （復刻版）

Hall, Radclyffe. "Miss Ogilvy Finds Herself." *The Penguin Book of Lesbian Short Stories.* Ed. Margaret Reynolds. London: Viking, 1993.

Woolf, Virginia. "Moments of Being: 'Slater's Pins Have No Points'," "A Woman's College from Outside." *The Complete Shorter Fiction of Virginia Woolf.* Ed. Susan Dick. 2nd ed. New York: Harcourt, 1989.

Barnes, Djuna. "Cassation." *Selected Works of Djuna Barnes.* New York: Farrar, 1962. ただし不明箇所については以下を参照した。"Cassation." *The Norton Anthology of Literature by Women.* Ed. Sandra Gilbert and Susan Gubar. 1st ed. New York: Norton, 1985.

平凡社ライブラリー　815

新装版《しんそうばん》 レズビアン短編小説集《たんぺんしょうせつしゅう》

女たちの時間

発行日…………2015年6月10日　初版第1刷
2024年5月21日　初版第3刷

著者……………ヴァージニア・ウルフほか

編訳者…………利根川真紀

発行者…………下中順平

発行所…………株式会社平凡社
〒101-0051　東京都千代田区神田神保町3-29
電話　東京(03)3230-6579[編集]
東京(03)3230-6573[営業]
振替　00180-0-29639

印刷・製本 ……株式会社東京印書館

装幀……………中垣信夫

ISBN978-4-582-76815-2
NDC分類番号938
B6変型判（16.0cm）　総ページ392

平凡社ホームページ　https://www.heibonsha.co.jp/
落丁・乱丁本のお取り替えは小社読者サービス係まで
直接お送りください（送料、小社負担）。

増田小夜著
芸者
苦闘の半生涯

幼くして芸者に売られた著者が、戦中から戦後に及ぶ自らの数奇な半生を、素朴な、しかし迫力にみちた筆致で綴る自伝。歴史の裏面に埋もれた生がいま再び甦る。

解説＝小田三月

今泉みね著／金子光晴解説
名ごりの夢
蘭医桂川家に生れて

年中行事や芝居見物、福沢諭吉ら洋学者の思い出から、御維新の衝撃とその後の「おちぶれのひいさま」としての労苦まで、徳川家御典医の家に生まれた娘が語る逝きし世の面影。

HL版解説＝村田喜代子

伊藤野枝著／栗原康編
伊藤野枝セレクション

明治・大正期に愛に仕事に懸命に生きた人がいた。その名は伊藤野枝。女性解放を目指した青鞜社時代と、夫・大杉栄とともに活動したアナキスト時代に発表された小説や評論を収録。

上村松園著
上村松園随筆集

美人画の大家として知られ、気品あふれる女性像を数多く描いた日本画家・上村松園の画家人生を綴った随筆集。付録に鏑木清方や井上靖ら同時代人による松園評も収録。

奥村直史著
平塚らいてう
その思想と孫から見た素顔

はにかみやで人見知り。自らの脆さと闘いながら女性解放・平和運動に身を投じた等身大のらいてう像。戦時中の沈黙と戦後の再生を彼女の内面と実際の活動から辿った論考を増補。

佐伯順子著
美少年尽くし
江戸男色談義

主従の契り、死と破滅——『色物語』『男色大鑑』などのエピソードを軽やかに紹介し、江戸期に称揚された美少年愛に、はかない日本的〝男色的美学を見出す。
解説＝高橋睦郎

マリーズ・コンデ著／管啓次郎訳
生命の樹
あるカリブの家系の物語

二十世紀カリブの〈悪辣な生（ラ・ヴィ・セレラト）〉を生きたルイ家四代の物語。グアドループ島から、パナマ運河を越え、大西洋を渡る……惑星規模のピカレスク大作。

ジョナサン・スウィフト著／原田範行編訳
召使心得 他四篇
スウィフト諷刺論集

偽占い師を告発した「ビカースタフ文書」や、執事や女中のあるべき姿を説いた「召使心得」など、『ガリヴァー旅行記』作者の面目躍如たる痛烈・いじわる新訳セレクション。
【HLオリジナル版】

J・ジョイス＋W・B・イエイツほか著／下楠昌哉編訳
妖精・幽霊短編小説集
『ダブリナーズ』と異界の住人たち

ジョイス『ダブリナーズ』の短編を同時期に書かれた妖精・幽霊短編作品と併読するアンソロジー。19世紀末から20世紀初頭、人々が肌で感じていた超自然的世界が立ち現れる！
【HLオリジナル版】

D・H・ロレンス著／武藤浩史編訳
D・H・ロレンス幻視譚集

SF、幽霊譚、不条理譚に詩——様々に綴られた、社会的制約から逃れ、自由を求める人々の物語。解放感とユーモア、圧倒的自然描写など、ロレンスの魅力溢れる傑作集。

ジョージ・サルマナザール著／原田範行訳

フォルモサ 台湾と日本の地理歴史

自称台湾人の詐欺師による詳細な台湾・日本紹介。すべて架空の創作ながら知識層に広く読まれ、18世紀欧州の極東認識やあの『ガリヴァー旅行記』にも影響を与えた世紀の奇書。【HLオリジナル版】

ヤロスラフ・オルシャ・jr.編／平野清美編訳

チェコSF短編小説集

激動のチェコで育まれてきたSF。ハクスリー、オーウェル以前に私家版で出版されたディストピア小説から、バラードやブラッドベリにインスパイアされた作品まで、本邦初訳の傑作11編。【HLオリジナル版】解題＝イヴァン・アダモヴィッチ

ヤロスラフ・オルシャ・jr.＋ズデニェク・ランパス編／平野清美編訳

チェコSF短編小説集2

カレル・チャペック賞の作家たち

ペレストロイカの自由な風のもと、ファンの熱い想いから創設された「カレル・チャペック賞」。アシモフもディックも知らぬまま書かれた、その応募作を中心とする独創的な13編。【HLオリジナル版】解説＝ズデニェク・ランパス＋ヤン・ヴァニェク・jr.

E・ヘミングウェイ＋W・S・モームほか著
石塚久郎監訳

病《やまい》短編小説集

結核、ハンセン病、梅毒、神経衰弱、不眠、鬱、癌、心臓病、皮膚病——9つの病を主題とする傑作14編。最も個人的な出来事の向こうに、時代が社会が、文化が立ち現れる。【HLオリジナル版】

W・C・ウィリアムズ＋F・S・フィッツジェラルドほか著
石塚久郎監訳

医療短編小説集

損なわれた医師、医療と暴力、看護、患者、女性医師、最期、災害——7つの主題別に、生と死、理想と現実の狭間を描く14編を収録。医療と文学を繋ぐ医療人文学の視点から編まれたアンソロジー。【HLオリジナル版】

R・キプリング＋K・A・ポーターほか著／石塚久郎監訳
疫病短編小説集
天然痘、コレラ、インフルエンザ、そして「疫病の後」——繰り返し襲いくる見えない恐怖を描いた作品7編。コロナ・パンデミックとその後の時代を生きるための指針となる一冊。【HLオリジナル版】

莫言著／吉田富夫訳
豊乳肥臀 上・下
世界中の美しい乳房の前に跪き、その忠実な息子になりたい——激動の現代中国を背景に描き、刊行後、忽ち発禁処分となったノーベル賞作家の代表作、ついに文庫化！

宮沢賢治著／東雅夫編
可愛い黒い幽霊
宮沢賢治怪異小品集
賢治作品の童話や詩の中から、とりわけ興趣深い物語の数々を選んで編む。『おばけずき』『百鬼園百物語』の続編となる文豪怪異小品シリーズ第3弾。

ヘンリー・D・ソロー著／齊藤昇訳
コッド岬
浜辺の散策
作家ソローはコッド岬を旅しながら、荒々しくも美しい海と、そこで生き抜く人々の営みに人間と自然との共生を見る。独特の感覚と静謐な情景描写が光る旅行記の待望の新訳。【HLオリジナル版】

イザベラ・バード著／高梨健吉訳
日本奥地紀行
日本の真の姿を求めて奥地を旅した英国女性の克明な記録。明治初期の日本を紹介した旅行記の名作。

T・イーグルトン著／大橋洋一訳
イデオロギーとは何か
近・現代思想のキー概念であるイデオロギー。その意味と役割の変遷、批判の歴史をマルクス以後の代表的思想家の論点を紹介しつつ述べたロングセラー。『文学とは何か』姉妹編。

ガヤトリ・C・スピヴァク著／田尻芳樹訳
デリダ論
『グラマトロジーについて』英訳版序文
フェミニズムとポストコロニアリズムの交差点から現代社会に鋭く介入し続ける著者が、ニーチェ、フロイト、ハイデガーらを通してデリダの思想を自在に論じたデビュー作。
【HLオリジナル版】

テリー・イーグルトン著／大橋洋一訳
シェイクスピア
言語・欲望・貨幣
主要作品の挑戦的・刺激的な読解により、第一級の思想家として、シェイクスピアが現代に甦る！「読む」とは何か、「文学」とは、「批評」とは何かを知ることができる最良の入門書。

カート・セリグマン著／平田寛・澤井繁男訳
魔法
その歴史と正体
神秘思想、呪術、魔術、秘密結社、占星術……知られざる精神の歴史と正体を豊富な図とともに詳解する。隠された思想の起源と転換点を解き明かす知の万華鏡！

西川祐子著
増補 借家と持ち家の文学史
「私」のうつわの物語
男たちは「家つくり」を小説に書き続け、女たちは「家出」ばかりを書いてきた。明治から150年の小説群を「家」で読み解いたときに見えてきた、日本の家、家族、家庭のかたち。
解説＝戸邉秀明